Instrucc

Narrativa

Biografía

Jorge Ibargüengoitia (Guanajuato, 1928 — Madrid, 1983). Su obra abarca novelas, cuentos, obras de teatro, artículos periodísticos y relatos infantiles. Fue becario del Centro Mexicano de Escritores, de las fundaciones Rockefeller, Fairfield y Guggenheim. Obtuvo, entre otros, los siguientes reconocimientos: Premio Casa de las Américas en 1964 por su primera novela *Los relámpagos de agosto* y el Premio Internacional de Novela México en 1974 por *Estas ruinas que ves*. Colaboró en diversas revistas y suplementos culturales de gran importancia en nuestro país. El reconocido crítico literario Christopher Domínguez afirmó de él: "...hizo de su obra, trágicamente truncada, un corrosivo alegato a favor del humor sarcástico y la ironía antihistérica".

Jorge Ibargüengoitia
Instrucciones para vivir en México

© 1990, Jorge Ibargüengoitia
Herederos de Jorge Ibargüengoitia

Derechos reservados

© 2007, 2017, Editorial Planeta Mexicana, S.A. de C.V.
Bajo el sello editorial BOOKET M.R.
Avenida Presidente Masarik núm. 111, Piso 2
Colonia Polanco V Sección
Delegación Miguel Hidalgo
C.P. 11560, Ciudad de México.
www.planetadelibros.com.mx

Diseño de colección: Julián Romero Sánchez

Primera edición en Obras de Jorge Ibargüengoitia: octubre de 1990
Primera edición impresa en Booket: enero de 2008

EDICIÓN ESPECIAL IMPRESA PARA BIBLIOTECA GANDHI
Primera edición impresa en esta presentación: julio de 2017
Primera reimpresión en esta presentación: marzo de 2018
ISBN: 978-607-07-4357-3

No se permite la reproducción total o parcial de este libro ni su incorporación a un sistema informático, ni su transmisión en cualquier forma o por cualquier medio, sea éste electrónico, mecánico, por fotocopia, por grabación u otros métodos, sin el permiso previo y por escrito de los titulares del *copyright*.
La infracción de los derechos mencionados puede ser constitutiva de delito contra la propiedad intelectual (Arts. 229 y siguientes de la Ley Federal de Derechos de Autor y Arts. 424 y siguientes del Código Penal).
Si necesita fotocopiar o escanear algún fragmento de esta obra diríjase al CeMPro (Centro Mexicano de Protección y Fomento de los Derechos de Autor, http://www.cempro.org.mx).

Impreso en los talleres de Comercializadora de Impresos Om, S.A. de C.V.
Insurgentes Sur 1898 Piso 12 Interior 1, Col. Florida, Del. Álvaro Obregón
C.P. 01020, Ciudad De Mexico
Impreso y hecho en México – *Printed and made in Mexico*

Llevaba un sol adentro

Jorge estaba trabajando en una novela que, tentativamente iba a llamarse *Isabel cantaba*, cuando llegó la invitación para el encuentro de escritores en Colombia. Camino a ese encuentro, ya se sabe, ocurrió el accidente. Jorge había dudado al principio: no quería interrumpir el trabajo de su libro. Sin embargo, cuando la hora de tomar una decisión llegó, él estaba en un momento de su novela en el que tenía que detenerse y comenzarla de nuevo. Eso era normal ya que así trabajaba él, deteniéndose de vez en cuando y comenzando todo otra vez. Algunas veces tardaba varios días en tener una idea clara de por dónde dirigiría la nueva corriente de su historia. Pero una vez que encontraba la solución nada lo detenía y cambiaba muchísimo su versión anterior. Algún personaje secundario se convertía en protagonista, otro que antes era asesinado esta vez era el asesino. Cambiaba a sus personajes incluso físicamente.

Vivíamos en París desde hacía algunos años, sin frecuentar a mucha gente. No pocas de las cenas que hacíamos en casa con amigos fueron cocinadas por Jorge. Le gustaba inventar recetas y mezclaba, con mucho acierto según nuestros amigos, la cocina italiana con la mexicana. Hacía muchos platos diferentes y disfrutaba especialmente hacer las compras para la cena. Sobre todo con la vida de barrio que hay en París, donde cada uno de los comerciantes (el de los quesos, el de los vinos, el del pan) ya conocía a Jorge, lo aconsejaba y lo complacía en sus gustos. Había un vendedor de periódicos que se parecía increíblemente a un tío suyo de Guanajuato. Jorge no dejaba de divertirse con el parecido y llegó a tener un trato cordial con ese hombre. Muchas veces hacía un recorrido un poco más largo para comprarle a él los periódicos en vez de adquirirlos en la esquina.

A Jorge le gustaba mucho caminar en París. Se convirtió en lo que los franceses llaman un *flaneur*: alguien que pasea por las calles disfrutando muchísimo todo lo que se ve, sin un rumbo muy fijo y disponible siempre a la sorpresa. Caminar al lado del río era un gran placer, así como recorrer los puestos de *bouquinistes*: los libreros de viejo que tienen sus pequeños puestos sobre los muelles del Sena. Hay algunos barrios en los que las calles mismas son muy agradables y Jorge llegó a conocer muy bien la ciudad. Hacía esas caminatas generalmente por las tardes, porque en las mañanas escribía y era muy riguroso consigo mismo en la continuidad de su trabajo. Por las mañanas cada uno se hacía su propio desayuno. El mío era muy escueto mientras que a Jorge le gustaba que fuera más bien abundante. Luego escribía en su estudio durante toda la mañana. Su mesa estaba al lado de una ventana desde la cual se veía un colegio de señoritas. Cuando ellas salían de sus clases a la calle, Jorge interrumpía su trabajo y se quedaba viéndolas. Me recordaba entonces al personaje de la novela *Lolita*; y él se divertía mucho cuando se lo mencionaba. Cuando interrumpía su trabajo al mediodía se acercaba a mi estudio y me ofrecía un tequila. Tomábamos siempre algo juntos antes de comer. Después él leía acostado o escribía un poco, o salía a pasear. Mantenía su estudio con un orden meticuloso. Escribía con máquina y le fascinaban todas las cosas que venden en las papelerías. Sus expedientes y cuadernos de notas eran también muy ordenados. Siempre acompañaba su trabajo en las novelas con un cuaderno de reflexiones sobre el desarrollo de la trama y sus personajes.

Disfrutaba enormemente el largo proceso de escribir y reescribir sus libros. Era un hombre fundamentalmente alegre: llevaba un sol adentro. Jorge era agudo, dulce y alegre.

JOY LAVILLE
(*Vuelta*, marzo de 1985)

Jorge Ibargüengoitia dice de sí mismo

Nací en 1928 en Guanajuato, una ciudad de provincia que era entonces casi un fantasma. Mi padre y mi madre duraron veinte años de novios y dos de casados. Cuando mi padre murió yo tenía ocho meses y no lo recuerdo. Por las fotos deduzco que de él heredé las ojeras. Ya adulto encontré una carta suya que yo podría haber escrito. Al quedar viuda, mi madre regresó a vivir con su familia y allí se quedó. Cuando yo tenía tres años fuimos a vivir en la capital; cuando tenía siete, mi abuelo, el otro hombre que había en la casa, murió. Crecí entre mujeres que me adoraban. Querían que fuera ingeniero: ellas habían tenido dinero, lo habían perdido y esperaban que yo lo recuperara. En ese camino estaba cuando un día, a los veintiún años, faltándome dos para terminar la carrera, decidí abandonarla para dedicarme a escribir. Las mujeres que había en la casa pasaron quince años lamentando esta decisión —"lo que nosotras hubiéramos querido", decían, "es que fueras ingeniero"—, más tarde se acostumbraron.

Escribí mi primera obra literaria a los seis años y la segunda a los veintitrés. Las dos se han perdido. Yo había entrado en la Facultad de Filosofía y Letras y estaba inscrito en la clase de Composición Dramática que daba Usigli, uno de los dramaturgos más conocidos de México. "Usted tiene facilidad para el diálogo", dijo, después de leer lo que yo había escrito. Con eso me marcó: me dejó escritor para siempre.

Al principio parecía que mi carrera literaria iría por el lado del teatro y sería brillante. Mi primera comedia fue puesta en escena, con éxito relativo, en 1954, la segunda lo fue en 1955, las dos fueron recogidas en antologías del teatro mexicano moderno; Usigli me designó para que lo reemplazara cuando se retiró, gané tres becas al hilo —única manera que había entonces de mantenerse en México siendo escritor—. Pero llegó el año de 1957 y todo cambió: se acabaron las becas —yo había ya recibido todas las que existían—, una mujer con quien yo había tenido una relación tormentosa se hartó de mí, me dejó y se quedó con mis clases, además yo escribí dos obras que a ningún productor le gustaron. (En esto intervino un factor que nadie había considerado: tengo facilidad para el diálogo, pero incapacidad para establecerlo con gente de teatro.)

Siguieron años difíciles: hice traducciones, guiones para película, fui relator de congreso, escribí obras de teatro infantil, acumulé deudas, pasé trabajos. Mientras tanto escribí seis obras de teatro que nadie quiso montar.

En 1962 escribí *El atentado*, mi última obra de teatro. Es diferente a las demás: por primera vez abordé un tema público y basé la trama en un incidente real, la muerte, ocurrida en 1928, de un presidente mexicano a manos de un católico. La mandé a un concurso en México y no pasó nada, la mandé a Cuba y ganó el premio de teatro de la Casa de las Américas en 1963. Durante quince años, en México, las autoridades no la prohibieron, pero recomendaban a los productores que no la montaran, "porque trataba con poco respeto" a una figura histórica. Fue estrenada en 1975.

El atentado me dejó dos beneficios: me cerró las puertas del teatro y me abrió las de la novela. Al documentarme para escribir esta obra encontré un material que me hizo concebir la idea de escribir una novela sobre la última parte de la revolución mexicana basándome en una forma que fue común en esa época en México: las memorias de general revolucionario. (Muchos generales, al envejecer, escribían sus memorias para demostrar que ellos eran los únicos que habían tenido razón.) Esta novela, *Los relámpagos de agosto*, fue escrita en 1963, ganó el premio de novela Casa de las Américas en 1964, fue editada en México en 1965, ha sido traducida a siete idiomas y en la actualidad, diecisiete años después, se vende más que nunca.

El éxito de *Los relámpagos* ha sido más prolongado que estruendoso. No me permitió ganar dinerales pero cambió mi vida, porque me hizo comprender que el medio de comunicación adecuado para un hombre insociable como yo es la prosa narrativa: no tiene uno que convencer a actores ni a empresarios, se llega directo al lector, sin intermediarios, en silencio, por medio de hojas escritas que el otro lee cuando quiere, como quiere, de un tirón o en ratitos y si no quiere no las lee, sin ofender a nadie —en el comercio de libros no hay nada comparable a los ronquidos en la noche de estreno.

Aparte de *Los relámpagos* he escrito cinco novelas y un libro de cuentos que, si quiere uno clasificarlos, se dividen fácilmente en dos tendencias: la pública, a la que pertenecen *Los relámpagos de agosto* (1964), *Maten al león* (1969) —la vida y la muerte de un tirano hispanoamericano—, *Las muertas* (1977) —obra basada en acontecimientos famosos que ocurrieron en el interior de un burdel— y *Los pasos de López** —que está inspirada en los inicios de la guerra de independencia de México—. Los sucesos presentados en estas novelas son reales y conocidos, los personajes son imaginarios. La otra tendencia es más íntima, generalmente humorística, a veces sexual. A ella pertenecen los cuentos de *La ley de Herodes* (1967), *Estas ruinas que ves* (Premio Internacional de Novela "México", 1974) y *Dos crímenes* (1979).

---

* Publicada en España con el título *Los conspiradores*.

En 1965 conocí a Joy Laville, una pintora inglesa radicada en México, nos hicimos amigos, después nos casamos y actualmente vivimos en París.

(*Vuelta,* marzo de 1985)

I

LECCIONES DE HISTORIA PATRIA

Las lecciones de la historia patria
Monsieur Ripois y la Malinche

Una vez vino a México, de paseo, un pintor francés, Monsieur Ripois, "recomendado" a unos amigos míos, que para agasajarlo decidieron llevarlo a un día de campo al que me invitaron. No fue un día memorable, pero ocurrieron varias cosas que no he podido olvidar.

Por ejemplo, a la hora de la comida, alguien metió la mano en el frasco de las aceitunas, y una señora, que en sus mocedades había sido conocida entre sus íntimos como "la Malinche", dijo:

—Este hombre —se refería a M. Ripois— va a pensar que no conocemos los tenedores.

De M. Ripois conservo, aparte de la imagen borrosa de su aspecto físico, que no viene a cuento, el recuerdo de dos momentos. El primero de ellos fue cuando descubrió, en el dorso de una cajetilla de cerillos, la reproducción minúscula de un Tiziano. Le pareció admirable y prueba de que estaba en un país cultísimo.

El otro momento fue más complicado. Alguien hizo, de sobremesa, un chiste, y M. Ripois comentó:

—Tiene usted (o tienen ustedes) una historia triste, y sin embargo, ha (o han) logrado conservar la alegría.

La observación fue recibida con un silencio, debido en parte a que fue hecha en francés y ninguno de los que estábamos escuchando entendía ese idioma lo suficiente como para estar seguros de a qué se refería. No supimos si la historia que le parecía triste a M. Ripois era la del señor que había hecho el chiste, o la de todos los que formábamos el grupo, o la de México, nuestra patria.

Por mi mente —y supongo que por la de todos los demás— pasaron como exhalación imágenes de episodios molestos que podían justificar cualquiera de estas posibilidades; la media hora que nos había hecho esperar la esposa del autor del chiste, mientras acababa de arreglarse, la descompostura de la camioneta en que viajábamos y la invasión norteamericana —cualquiera de éstas.

Fue la Malinche la primera que salió a la palestra, diciendo:

—Ay, no. Nuestra historia no es tan triste.

Lo que pasó después se ha perdido para mí en la noche de los tiempos, no creo que hayamos discutido el asunto exhaustivamente. Lo más probable es que el tema haya quedado en suspenso. Pero desde ese momento, cada vez que hay una fiesta nacional o un debate en la Cámara sobre asuntos de historia patria, me acuerdo del episodio y me pregunto: ¿Será triste nuestra historia?

Es una pregunta idiota, porque lo triste o lo alegre de una historia no depende de los hechos ocurridos, sino de la actitud que tenga el que los está registrando. Para Sancho Panza, su propia historia es un éxito: "en cueros nací, en cueros estoy, ni gano ni pierdo".

Pero si en cambio alguien piensa que nació entre sábanas bordadas, es hijo secreto del rey de Nápoles y está convencido de que si tuviera dinero para hacer el viaje podría reclamar en propiedad varias islas del mar Egeo, lo más seguro es que pase por la vida sintiéndose desvalijado.

Creo que esto último es lo que nos está pasando a los mexicanos. Los libros de historia han ido cambiando, y al revisar los actuales noto que hay diferencias notables con lo que se enseñaba en mis tiempos.

Por ejemplo, los niños actuales, en vez de tener la idea, desagradable pero estimulante, de que somos producto del choque entre dos culturas, una estratificada y la otra rapaz, aprende en la escuela que somos los herederos de un gran imperio... O mejor dicho, de dos, porque los españoles son los villanos de la historia patria, pero al llegar al estudio de la historia universal, resultan lo mejorcito de Europa.

La antigüedad indígena es no sólo gloriosa, sino paradisiaca. El clima es inmejorable, se inventan las chinampas, el comercio florece, los reyes aztecas son grandes estadistas preocupados por el bienestar de sus súbditos y hasta por la educación de los mismos, si inventan las guerras floridas es llevados por su fe y por una confabulación diabólica de la naturaleza, que responde con abundantes cosechas en los años de muchos sacrificios.

La Conquista es algo terrible, pero al cabo de tres siglos de injusticias el país acaba funcionando como un relojito, produciendo riquezas a montones.

Ahora bien, ¿cómo no va a resultar triste una historia que después de empezar tan bien y de seguir regular, llega a "México independiente", que es un estudio en el que hay frases como: "Se fortificaron en un lugar en que había de todo, menos agua." "No tomó la precaución de apostar centinelas en la margen izquierda del río." "Se quedó esperando al general M. que había prometido reforzarlo con cuatro mil de a caballo." "Si tuviéramos parque..." "Se fue con el dinero que estaba destinado a comprar municiones..." "En vez de levantarse en armas, como estaba convenido, salió en viaje de estudio, rumbo a Alemania." "Se dirigió a la Guarnición de la Plaza con objeto de pedirle al comandante protección de su vida, pero no pudo hallarlo..."

Pero no hay que desesperar. No todo es así. Después viene la fundación del PRI. (21-9-71)

Organización de festejos
El lado bueno de los próceres

Una de las grandes frustraciones de mi vida es que nadie me haya invitado nunca a formar parte de uno de esos comités que se encargan de inventar los festejos con que se va a conmemorar algún aniversario cívico: el del natalicio de algún prócer o el de la muerte de algún héroe.

Me imagino que le mandarán a uno invitación por mano de motociclista y que un rato después hay que presentarse en el despacho de algún alto funcionario —no habrá que hacer antesala— en donde se reunirá uno con éste y los demás miembros del comité.

Supongo que en estos casos, el alto funcionario ha de decir:

—Aquí tienen su prócer. Los festejos no deben costar más de X millones. El señor Presidente está muy interesado en hacer resaltar sobre todo la honradez a prueba de bomba y el sentido de responsabilidad heroico del conmemorado. No quiere danzantes en el Zócalo. Espero un anteproyecto en quince días.

Los miembros del comité han de salir de esta reunión desorientados. La mayoría apenas se conoce: algunos se detestan entre sí. Unos de ellos se saben la historia del festejado al dedillo por haber escrito treinta años antes un opúsculo sobre su vida; otros, sin estar muy seguros de los detalles históricos, se mecieron entre los brazos del patricio y jalonearon los botones de su levita pesada, otros más, no lo conocen más que en estatua.

Pero por disímbolos que sean los miembros del comité, tienen algo en común, que son las ganas de quedar bien con quien acaba de darles el encargo y la esperanza de presentarse a los quince días con un proyecto que le parezca genial. Por esta razón, saliendo del despacho en donde acaba de constituirse el comité, los miembros de éste, si tienen cuenta de gastos vigente desde ese momento, se irán luego luego a algún restaurante a meditar. En las horas que siguen tratará cada uno de poner a consideración de los demás los productos más granados de su intelecto.

Si a mí me invitaran a formar parte de uno de estos comités yo trataría, para abrir boca, de ponerme de acuerdo con mis compañeros sobre qué clase de personaje era el festejado. Es decir, de unificar su imagen.

Supongamos que se trata de conmemorar a un general al que después de una larguísima carrera opaca, le tocó perder gloriosamente una de las batallas decisivas en la historia de nuestra patria. ¿Qué hacer? Desde luego inventarle una frase célebre, que ponga de manifiesto la entereza de su ánimo ante la derrota total. Algo así como "nos pegaron, pero no nos vencieron", "mañana será otro día"; o bien una frase que contenga la evidencia de que nuestro héroe no fue responsable de la derrota, sino que la culpa la tuvo la caballería, la intendencia o el cuerpo de mensajeros. Por ejemplo, inventar algo que supuestamente el conmemorado dijo al enemigo al deponer las armas:

—Si la caballería no anduviera por las Lomas, estarían ustedes corriendo como conejos.

Hay que tener mucho cuidado al inventar estas frases célebres, porque aparecerán, en letras de oro, en los pedestales de todas las estatuas que se erijan en el año en cuestión.

Si el festejado fue marido y padre modelo, o si tuvo amores con todo un coro de segundas tiples y tenía por lema para la educación de sus hijos el de "la letra con sangre entra", son cuestiones que no nos importan. Como tampoco nos importa si le gustaban los perros o era afecto a leer novelas de Dumas, *pére*. Si tiene una frase célebre, con eso basta. Demasiados rasgos provocarían confusión.

Lo mismo se aplica al aspecto físico. Para crear imagen hay que proceder por eliminación. Hay que conmemorar al prócer en un momento determinado y siempre con la misma ropa, al fin no tiene por qué cambiarse. Hay que tener en cuenta que la calva del cura Hidalgo, la levita de Juárez y el pañuelo de Morelos son más importantes para identificar a estos personajes que su estructura ósea. Supongamos que vemos la imagen de un militar de mediados del siglo pasado. No nos dice nada. En cambio, si vemos que está rasurado y trae anteojitos, sabemos que es Zaragoza.

Una vez determinada la imagen, conviene proceder a zonificar las celebraciones. Supongamos que el festejado nació en Zumpango de los Tejocotes. Se quitan los Tejocotes y se agrega el apellido del festejado. (7-3-72)

Programa de festejos
Aniversarios cívicos

Los buenos festejos cívicos son la cosa más difícil de inventar, sobre todo si se pretende que sean originales, solemnes —sin llegar a ser soporíficos— y que afecten positivamente a todas las capas de la población, sin provocar divisiones ni enemistades.

Desgraciadamente, lo primero que se les ocurre a los comités encargados de formular el programa de festejos es hacer un monumento.

Es posible que haya división y que la mitad de los miembros propongan que se tumben unos árboles para erigir la estatua, mientras que la otra mitad propone que se arrase una colonia de pobres —foco de contaminación física y moral— y que se planten árboles para hacer un parque, en cuyo centro se erigirá la consabida estatua. Si el prócer está en el candelero y la patria boyante, se hará parque, si no, se tumbarán los árboles, pero, podemos estar seguros de que en ningún caso nos escapamos del monumento.

Este fenómeno demuestra que los caminos más trillados son los más equivocados. En efecto. Hay que admitir que si de hacer festejos se trata, no hay ceremonia más aburrida que la de descubrir una estatua, aun en el caso óptimo de que se atore el cordón y sea necesario llamar a los bomberos para que desde la escalera jalen la manta, y le dé insolación a la nieta del prócer. Los monumentos, hay que admitirlo, son piedras que cuestan una fortuna y que se olvidarían si no fuera porque estorban el tránsito.

Para que no resulten absurdos, es indispensable que los festejos tengan relación, aunque sea vaga, con el festejado. Por ejemplo, supongamos que se trata de conmemorar a un prócer que tuvo antecesores, aunque sea muy lejanos, de la tribu huehuetoca; que de él se conserva un sable, y que se distinguió por ser gran viajero. Es un caso sencillísimo. El primer festejo que se nos viene a la mente es organizar una carrera de relevos desde el corazón de la selva huehuetoca hasta la ciudad en que el héroe triunfó o fue fusilado. Durante varios días con sus noches los indígenas irán corriendo, en relevos, llevando uno el sable y varios más antorchas, hasta llegar a la plaza principal de la ciudad meta, en donde estarán esperándolos el cabildo, el gobernador, si es posible, los descendientes del héroe y los niños de las escuelas.

Supongamos ahora que se trata de celebrar el nacimiento de un poeta. Se puede convocar, para celebrarlo, a un concurso de sonetos, que culmine en un encuentro "internacional" de poetas —con delegados de Nicaragua— que se reunirán abajo de un árbol, a la sombra del cual, dicen las malas lenguas, el festejado tuvo amores desafortunados.

Otro procedimiento para conmemorar, que se aplica a cualquier clase de festejados, consiste en sacar los restos del cadáver de donde estén enterrados y hacerlos viajar. Si están en el lugar en que el prócer murió, se llevan a donde nació, y si no, viceversa.

Para esto, se colocan las cenizas en una urna y ésta se traslada con mucha solemnidad en el vehículo más antiguo y más incómodo de que se pueda echar mano —la cureña de un cañón de 75 mm o una carreta de bueyes son casos perfectos—, que recorre la distancia entre las dos localidades históricas con un séquito formado por los burócratas de la región afectada.

Una vez llegada a su destino, la urna se deposita en la capilla ardiente que se ha arreglado de antemano en el sótano de algún edificio público que resulte adecuado —si el conmemorado es poeta, en la biblioteca municipal, si fue político, en el palacio, etc.— en donde permanecerá frente a una lamparita económica que arderá constantemente.

Las ventajas de las capillas ardientes en lugares lóbregos sobre los monumentos son dos: son más económicas, y se convierten en el lugar obligado al que se conduce con engaños a la presunta víctima de una broma pesada y se le deja allí encerrada.

Para terminar quiero hacer referencia a una circunstancia muy delicada. Si el conmemorado fue hombre de paz, o bien unificador de la nación, no hay problema. Más problemático es festejar de manera adecuada a hombres que cambiaron el curso de la historia sin poner a la nación en peligro de que por los festejos, el curso de la historia vuelva a cambiar. Si por ejemplo, el prócer murió frente a un pelotón de soldados españoles, es evidente que la conmemoración más adecuada debería ser una matanza de españoles. Esto sería llevar las cosas demasiado lejos. Ningún trabajo cuesta dar a la celebración un sesgo salvador. Puede pensarse en hacer arcos de triunfo sobre todos los caminos que recorrió el fusilado, y adornar cada uno con un letrero que diga: "La ruta del paredón". (10-3-72)

Canción de gesta
Así fueron nuestros antepasados

Una leyenda arraigada en Salamanca, Gto., cuenta que en tiempos de la peregrinación de los aztecas, el águila se posó en un nopal que queda a medio camino entre la refinería y el basurero y empezó a comerse una serpiente, pero que los habitantes de la región —chichimecas— la encontraron antes que nadie y la espantaron, porque sabían la suerte que les esperaba en caso de dejar establecerse en esas tierras a los peregrinos aztecas.

Aunque esta versión salmantina es la única que queda del suceso, nada nos impide suponer que lo que ocurrió en Salamanca se repitió más tarde y que el águila se fue posando en Yuriria, Uriangato, Moroleón, Yóstiro y Huehuetoca, hasta que por fin encontró nopal en un lugar deshabitado —"dentro del tular y el carrizal, adentro del agua"— que queda aproximadamente en donde la calle de Corregidora desemboca en el Zócalo, en donde la encontraron los aztecas antes de que nadie tuviera tiempo de espantarla.

Podemos imaginar la contrariedad que tuvieron los primeros en divisar el portento que habían esperado tantos años. Hay que admitir que para haberlo encontrado en un lugar tan incómodo —un pantano— no lo hicieron tan mal: fundaron una ciudad fortaleza en un islote y se dedicaron a avasallar a los vecinos; inventaron las chinampas y practicaron con gran éxito las artes del comercio. Así fueron nuestros antepasados.

Los libros de primaria nos dicen que Moctezuma Ilhuicamina fue jefe del ejército antes de ser emperador, que hizo algunas conquistas en Oaxaca y Veracruz, y que durante su gobierno hubo inundaciones, sequías, nevadas y en consecuencia un hambre espantosa. Todas estas desgracias se atribuyeron a lo poco numerosos que eran los sacrificios humanos y para evitarlas Moctezuma inventó las guerras floridas. Su sucesor, Axayácatl, "llevó las armas mexicanas a lejanas tierras y conquistó Tlaltelolco". Así eran nuestros antepasados.

Muerto Axayácatl gobernó su hermano —Tizoc—, que fue el que inició la construcción del Gran Teocali. Este templo fue terminado por el siguiente emperador, Ahuizotl, quien para celebrar el suceso mandó sacrificar 20 000 cautivos en honor de Huitzilopochtli.

El siguiente emperador fue Moctezuma II. Según los mismos textos de historia patria, este emperador "sólo permitía que se presentaran ante él personas muy importantes" y con la condición de que éstas se quitaran los zapatos e hicieran tres reverencias diciendo, a la primera, "señor"; a la segunda, "señor mío"; y a la tercera, "gran señor". Permanecían con la vista baja, escuchando lo que el rey les decía y al retirarse salían caminando hacia atrás y tropezando unos con otros. Así eran nuestros antepasados.

El rey tenía un trono forrado de oro, comía en vajillas de lo mismo y, reclinado en un rico almohadón, le servían gran variedad de manjares, que él escogía señalando con una varita de oro; el pescado fresco que comía lo traían unos hombres que venían corriendo, en relevos, desde la costa. Cuando salía a la calle, lo hacía en andas.

A pesar de todo esto, nos dicen los libros de primaria, Moctezuma II no era feliz.

¿Por qué? Porque recordaba la profecía de Quetzalcóatl. Tatatachún.

Cuando llegaron los españoles, como de costumbre, todo se echó a perder. Unos aztecas murieron de viruela; otros, a pedradas; otros, colgados. Los españoles cargaron con la vajilla y las mujeres y destruyeron el Gran Teocali. Destruyeron además la sociedad azteca, que estuvo dividida en las siguientes clases: nobles, sacerdotes, guerreros, mercaderes, macehuales y esclavos; e hicieron una nueva división: vencedores y vencidos, que se conservó, aunque con otros nombres, hasta el tiempo de Porfirio Díaz, en el que estas dos clases sociales se llamaron, respectivamente, "la gente decente y los pelados".

En la actualidad, conviene agregar, existe una división que se parece más a la azteca que a la que fue fruto de la Conquista, y es la siguiente: funcionarios, millonarios, exfuncionarios-millonarios, parientes de los funcionarios, ejecutivos, empleados públicos al servicio particular de los funcionarios, burócratas, empleados particulares, jubilados, policías —bancarios, etc.—, obreros, artesanos, vendedores de lotería, repartidores de "ofertas", gente que canta en los camiones, campesinos, y gente que ni da golpe, ni cobra, pero que forma una de las clases más humildes, más numerosas, de nuestra sociedad. (10-12-71)

Si no fuéramos quienes somos
Reflexiones sobre la Colonia

El otro día, echándole una ojeada a estas páginas, encontré un artículo en el que, a propósito del monumento o del no monumento a Cortés, se planteaba la incógnita de qué sería México si en vez de por los españoles hubiera sido conquistado por los ingleses, los franceses o los holandeses. Me quedé pensando en el problema y, a pesar de que estas disquisiciones entran dentro del género de la de "si mi tía tuviera ruedas", voy a permitirme poner aquí algunas de las ideas que me vinieron a la cabeza.

En primer lugar, se me ocurrió que la idea tan socorrida de que cada nacionalidad tiene un sistema de colonización que le es característico es falsa. Como también lo es la de que haya razas de conquistadores humanitarios y otras de conquistadores inhumanos. La única regla general es que los pueblos conquistados son pueblos divididos, absortos en rivalidades internas e incapaces de presentar un frente común. Aquí en México hay quien dice que los españoles vinieron con los brazos abiertos, se mezclaron con el pueblo, rieron y cantaron con él, produjeron gran mestizaje, le dieron al pueblo conquistado un idioma, una religión y leyes justas y, por último, España se desangró de tanto talento que se vino a las colonias. Por otra parte, hay quien dice que los españoles destruyeron nuestra cultura, nos explotaron durante trescientos años y se fueron cuando no les quedó más remedio. Ahora bien, los proponentes de estas dos teorías contradictorias están, por lo general, de acuerdo en que si ser colonia española fue malo, haberlo sido inglesa hubiera sido peor, porque los ingleses tenían por sistema acabar con los indios y después importar negros para hacer los trabajos pesados.

Una vez establecidas estas teorías, vamos a imaginar cosas que no ocurrieron. Vamos a suponer que a Veracruz, en vez de llegar Cortés, llegan los *pilgrims*. ¿Qué hubiera pasado? Mi impresión es que la cena de acción de gracias, en vez de comérsela los ingleses se la hubieran comido los indios, y en vez de guajolote hubieran tenido *pilgrim*. Esto hubiera ocurrido por dos razones fundamentales, que corresponden a las dos deficiencias que tenían los *pilgrims* como conquistadores en relación con los españoles: eran protestantes y venían con la familia. El protestantismo es una religión con la que no se conquista a nadie. No es vistosa y no propone la obediencia como virtud. Por otra parte, el hecho de venir con la familia, que dio tan buenos resultados en un lugar escasamente poblado como era el norte del continente, en México hubiera sido mortal. Un hombre casado tiene menos necesidad de "fraternizar" con los nativos que un soltero. Hace su casa, siembra, ordeña la vaca y mata al que se le pone enfrente, o lo matan si son demasiados. Un soltero, en cambio, necesita que le hagan la comida y la cama. Su supervivencia estriba en establecerse como "pachá" y vivir rodeado de nativos que le hagan los mandados.

Pero hay otras alternativas posibles. Los ingleses no sólo colonizaron los Estados Unidos, sino que también conquistaron la India. ¿Cómo hicieron? Pusieron una tiendita que con el tiempo se convirtió en la Compañía de Indias y más tarde en el Imperio Británico. Pasaron siglos antes de que se les ocurriera enseñarles protestantismo a los hindúes y si les enseñaron inglés fue porque en la India había cientos de dialectos y ellos nunca tuvieron talento lingüístico. Fue una conquista comercial y tecnológica, no militar ni cultural.

Si los ingleses hubieran venido a México y hubieran aplicado el mismo procedimiento que en la India, hablaríamos inglés como segundo idioma, entre nosotros nos entenderíamos en náhuatl, en el Zócalo, en vez de catedral habría pirámides, una parte de nosotros estaría en Vizcaya; otra, en Sonora; otra más, en los barrios pobres de Londres... Todo esto, claro está, siempre y cuando los conquistadores ingleses no hubieran acabado sacrificados a los quince días, o a los veinte años de desembarcados.

Pero todo esto no ocurrió. No fuimos conquistados por un país de comerciantes y agricultores, sino por uno de militares y sacerdotes. No sólo nos conquistaron, sino que, además, nos dejaron irreconocibles. Por otra parte, nosotros, sin saberlo y sin ganas, fomentamos las malas mañas de los españoles y somos los principales responsables del fin de su imperio (por no decir el principio de su decadencia). La plata que salió de América sirvió para que los españoles compraran cosas en el extranjero, contribuyó a la industrialización de Europa y dejó a España sin industria y subdesarrollada en el siglo XIX. Por otra parte, la existencia de las colonias (americanas y europeas) aumentó la importancia de la clase militar, con los resultados que tenemos a la vista.

Para nosotros, la Independencia no trajo consigo la igualdad, sino que dejó una clase que siguió comportándose como los conquistadores, con gran "señorío", y que se sigue comportando igual a pesar de cien años de pleitos y cincuenta de justicia social. (31-10-69)

Nuevas lecciones de historia
Revitalización de los héroes

La historia que nos han enseñado es francamente aburridísima. Está poblada de figuras monolíticas, que pasan una eternidad diciendo la misma frase: "la paz es el respeto al derecho ajeno", "vamos a matar gachupines", "¿crees tú acaso, que estoy en un lecho de rosas?", etcétera.

Los héroes, en el momento de ser aprobados oficialmente como tales, se convierten en hombres modelo, adoptan una trayectoria que los lleva derecho al paredón y adquieren un rasgo físico que hace inconfundible su figura: una calva, una levita, un paliacate, bigotes y sombrero ancho, un brazo de menos; ya está el héroe, listo para subirse en el pedestal.

Todo esto es muy respetuoso, ¿pero quién se acuerda de los héroes? Los que tienen que presentar exámenes. ¿Quién quiere imitarlos? Yo creo que nadie. Ni los futuros gobernadores.

Cuando ve uno pasar un camión que dice: "El Pípila vivió ochenta años", piensa uno para sus adentros: "cuestión que no me importa", y tiene uno toda la razón.

Pero si la historia de México que se enseña es aburrida no es por culpa de los acontecimientos, que son variados y muy interesantes, sino porque a los que la confeccionaron no les interesaba tanto presentar el pasado, como justificar el presente.

El cura Hidalgo de las escuelas en el momento en que abre la boca para dirigirse a los fieles ya tiene en la mente un panorama exacto de lo que va a resultar del lío en que se está metiendo: un México independiente, mestizo, con expropiación petrolera y reforma agraria.

Si alguien pregunta, ¿era buen sacerdote Hidalgo?, la respuesta está implícita en la leyenda: si algún defecto tenía era el de ser demasiado liberal, lo cual, huelga decir, es bueno. Da el grito, muchos lo siguen, varias ciudades caen en sus manos; recorre, en marcha triunfal, un buen pedazo de la República; un batallón se le interpone, sufre un descalabro y por un error trágico no toma la ciudad de México, que está desguarnecida. Después todo le sale mal: pasa al paredón y de allí, a la columna de la Independencia. ¿A qué se reduce esto a fin de cuentas?: a la historia de un viejito.

A mí, cuando era chico me contaron un cuento que, a pesar de ser mentira, presenta a un Hidalgo más interesante. Es así: pasan por Dolores dos canónigos y se hospedan en la casa del cura Hidalgo. En la tarde juegan a la baraja, creen que el anfitrión es tonto y se preparan para desplumarlo. Le enseñan un juego nuevo, que se llama rataplán. Se trata de hacer pares. Descubren las cartas. Hidalgo tiene par de sietes, los canónigos par de dos y de tres, respectivamente. Hidalgo está recogiendo las fichas, cuando el canónigo número uno le dice:

—Momento, Excelencia. Yo tengo rataplán real, que es par de dos más un caballo —y recoge las fichas.

Al siguiente juego Hidalgo, que tiene rataplán real, cree que ha ganado por segunda vez, pero el canónigo número dos lo desengaña. Le muestra par de tres y un siete y le dice:

—Este es rataplán imperial —y se lleva las fichas.

Crecen las apuestas. Al descubrir el tercer juego, se ve que un canónigo tiene rataplán real y el otro, imperial. Hidalgo tiene pachuca, pero dice:

—Este juego, así, se llama rataplán divino —y se lleva las fichas.

Reconozco que es un cuento muy malo, pero sirve para que los niños de las escuelas se familiaricen con los héroes.

En otros casos los héroes adquieren ambiente de piedra, no por intervención oficial, sino por defectos de las fuentes. Este es el caso de Obregón. En todos los documentos en que se le menciona se le caracteriza como ingeniosísimo —dicen que la gente se desternillaba al oírlo— pero en ningún testimonio de los que he visto he encontrado transcrito alguno de sus *jeux de esprit*. Se podría hacer un concurso y que los concursantes inventen los chistes de Obregón. Mil pesos al autor de cada chiste que apruebe el jurado. (1-6-74)

Reflexiones profanas
La consumación: principio, no fin

Uno de los espectáculos que revelan con elocuencia nuestras costumbres lo presentó la Cámara de Diputados el martes 14 de septiembre. Se leyó una iniciativa presidencial de festejar el 150 aniversario de la consumación de la Independencia y de escribir en el muro de la Cámara, en letras de oro, la frase de Guerrero: "La Patria es Primero".

Después de leída la proposición presidencial, todos los diputados y "el numeroso público que llenaba las galerías", dice la información, se pusieron de pie y aplaudieron. Después empezaron, no las bofetadas, pero sí los insultos.

El motivo de la disputa no fue ni la iniciativa presidencial, que quedó aprobada por todos los partidos, ni la personalidad de Guerrero, quien quedó aplaudido, aprobado y reconocido como consumador de la Independencia, sino Iturbide, que fue acusado por varios diputados de realista cruel y encarnizado; mañoso, traidor, desertor de conspiradores y delator de patriotas; sacrificador de Matamoros; enemigo de la Independencia además de ladrón; oportunista, y prototipo, símbolo y representante de los reaccionarios que lucharon contra la Independencia y contra la República, y que ahora siguen oponiéndose a que México logre su independencia económica, etcétera.

Parte de esta explosión pasional fue provocada por la posición de los diputados del PAN, que propusieron que se reconociera a Iturbide también como consumador de la Independencia; puesto que así lo considera un sector de los mexicanos y éste es el momento de unirlos y no "de querer hacer motivo de separación y división entre ellos".

Digo que esta noticia me parece interesante, porque es prueba de que en un país en donde no existe lo que pudiera llamarse oposición, hay en cambio partidarios de lo que sea, siempre y cuando se refiera al pasado. Aquí hay partidarios de los indios, de los españoles, gente que está de acuerdo con los franciscanos, pero no con Cortés; hay partidarios de Hidalgo y otros que consideran que no le llegó a los talones a Morelos, hay quien cree que Santa Anna no fue un traidor y otros que piensan que si perdió todas las batallas fue por culpa de Gómez Farías. Hay juaristas y gente que piensa que Maximiliano fue el único liberal que ha pisado estas tierras. Hay porfiristas, maderistas, carrancistas, zapatistas, villistas, obregonistas —lo único que no hay es huertistas y pablogonzalistas, ¿o alguien quiere tomar la palabra? Pero eso sí, llegada la época actual todos estamos de acuerdo con el señor Presidente.

En fin, así somos. Pero volviendo al episodio cuyo aniversario estamos a punto de festejar, la consumación de nuestra Independencia, yo, aunque no soy experto, ni tengo en la mano los pelos de la mula, quiero decir lo siguiente:

Que, francamente, el abrazo de Acatempan y la entrada en la ciudad de México del Ejército Trigarante son de los episodios de la historia de México que más descontento me dejan.

La razón fundamental de esta insatisfacción consiste en que esos dos acontecimientos se nos presentan como consumación, es decir, como el final de algo —la lucha por la Independencia— que comenzó once años antes, con el Grito de Dolores. Ahora bien, que algo que empieza con "¡Vamos a matar gachupines!", termine con garantías a los mismos gachupines, es algo que me parece mal construido. Es como ir al cine y ver proyectados los primeros rollos de una película de suspenso y el último de una película de Sara García, con la reconciliación de los hermanos.

Se me ocurre que sería mucho más interesante presentar el abrazo de Acatempan y la entrada del Ejército Trigarante no como el final de una obra, sino como el principio de otra. Eso es mucho mejor: abrazo, luego desfile, regocijo del populacho, calma después de la fiesta. Reina la tranquilidad. Esto hace pensar al espectador atento que algo malo está en gestación y a punto de tronar.

En efecto, algo truena, pero es lo que menos se espera uno. Pío Marcha, sargento del batallón de ligeros, sale una noche y recorre calles céntricas gritando: "¡Viva Agustín Primero, Emperador de México!" Y ya es emperador Iturbide. Coronación en la Catedral.

En contraposición con la pompa de esta escena, llena de generales, obispos y señoras perfumadas, se puede presentar otra muy diferente, para dar contraste.

Abre con una toma general de la bahía de Acapulco al mediodía. Hay un barco anclado en el centro de la bahía. El dueño del barco, que tiene un nombre perfecto —se llama Pittaluga—, asoma, acodado en la amura y mira hacia una lancha de remos que se acerca.

A bordo de la falúa viaja Vicente Guerrero que está invitado a comer.

Lo que ocurre a continuación se ha visto en muchas películas y siempre es fascinante. Pittaluga, como su nombre lo indica es un canalla y la comida es una trampa, en el licor se ha disuelto un somnífero. El visitante sale del comedor en calidad de fardo, inerte y maniatado y de allí es transportado al paredón. Y así sigue la película, que puede terminar por ejemplo, cinco minutos antes de que estalle la Guerra de Tejas. (24-9-71)

Sangre de héroes
El grito, irreconocible

El otro día oí a una madre explicarle a su hijo de siete años los rasgos fundamentales de la historia de México basándose en una de esas series de estampas con retratos de hombres célebres. Le decía:

—Morelos es el del pañuelo amarrado en la cabeza, Zaragoza, el de los anteojitos, Colón es éste, que se parece a tu tía Carmela, Iturbide, el de las patillas y el cuello hasta las orejas. El cura Hidalgo es este viejito calvo.

Francamente mi primera clase de historia fue mucho más interesante. Mi madre me llevó a la Alhóndiga de Granaditas y me dijo:

—De esos ganchos que ves allí, colgaron las cabezas de los insurgentes.

Me impresionó tanto la noticia que me quedé convencido de haber visto no sólo los ganchos, sino también las cabezas, al grado de que, años después que regresé a Guanajuato, me quedé asombrado de no encontrarlas.

Mi abuela también me daba clases de historia a su manera. Claro que su fuerte era la Revolución.

—Ojo Parado, el hermano de Madero, se hincaba y les pedía: "¡No me maten, no me maten!" De nada le sirvió al pobre. De todas maneras lo mataron.

En materia de la Independencia los informes que me

daba eran de otra índole. Sabía los nombres de la familia de seis o siete generaciones. Me decía:

—Tú te llamas Jorge Ibargüengoitia Antillón, Cuming, Castañeda —aquí seguía una lista de nombres que he olvidado excepto los tres últimos, que eran: Aldama, Crespo y Picacho.

Aldama, el héroe de la Independencia cuya cabeza estuvo colgada de uno de los ganchos de la Alhóndiga, era mi abuelo en cuarto grado; es decir, yo soy su chozno.

Durante muchos años viví orgulloso, sintiendo que por mis venas corría sangre de héroes. Hasta después me enteré de que Aldama no fue el único de la familia que intervino en la toma de Granaditas. En el interior de la Alhóndiga estaba el penúltimo gachupín de la familia, don Pedro Ibargüengoitia, quien murió en esa ocasión, allí mismo y por la razón antes expuesta.

Cuenta la leyenda que, en el pánico que había entre los españoles de Guanajuato al saber que se acercaban los insurgentes, don Pedro decidió irse a la Alhóndiga y encargó a su mujer, que era mexicana, a un amigo suyo, el señor Ajuria. Tomada la plaza, incendiada la Alhóndiga y muerto don Pedro, los otros dos se casaron y formaron una familia que resultó tan ilustre como la mía.

Pero ahora regresemos a la señora que está explicándole a su hijo que Morelos es el que tiene el pañuelo amarrado en la cabeza, etcétera. Lo que quiero decir al poner como ejemplo el de esta señora, es que con el culto a los héroes, lo único que se ha logrado es volverlos aburridísimos. Tanto se les ha depurado y se han suprimido con tanto cuidado sus torpezas, sus titubeos y sus debilidades, que lo único que les queda es el pañuelo que llevan amarrado en la cabeza, la calva, o alguna frase célebre, como la de "vamos a matar gachupines", o "si tuviéramos parque, no estarían ustedes aquí", etcétera.

En este sentido, Hidalgo es de los que salen más perjudicados. Hasta físicamente. Es de los pocos casos conocidos de personas que han seguido envejeciendo después de muertas. Fue fusilado a los cincuenta y ochos años, pero no ha faltado quien, arrastrado por la elocuencia, diga: "Quisiera besar los cabellos plateados de este anciano venerable".

Cada año se conmemora su célebre grito, repitiéndolo corregido, censurado y aumentado hasta volverlo irreconocible. De tal manera, que cuesta trabajo imaginar en sus labios frases que no sean: "¡Viva México! ¡Viva Fernando Séptimo! ¡Vamos a matar gachupines!", o, peor todavía: "¡Viva México! ¡Viva la Independencia! ¡Vivan nuestros héroes!"

Los libros de texto nos pintan un cuadro soporífico. Un anciano sembrando moras, cultivando gusanos de seda, probando uvas —agrias, probablemente—, defendiendo a los indios de los abusos de los hacendados con frases tales como:

—¡En nombre de Dios, deteneos! ¡Tened piedad de estos pobres indios!

Todos los rasgos interesantes del personaje se pierden. Por ejemplo, su viaje a Guanajuato para pedirle al Intendente Riaño el tomo que corresponde a la C, de la Enciclopedia. Podemos imaginarlos abriendo este libraco en la anotación que dice: "Cañones. Su fabricación".

También podemos imaginarlo, durante el sitio de Granaditas, llamando a un minero.

—A ver, muchacho, ¿cómo te llamas?

—Me dicen el Pípila, señor.

—Pues bien, Pípila, mira, toma esta piedra, póntela en la cabeza, coge esta tea, vete a esa puerta y préndele fuego.

Es un personaje más interesante, ¿verdad? Sobre todo si tenemos en cuenta que el otro le obedeció. (15-9-70)

Natalicio del benemérito
Difamaciones, viejas y nuevas

En el Cerro de la Estrella, de Iztapalapa, se efectuará hoy a las 16 horas "...la ceremonia del Fuego Nuevo. Una hora después saldrá del cerro una antorcha que en carrera de relevos será llevada al jardín Hidalgo, de Santa Anita, primero; de allí continuará al Deportivo Coyuya, para terminar en el centro social 'José María Pino Suárez', donde permanecerá el tiempo que duren las festividades" (*Excélsior*, 17 de marzo de 1972, 24-A).

Agrega la nota que... "En la plaza cívica del mencionado centro, habrá una feria popular, donde será elegida, entre cuatro señoritas representantes del mismo, la Doncella de la Primavera 1972".

"La entrada de la primavera, según recordó ayer la Dirección de Acción Cultural y Social del Departamento del Distrito Federal —al leer la nota yo tenía la esperanza de que dijera 'acordó', pero no se me hizo, dice 'recordó'— era muy importante para el pueblo azteca..." etc. Y en consecuencia, podemos agregar, se festejaba, no el día que entraba la primavera —este año entra el día 20 a las 6 horas 22 minutos— sino el día del natalicio de Juárez.

Según la opinión de varios entendidos, si las celebraciones juaristas siguen el curso que llevan, el Benemérito va a acabar el año confundido con Xochipili Macuixóchitl.

Yo creo que nadie ha sido tan difamado.

En mis tiempos de escolar, en las escuelas en que estudié —anticonstitucionales, por supuesto, de las que florecían entonces y siguen floreciendo ahora—, mis maestros, que todavía no descubrían el marxismo, vivían aterrados por fantasmas que databan de la Reforma Luterana y la Revolución Francesa. Todo lo que se atribuye actualmente a los comunistas se atribuía entonces a los protestantes o a los masones.

Benito Juárez era, por supuesto, el número uno entre los personajes funestos. Una especie de robot del rito escocés. Esto, que digo ahora tan fácilmente, conjuraba entonces para mí, una serie de imágenes: Benito Juárez con un compás y una escuadra, en un cuarto medio oscuro —la Logia— con decorado babilónico, en compañía de unos escoceses de patillas diciéndole que querían el dinero de la Iglesia.

En una hora libre que tuvimos, por ausencia de algún maestro, el profesor titular entró en el salón y para entretenernos en algo, nos narró el episodio de cuando el gobierno juarista le pidió a la Mitra dos millones de pesos fuertes. Por supuesto que la Mitra no se los dio.

—Por la sencilla razón de que no los tenía —explicaba el profesor—. Es como si en estos momentos entran varios hombres armados en este salón y nos exigen dos millones de pesos. No se los damos. No por falta de ganas, sino porque dudo mucho que juntando el dinero que traen ustedes en la bolsa con los cuarenta y cinco centavos que yo traigo en la mía, se junten dos millones de pesos.

Nos dio mucha risa, pero no creo que ninguno de los presentes haya pensado que el símil fuera exacto.

Benito Juárez tiene, entre muchos méritos indiscutibles, el algo olvidado y dudoso de ser el fundador de la gran burguesía mexicana —incluyendo la revolucionaria—, dentro de la cual me tocó nacer y a la cual pertenezco parcialmente. Sin embargo, no dejo de comprender que como organismo social dicha burguesía es uno de los organismos sociales más antipáticos que han existido en la historia de la humanidad.

Digo que Benito Juárez es su fundador porque los bienes del clero no los repartió entre los pobres, sino que se los vendió a precios muy razonables a quien pudiera pagarlos: es decir, a los ricos, volviéndolos más ricos.

Hay la leyenda bastante corriente de que en tiempos de la intervención y del Imperio, los pobres estaban con Juárez y los ricos con Maximiliano. Yo, francamente creo que esto es una gran mentira. Un pueblo que recibió a De Gaulle con tanto júbilo ha de haber estado encantado con las barbas de Maximiliano.

El problema fundamental de la figura de Juárez es que nunca tuvo, ni tiene, ni tendrá nunca, a menos que se le deforme, ninguna de las características que son indispensables para llegar a ser popular. No es guapo, ni tuvo actos famosos de pasión, ni murió luchando por sus creencias, ni conquistó nuevas tierras. Es un héroe de la resistencia... Pero de los que sobrevivieron.

Hasta su frase célebre es defectuosa. Es mitad obvia y mitad coja. Por supuesto que la paz es el respeto al derecho ajeno, en eso todos estamos de acuerdo. En lo que nadie está de acuerdo es en cuál es el derecho ajeno. (21-3-72)

Memorias de las buenas guerras
Avance y retroceda

El general Antillón, uno de mis bisabuelos maternos, era guapo de los que ya no hay. En el retrato más impresionante que nos dejó aparece mirando a la cámara intensamente, como si quisiera romperla a base de mesmerismo. Tenía entonces cuarenta y tantos años, una frente muy amplia —que acabó en calvicie— bigote y piocha "imperial" y un uniforme elegantísimo, copiado probablemente de los que usaba Napoleón III, que era el enemigo, porque mi bisabuelo fue liberal y republicano. Pasó muchos trabajos defendiendo su patria y fue recompensado después con un periodo en la gubernatura de su Estado natal, Guanajuato, durante el cual tengo entendido se inició la construcción del teatro Juárez. No sé si fue de mi bisabuelo la idea de que el teatro fuera neoclásico por fuera y morisco por dentro.

Dejó a sus nietos la impresión imborrable de un hombre altísimo y autoritario. Mi madre lo recordaba caminando por una huerta y deteniéndose ante un chirimoyo.

—A ver, muchacho —le dijo a un jardinero— préstame esas tijeras —el jardinero le dio unas podaderas y él cortó una rama del chirimoyo—. Un hombre más alto que yo no hubiera podido pasar por aquí sin darse un golpe en la cabeza.

Mi madre terminaba el relato así:

—Decía eso por necedad, porque un hombre más alto que él no había en cien kilómetros a la redonda.

Mi madre heredó de él la tendencia a podar todas las plantas más de la cuenta.

El general murió en enero de 1905 o 1906, en la hacienda de Santa María. El telegrama con la noticia llegó a la casa de mis abuelos cuando los mozos estaban bajando por la escalera los baúles y las sombrereras, porque la familia se iba a las fiestas de León. El luto les echó a perder la temporada.

Pero volviendo al general vivo y en sus buenos tiempos, quiero decir que lo recuerdo siempre en estas fechas, porque tuvo la extraña y dudosa fortuna de haber llegado, con la brigada a su mando, a la batalla del cinco de mayo el día seis.

Supongo que la memoria de este retraso, que él ha de haber considerado deshonroso, lo persiguió toda la vida. Se le fue la victoria por un pelito y le tocaron todas las derrotas. Estuvo en el sitio de Puebla. Cuando por fin los franceses entraron en la ciudad, él fue uno de los que estaban entre escombros, rifles rotos y cañones despanzurrados en mangas de camisa, con la cara manchada de pólvora y los brazos cruzados sobre el pecho, mirando desafiante al invasor.

—¿Me da usted su palabra de honor de que no intentará escapar? —le preguntó un oficial francés al hacerlo prisionero.

—¡Jamás! —contestó mi bisabuelo.

Lo encerraron en una casa con los demás generales. Podemos imaginar las conversaciones que tuvieron entre ellos: "si tú me hubieras apoyado...", "si yo hubiera tenido más parque...", etc. Escapó a los pocos días.

En su hoja de servicios dice escuetamente que después de su fuga se presentó al Supremo Gobierno en México. Podemos imaginarlo como prófugo clásico: desarrapado, arrastrando los pies por los caminos polvosos del estado de Puebla, ocultándose de la gente, robándose unas manzanas al pasar por Huejotzingo. O bien, lo que es más probable, llegando al casco de una hacienda, pidiendo ver al administrador y diciéndole:

—Présteme un caballo, porque soy general de brigada y tengo que ir a México. La patria se lo pagará.

Esta fue la primera de varias veces en que el Supremo Gobierno es decir, Juárez, mandó a mi bisabuelo "a revolucionar en Guanajuato", con órdenes muy imprecisas: "...haga lo que pueda, tome las medidas que considere prudentes [...] forme un cuerpo de ejército del tamaño y forma que a su juicio sea indicado...", etcétera.

El general se fue a Guanajuato y logró formar una división, misma que fue derrotada y puesta en desbandada en Matehuala dos años más tarde, en 1865. Mi abuelo volvió a presentarse ante el Supremo Gobierno, que para entonces ya andaba en Monterrey, y el Supremo Gobierno volvió a mandarlo a "revolucionar en Guanajuato", nomás que en esta ocasión, Juárez, en vez de darle instrucciones, le dio dos nombramientos: gobernador de un Estado que estaba en poder de los imperiales y comandante en jefe de unas tropas que no existían. (7-5-78)

Regreso al castillo
La historia como canción de cuna

La figura de Juárez en el acervo literario-pictórico-popular anterior a su centenario, era como la de Dios en la Biblia: sus intervenciones eran escasas, breves y contundentes. En teatro lo representaba un actor de segunda que no tenía más función que la de decir frases como "Lo siento mucho, pero no queda más remedio", y firmar una sentencia de muerte. Dicho esto, salía por la derecha para dejarle el escenario libre al primer actor, que entraba desabrochándose la pechera, consolando a Mejía o dándoles propina a los que habían de fusilarlo.

Con todo, hay que admitir que a pesar de la fama de guapos, de ser de tan buenas familias, de las crinolinas, de la barba partida, de los landós, de las charreteras y de los numerosos intentos de volver romántica la historia de Maximiliano y Carlota, si él no hubiera muerto fusilado y ella loca y octogenaria, la pareja, como tema literario, hubiera pasado inadvertida. No son personajes trágicos. Es decir, no son dos que a pesar de su grandeza fracasaron, sino dos que por estar mal informados les fue como les fue.

Pero si bien es cierto que como figuras románticas son ligeramente patéticos, en su papel de potentados, de pioneros del refinamiento, son formidables: he aquí dos personajes que llegaron a tierras bárbaras, mojigatas y pobres, y entre un desembarco y un fusilamiento formaron una corte decadente.

Por eso era fascinante el Castillo de Chapultepec antes de que se volviera Museo de Historia. "Smoking & Touching are Forbidden", decía cada diez metros. Y en español, además, otra prohibición: "no escupir".

La gente entraba con mucho respeto —y gratis— a ver la cama donde dormía la Emperatriz, la tina donde se bañaba, el recibidor donde recibía, los adefesios que le regaló Francisco José y los muebles horribles —de madera de teka— que le regaló el Emperador de la China. Junto a todo esto se podía ver también un comedor porfiriano que tenía un techo de madera tan repujada que parecía que iba a caerse en la cabeza del observador, y el despacho, espartano en comparación, en donde Obregón se reunía con su gabinete.

Si he de ser franco, a mis ojos infantiles todo esto quedaba opacado por el famoso elevador hidráulico, del que no se podía ver más que la reja que impedía la entrada a un socavón oscuro. Para mí —yo creía que lo hidráulico quería decir que el elevador flotaba— Maximiliano y Carlota eran dos personajes que para llegar a su casa llenaban un cerro de agua.

No era muy didáctico el Castillo. Nadie hubiera aprendido historia de México con sólo visitarlo, ni a nadie se le hubiera ocurrido que semejante cosa pudiera sucederle. Pero lo expuesto tenía una fuerza de evocación semejante a la que tienen los cuartos de los muertos cuyos familiares han decidido "dejar todo tal cual".

Todo ha cambiado. Se pretende que con sólo recorrer unas cuantas salas el espectador adquiera una idea clara de la historia de México de acuerdo con los dogmas aprobados por la Secretaría de Educación Pública. En vista de estos conceptos se degradó al Castillo de Chapultepec de su categoría de Recinto Histórico a la muy inferior de Museo de Historia.

Al que, como yo, regresa al Castillo después de una larga ausencia, le esperan muchas sorpresas. La reja del elevador está abierta, el socavón alumbrado, pero al fondo del pasillo, en vez del hidráulico, hay un Otis de los más sencillos y un pobre hombre encargado de abrir las puertas y cobrar los treinta centavos.

Saliendo del elevador, como reflejo automático, quise ver la cama de Carlota. No pude. Decía "prohibido el paso". Alcancé a ver nomás que la balaustrada de la terraza donde salía Medea de Novara a que le cantaran "la paloma", está ahora adornada con Niños Héroes: verdes, espigados, plasmados en el instante mismo de su agonía, precoz y breve. Girando la vista noventa grados encuentro otro intruso. Por contraste, es gordo y está hecho en metal colorado: Morelos, con machete desenvainado, en actitud de atacar a los niños de las escuelas que salen de visitar el Castillo.

Hay que pagar cinco pesos.

Muchos entran, para abrir boca, en la cochera. Como suele ocurrir en las casas de los políticos hay más coches de los que caben. Unos, sobrios, transportaron a Juárez; otros, más adornados, llevaron en su interior a gente que tuvo mucha peor suerte. De las paredes cuelgan, sin letreros, los retratos monumentales de tres personajes incluidos en la lista negra: Porfirio Díaz, Maximiliano y Miramón.

Después pasa uno entre las culebrinas. "No hay nada más aburrido que una colección de culebrinas", piensa uno. Al entrar en el siguiente salón rectifica: "excepción hecha de una colección de retratos de todos los virreyes de la Nueva España, pintados con la misma mano, del mismo tamaño y en la actitud clásica de los villanos de telenovela". A mano izquierda está un Velázquez, falsificado por un incompetente. Pasa uno al siguiente salón: México Independiente. Está dividido en periodos, los periodos a su vez, en retratos; cada retrato tiene junto la pechera ensangrentada o el paliacate que usó en vida el retratado, y una explicación demasiado larga. Todo esto, entreverado con murales de los pintores chambistas de la Escuela Mexicana, que aprovecharon el contrato para explicarnos por enésima vez cómo les vibran las almas al unísono con la cultura oficial.

Yo hubiera pensado que todo esto era didáctico y demasiado claro, si no es porque al salir oí que un niño le preguntaba a su madre:

—¿Quiénes eran los buenos, mamá?

Desgraciadamente no pude oír la respuesta. (13-6-72)

Sesenta años de gloria
Si Villa hubiera ganado...

Los cumpleaños tienen dos defectos: son inevitables y acumulativos y además, van deformando la personalidad del que los festeja. En alguna parte leí que el principal problema que existe en los asilos de ancianos es el de la imposibilidad de comprensión, puesto que a los ojos del personal encargado, las internas son unas viejitas desdentadas que pasan el día tejiendo o mirando la televisión, mientras que cada una de ellas, en cambio, se considera a sí misma dentro de una perspectiva temporal mucho más amplia, que incluye el premio de matemáticas que ganó en tercero de secundaria, el baile al que asistió algún personaje ya difunto, el marido enterrado y el recuerdo de muchas glorias que resultan incomprensibles para los que la atienden.

Lo mismo pasa con las revoluciones. Se hacen viejas y llega un momento en que cuesta mucho trabajo recordar lo que fueron en sus mocedades. A la nuestra, por ejemplo, le pasa lo mismo que a todas las mujeres de sesenta años. Ha adquirido una respetabilidad que nunca hubiera pretendido tener en su juventud. Actualmente, la revolución mexicana es un movimiento en el que participamos una gran mayoría de mexicanos, encaminado para lograr la justicia social y el bienestar de los mismos.

Cuesta trabajo recordar que nació como un impulso arrollador para arrancar de su pedestal a un figurón monolítico;

que sus primeros veinte años son, en realidad, una sucesión no interrumpida de acusaciones de traición y de actos de desconocimiento; que al alcanzar su mayoría de edad pasó por un periodo francamente socialista, y que al llegar a su madurez tuvo necesidad de reconocer la existencia de ciertos problemas fundamentales de supervivencia, viéndose obligada a claudicar en muchos terrenos.

En la actualidad, las mocedades de la Revolución siguen siendo de los episodios más confusos de nuestra historia.

—¿Zapata era bueno, mamá? —preguntan los niños.

—Sí, era bueno. Luchó contra la opresión del campesino y porque se les entregara la tierra a quienes la trabajan —explica la madre patriótica y revolucionaria.

Ésta es la parte fácil. Lo que cuesta más trabajo explicar es cómo, siendo bueno, luchó en contra de Madero, que también era bueno, y de Carranza, que también lo fue; y cómo siendo bueno, murió a consecuencia de una intriga en la que, todo parece indicar, metió las manos don Pablo, otro buenazo que años antes había combatido al archivillano irredento de la Revolución: Victoriano Huerta. Prueba de la maldad de este último es que ni siquiera le han hecho estatua.

Ahora, la Revolución joven se nos presenta como un movimiento popular de los pobres contra los ricos y el ejército. Éste no es un concepto nuevo. Era la idea que tenían Zapata y Villa cuando se juntaron antes de entrar en la ciudad de México. Nomás que cuando dijeron, *mutatis mutandis*:

—Ahora sí ya nos juntamos los pobres para acabar con los ricos...

No estaban pensando sólo en los ricos porfirianos, sino también en los carrancistas.

Lo que pasa es que, en busca de la simplificación, se ha tratado de ver la Revolución como un *western*, con malos y buenos, triunfadores y vencidos y en donde la virtud se impone al final.

Pero querer ver la Revolución como *western* es no entenderla. Es cierto que fue un movimiento popular, pero no todos los revolucionarios eran igual, del "pueblo".

En una película que vi de la época, hecha por un señor de Sinaloa, aparece la entrada de Carranza en la ciudad de México. Va él a caballo, entre un mar de sombreros anchos y calzones blancos. De repente el de a caballo se detiene y el mar se abre, para dejar el paso a unos señores de levita pasada y sombrero alto, que vienen a estrechar la mano del triunfador. Estos mismos señores nunca hubieran salido a darle la mano a Zapata o a Villa, porque sabían a qué se hubieran atenido. En el momento de estrechar la mano de los de chistera, Carranza contrajo uno de tantos compromisos que él creía necesarios, porque consideraba que había llegado el momento en que, más importante que nada, era pacificar al país.

Se comprometió con todos, menos con los que no estaban dispuestos a comprometerse, que eran Zapata y Villa. A ésos tuvo que aniquilarlos.

Lo que hubiera pasado si Villa hubiera ganado la batalla de Celaya es algo que no podemos ni siquiera imaginar. Claro que no podía ganarla, porque la tenía perdida antes de empezar. No sólo por los errores tácticos que cometió, que fueron garrafales, sino además y principalmente, porque en el país no había elementos técnicos suficientes para sostener un ejército. Eso tenía que venir de fuera, y el gobierno de los Estados Unidos ya había decidido a quién darle los medios para ganar la batalla. No era a Pancho Villa.

Zapata y Villa perdieron la guerra y la vida, pero no completamente la Revolución, como veremos en otro artículo. (21-11-73)

Sesenta años de gloria
Descripción de un combate

En una película sobre la Revolución que tomó un señor de Sinaloa, hay una parte bastante larga en la que aparece la llegada de los delegados a la Convención de Aguascalientes. Esta convención, cabe advertir, fue la primera reunión de los revolucionarios triunfantes que participaron en la destrucción del régimen de Victoriano Huerta.

Cabe advertir también que cuando se celebró esta reunión ya había una división muy clara entre los revolucionarios. Había dos bandos, que actualmente se hubieran considerado respectivamente, radicales y moderados, pero que en aquella época eran los que estaban contra Carranza y los que estaban con él. Los primeros estaban encabezados por Villa y Zapata; los segundos lo estaban por Obregón y Pablo González. Carranza vio la Convención tan perdida y las aguas tan agitadas que no asistió a ella.

Pero lo que yo quería decir es que en la película aparecen los jefes revolucionarios entrando en el recinto de la Convención. Al verla actualmente nos damos cuenta de que todas las revoluciones tienen elementos comunes con los bailes de máscaras. Cada jefe va adquiriendo una apariencia que es la característica de la que después ya no puede prescindir. Lo que se llama "carisma" está íntimamente ligado, no a una personalidad, sino a una estampa. Ejemplos modernos de esto son las barbas de Fidel y la chaqueta de Mao, que son mucho más importantes de lo que fueron el puro de Churchill y la silla de ruedas de Roosevelt. Hay fotografías de Churchill en overol y sombrero de petate, en cambio no las hay de Fidel vestido de *smoking*.

Los delegados llegaron a la Convención con todos los atributos de su oficio y sus distintivos personales: las cananas, las pistolas y los pantalones ajustados; distinguiéndose unos de otros por el tamaño del ala del sombrero ancho, el ángulo de elevación de la punta de los bigotes, el número de las cananas y la manera de colgárselas, etc.: los menos famosos entraron con miedo de quitarse el sombrero y desaparecer de la vida pública. No sólo eran los triunfadores en una guerra cruenta, sino los representantes del nuevo orden; los hombres que se habían juntado allí para decir cómo se había de gobernar el país en lo futuro.

En la Convención se puso de manifiesto que allí reunidos estaban demasiados jefes, había demasiadas personalidades y demasiadas opiniones. Había también elementos comunes. Todos ellos eran triunfadores y todos ellos, también, habían luchado contra el orden antiguo; el porfiriato y su apéndice, el régimen huertista.

Obregón abandonó la reunión antes de que terminara y, al hacerlo, dejó patente la existencia de incompatibilidades irremediables. Incompatibilidades que iban a conducir forzosamente, a la eliminación de personajes.

Este proceso duró casi veinte años, y se llevó al cabo con un rigor fatalista. Les costó la vida, física o civil, a casi la totalidad de los jefes revolucionarios. Murieron no sólo los grandes, sino muchas figuras de segunda importancia y hasta algunos que en una obra de teatro hubieran sido partiquinos.

Muchos murieron asesinados, otros, en emboscadas, otros, frente al paredón diciendo frases célebres —la más célebre de todas fue la de un general cuyas últimas palabras fueron "Good bye"— otros, los menos, en acciones militares. La mayoría murieron en franca rebelión, otros, por causas misteriosas. El general Lucio Blanco, por ejemplo, apareció flotando en las aguas del río Bravo; en los intestinos del general Benjamín Hill se encontraron rastros de arsénico. Otros dieron la vuelta entera y murieron en manos de sus antiguos compañeros. Fortunato Maycotte, por ejemplo, quien según el corrido estaba en una torre al lado de Obregón cuando éste dividió las tropas de Villa atacando Celaya, murió años después, fusilado por las tropas de Obregón.

Pero lo interesante del caso es que, dentro de la perspectiva actual, vemos a todos estos muertos no como traidores ni como rebeldes, sino como víctimas de un proceso que parece tener la inevitabilidad de los naturales. Pancho Villa y Zapata fueron derrotados y sin embargo, allí están sus monumentos. Lo mismo ocurre con quienes los vencieron: Obregón y Carranza. Ya muertos todos parecen estar de acuerdo.

¿Y las ideas de cada uno de ellos? También se han reunido. Allí están, recogidas en la Constitución del 17, en la reforma agraria, en la expropiación petrolera, en el artículo que dice que todo mexicano tiene derecho a recibir educación, etcétera.

La situación actual de México es la misma Convención de Aguascalientes, nomás que ya sin personajes y, por consiguiente, sin pleitos. Vivimos en una sociedad que ha sabido conciliar todas las contradicciones. Por ejemplo, hay preocupación por la suerte del pobre y se le reconoce su necesidad de espacio vital, sin embargo, el negocio más grande de México sigue siendo el de bienes raíces; hubo Reforma Agraria, que era la ambición de Zapata, pero no la hubo bancaria, que hubiera sido indispensable para llevar a cabo la primera; en teoría todos somos iguales, pero en el fondo sabemos que hay quien nos mide según el tamaño de nuestra cuenta corriente. Es un país romántico, pero también muy realista. (4-11-70)

II

TEORÍA Y PRÁCTICA DE LA MEXICANIDAD

Lista de composturas
Examen de conciencia patriótica

Con motivo de salir de México a pasar una temporada, se me ocurre hacer un examen de conciencia con el objeto de determinar qué es lo que más me irrita de este país, cuyo nombre anda en boca de tanta gente demagógica y que sin embargo es mi patria, primera, única y final. La verdad es que mientras más enojado estoy con este país y más lejos viajo, más mexicano me siento.

En primer lugar debo admitir que geográficamente hablando, México no tiene peros. Hay de todo. Hay precipicios, llanuras, montañas, desiertos, bosques, ríos que se desbordan, playas, etc. Todo esto cobijado por un clima relativamente benigno. Sobre todo, hay dónde escoger. Si no le gusta a uno el calor, se va al frío. Si no le gusta a uno la montaña, se va al llano.

Nomás que tiene defectos. El principal de ellos es el estar poblado por mexicanos, muchos de los cuales son acomplejados, metiches, avorazados, desconsiderados e intolerantes. Ah, y muy habladores.

A la mayor parte de estas características, que son responsables, en parte, de que estemos como estamos, yo no les veo compostura ni a corto ni a mediano plazo.

El mexicano es acomplejado. Este rasgo no tiene nada de inexplicable. Raro sería que no lo fuera. Una buena parte de los mexicanos vive del favor gubernamental, que es como vivir en el seno materno, que no es lugar propicio para desarrollarse cuando tiene uno cuarenta años. Otro grupo, más numeroso, está frustrado por su ocupación: el que aprendió a hacer mecate de lechuguilla tiene que hacerla de peón de albañil; el que era bueno para la yunta, vende chiles; el que sabe hacer campechanas, maneja un taxi, y todos, absolutamente todos, saben que el único que prospera es el que tiene dinero, que es algo de lo que ellos carecen, y que por consiguiente están condenados a pasar la vida nadando y estirando el pescuezo para no ahogarse.

Por si fuera poco, el mexicano es por lo común chaparrito, gordo y prieto, o en su defecto, chaparrita, gorda y prieta, y se pasa la vida entre anuncios en los que aparecen rubios, blancos y largos, que corren por la playa, manejan coches deportivos y beben cerveza. ¿No es para estar acomplejado?

El mexicano, como todos los pueblos educados en una ética rigurosa —hoy caída en desuso—, está convencido de que el mundo está lleno de buenos y malos. Los buenos somos nosotros y los malos los demás. El siguiente paso del razonamiento consiste en suponer que todo lo que viene de fuera puede infectarnos, o, lo que es más serio en términos mexicanos, denigrarnos. Así han nacido varios instrumentos legales profilácticos de censura, cuya función puede ser anticonstitucional, pero brota de lo más profundo del alma mexicana, que de por sí quiere meterse en lo que no le importa y borrar lo que le molesta.

El mexicano es avorazado. ¿Por qué? Probablemente por hambre atrasada. La mayoría de los mexicanos han visto tiempos peores, y la mayoría, también, espera ver tiempos todavía peores que los pasados. Esto hace que un policía parado en una esquina jugosa sea detestado por todos los automovilistas que pasan, y al mismo tiempo, envidiado por muchos.

Además de hambre atrasada, el mexicano tiene muchas burlas a cuestas. Sabe que vive en un mundo infantil, en el que el que no llora no mama. Esto lo hace forzar la entrada en la vida. Avorazado no sólo de dinero, sino de posición, finge que no ve la cola y se mete directo a la taquilla, da la vuelta donde le conviene y causa un conflicto de tránsito; si es político, da un golpe cada vez que puede, en venganza de todas las vejaciones que le hicieron antes y en preparación de los desastres que puedan venir.

Avorazados son todos, no nomás los comerciantes que suben los precios por si suben los sueldos. Si es pesero, se empeña en cargar siete pasajeros, y si es peatón se empeña en subirse en un camión en el que no cabe —por si ya no pasa otro nunca jamás.

Además de avorazados los mexicanos son quejumbrosos, y peor, están satisfechos. "Ni modo", dicen, "así nacimos". Lo cual es mentira. Todos los defectos que he señalado podrían corregirse si no hubiera aquí "fuerzas oscuras" tratando de fomentarlos. (27-9-74)

Vamos respetándonos
El derecho ajeno

Cuando cruzo una calle, tengo especial cuidado en respetar el derecho de paso que, según una ley no escrita, pero por todos aceptada en nuestra sociedad, tienen la multitud de prógnatas chimuelos que circulan a ochenta kilómetros por hora en cochecitos que están al borde de la descompostura. Llevan la siguiente frase en mente:

—¡Ábranse bueyes, que lleva bala!

Cuando subo en un camión, tengo especial cuidado en respetar el derecho que tiene un empulcado a encender un radio portátil a todo volumen y quedarse dormido inmediatamente. Esto lo hago, no porque exista una ley al respecto, ni escrita ni aceptada, sino porque no quiero entrar en una discusión en donde el enemigo va a esgrimir un argumento tan contundente como el derecho que el pobre tiene a divertirse.

Hace poco, y muy a mi pesar, tuve que intervenir en el caso de un vecino paracaidista que estaba matando a un perro a palos.

—Mire amigo —le expliqué— está usted viviendo entre gente decente. Esto quiere decir que tiene usted derecho a matar a su mujer, a su hijo y a su perro, siempre y cuando los vecinos no oigamos nada.

Ya antes había golpeado a su mujer y a su hijo, pero el perro hizo mucho más ruido.

Estos ejemplos los he puesto para fundamentar lo siguiente que voy a decir: no es por accidente que la frase célebre: "el respeto al derecho ajeno es la paz" haya sido inventada por un mexicano ilustre. Nuestra sociedad estaba destinada, desde tiempo inmemorial, a producir semejante joya del sentido común. No porque seamos un pueblo especialmente respetuoso del derecho ajeno, sino porque somos extraordinariamente conscientes del propio.

Pero aunque subjetivamente todos sepamos que tenemos los mismos derechos que el más pintado, en el plan objetivo la cosa cambia. Y aquí vuelvo a referirme al primer ejemplo que puse: aunque yo sepa, en mi fuero interno, que tengo tanto derecho a pasar como el prógnata chimuelo, le cedo el paso, porque él va en coche y si cruzo, me atropella. Esta es una de las diez millones de pequeñas humillaciones que sufrimos a diario todos los mexicanos. Sabemos que todos tenemos los mismos derechos, pero muchas veces no estamos en condiciones de exigir que se nos respeten.

Un albañil borracho y un licenciado borracho serán iguales a los ojos de Dios, pero no a los de la policía.

Todos los habitantes de la ciudad de México tenemos derecho a construir nuestras casas como nos dé la gana, pero el Departamento del DF tiene derecho, en muchos casos (o cuando menos, actúa como si lo tuviera), de decirnos de qué tamaño hemos de hacer las ventanas y cuál es la altura máxima que debe tener el último piso. De tal manera, que el futuro propietario se encuentra ante la disyuntiva de hacer la casa según la voluntad de los técnicos del Departamento del DF o de no hacer nada. Al resignarse y aceptar la primera alternativa, explica a sus amistades:

—No me voy a poner a las patadas con el Departamento...

Éste es otro caso de respeto al derecho ajeno, según lo entendemos los mexicanos.

Hemos llegado a una conclusión: todos los mexicanos somos iguales y tenemos los mismos derechos, pero al mismo tiempo, vivimos en una sociedad de castas. La adaptación al medio consiste en dejar que se nos sequen derechos, como ramas en un árbol viejo, de acuerdo con la casta a la que pertenecemos. El último derecho que se nos seca es el de quedarnos dormidos en vía pública.

Mientras esto ocurre en los estratos inferiores de la sociedad, en el otro extremo, en los superiores, los derechos son infinitos, inviolables y llegan a extremos heroicos.

El presidente municipal de San Miguel de Allende, por ejemplo, cree que tiene derecho a no ver barbones y melenudos sentados en la plaza que queda frente a palacio, y pasando del pensamiento a la acción, cierra la plaza con la policía, copa a los melenudos, manda traer dos peluqueros y en cuestión de horas se acabaron los melenudos. Ahora hay rapados. Y si hay alguien que crea que tiene derecho a dejarse crecer el pelo tan largo como le dé la gana, que se lo vaya a decir al presidente municipal, que para eso tiene sus policías y sus peluqueros.

Pero esto, que ocurrió hace unas semanas, no es más que la primera parte de la historia. Porque no todos los rapados eran parias. Había varios hijos de sanmiguelenses importantes y un siquiatra, que lo único que tenía de paria era lo extranjero y el no hablar español.

El caso es que, después de ejercer sus derechos, el presidente municipal ha dado un paso atrás y ya empieza a dar explicaciones. Ahora dice que rapó a los barbones por ser todos ellos vagos y malvivientes. Se le olvida que las barbas son cuestión de moda, y que a través de los años, la rapada les hubiera tocado a Einstein, a Stanley y Livingstone, a Lincoln, a Cervantes y Lope de Vega, a Cortés no digo, porque a ése lo hubieran linchado, a Colón, a Carlos V, y si nos vamos muy lejos, a Cristo con sus Apóstoles. En el supuesto de que hubieran ido a San Miguel, claro está. (19-8-69)

Pobres pero solemnes
Lesa majestad

Una de nuestras características más notables y la que nos hace distinguirnos del resto del mundo conocido es que, a pesar del aumento desorbitado de la población, de lo bajo de los salarios de la mayoría de los mexicanos, de lo atrasado de la agricultura, de la aridez del terreno, de lo raquítico de la industria y de las inundaciones, nos arreglamos para vivir como reyes.

Digo vivir como reyes, no en el sentido de pasarla estupendamente, sino en el de que cada hogar mexicano, por humilde que sea, cada oficina, por rascuache que nos parezca, cada organización, por mucho que carezca de importancia, tiene una constitución que es copia exacta de la corte de los faraones.

En cualquier organismo mexicano que examinemos, encontraremos una persona que funge como rey y que ejerce poder ilimitado (dentro de sus posibilidades) por derecho divino; un administrador incompetente, y uno o muchos esclavos.

Para sustentar lo que acabo de decir, voy a poner dos ejemplos que me parecen dignos de estudio.

Primer ejemplo. Voy a un balneario de aguas termales que queda en medio de un desierto, a veinte minutos en automóvil de lo que podríamos llamar "la civilización". Llego en coche de alquiler, despido al coche, compro los boletos, que me vende el administrador incompetente: no me dice que la alberca está vacía. No precisamente vacía, sino llena de niños horribles, controlados a gritos por sus respectivas madres. ¿Qué hacer? Yo mismo me he cortado la retirada despidiendo al coche de alquiler. Tengo que esperar hora y media a que venga el camión que hace el servicio regular. Hago de tripas corazón, me pongo en traje de baño y me acuesto en el pasto a tomar el sol, teniendo cuidado de no picarme con las espinas de mezquite que allí abundan. Pasa un rato. Se me ocurre una idea genial: voy a tomarme un Tom Collins. Voy al bar y se lo pido al cantinero, que está leyendo una revista de monitos. Es el rey. Al oír mi voz, suspende el trabajo intelectual al que está entregado, me mira majestuosamente y me dice:

—No tengo hielo. Nomás que venga el "muchacho", lo mando por hielo y le preparo su Tom Collins.

Había que ir por el hielo a un lugar que queda a doscientos metros. Regreso al pasto a tomar el sol. Pasa media hora. De pronto, veo algo que me llena de esperanzas. El esclavo, empujando una carretilla con un pedazo de hielo. Pasan diez minutos. Comprendo que al rey ya se le olvidó que yo quiero un Tom Collins. Voy al bar y le pregunto qué pasó. Él vuelve a dejar su lectura y me dice:

—No tengo ginebra.

Hago una rabieta y le pido otra cosa.

—Ahora se la llevo —me promete.

Vuelta al pasto y al sol. Pasan diez minutos. Vuelta al bar. El cantinero sigue leyendo. Al verme de regreso y al borde de la apoplejía, se da una palmada en la frente y me pregunta:

—¿Qué fue lo que me pidió?

Caray, a mí esto me parece precioso. ¡Un país tan árido, un pueblo tan pobre, una cantina tan furris y todo manejado con tanto desparpajo!

Segundo ejemplo. Alguien comete la torpeza de mandarme un documento importante por correo aéreo, certificado, *special delivery*. Al mismo tiempo de hacer el envío me manda una carta, por correo aéreo ordinario, en la que me avisa que está haciendo el envío. La carta llega en dos días. Nada de documento. Pasan otros dos días. Nada de documento. El tercer día es domingo, día en que no trabaja el cartero, que en este caso es el esclavo. El lunes, el esclavo hace san lunes. El martes voy a la administración de correos. Me atiende un empleado con camisa amarilla bordada, dientes de oro y cabello ensortijado, y lleno de vaselina. Es el administrador incompetente. Se niega a creer que yo soy yo, que alguien me ha mandado un documento, y que mi dirección existe. A fuerza de insistir, logro que saque una lista de registrados. Allí aparece un envío consignado a mi nombre.

—Nomás que no se lo puedo entregar, porque ya se lo llevó el cartero.

Regreso a mi casa a esperar al cartero. Cuando el cartero llega, no me trae más que uno de estos anuncios que se tiran directamente a la basura.

Vuelta al correo. Esta vez entro directo en la oficina del jefe, que es el rey. Me recibe como Moctezuma ha de haber recibido a Cortés. Temblando pero majestuosamente. Le explico el problema. Él manda llamar al administrador incompetente.

—Atienda al señor —le ordena el rey.

Ahora el administrador incompetente es una seda.

—¿Cuándo dice usted que salió el envío? —me pregunta, pelando los dientes de oro.

Cinco minutos después, tenía yo el documento en mis manos. Me dio tanto gusto que no me detuve a preguntarles qué habían entendido por *special delivery*. Probablemente *top secret*.

Pero lo que me interesa subrayar es la dignidad y la compostura con que el mexicano mete la pata. (2-9-69)

Experiencias comunales
Los mexicanos en bola

En esta temporada, las lluvias socavaron el adobe de una barda que queda cerca de mi casa y ésta se derrumbó. Al ver el desperfecto y el terreno que había quedado a descubierto, uno de mis vecinos comentó:

—Este es un buen lugar para hacer un rincón cívico.

La observación me puso a pensar y me metió en una cadena de reflexiones que voy a tratar de exponer en este artículo.

En primer lugar, debo admitir que no sé lo que pasó por la mente de mi vecino al hablar de rincones cívicos. Probablemente niños cantando "A-mo, a-to, matarilirili-rón"; un cuarteto de aficionados tocando a Bach, o bien, la Paulina Singerman del rumbo recitando los inolvidables versos de Celestina Pesado. Para mí la idea de rincones cívicos evoca otra clase de imágenes: traperos recalentando sopa de fideo en una lata de aceite de coche, trabajadores jugando frontón en horas hábiles, parejas de enamorados preparándose para algo que no va a llegar a consumarse, etcétera.

La verdad es que desde hace mucho tiempo tengo la idea de que los mexicanos, como entes comunales somos un fracaso.

Esta idea, que ha tenido comprobación en diferentes partes del país, me vino por primera vez en el rancho de San Roque, con motivo de la fiesta del Santo Patrón. Los mayordomos de la fiesta anduvieron pidiendo dinero con seis meses de anticipación y lograron juntar una buena cantidad. Los cohetes empezaron a tronar desde antes de que amaneciera, la orquesta empezó a tocar antes de que rayara el sol y siguieron los cohetes tronando y la orquesta tocando hasta ya bien entrada la noche. Estas dos cosas fueron las únicas que salieron bien y que a mi modo de ver tuvieron algo de festivo. La misa de tres padres, el sermón larguísimo, los hombres forcejeando, las mujeres enrebozadas y muertas de risa, los niños jugando a que se arrojaban piedras y se descalabraban, las fritangas, las aguas frescas, y por último la pastorela que todos vimos y ninguno oyó ni entendió, fueron elementos de los que cualquier festejo hubiera podido prescindir.

Otro momento cívico bochornoso que me tocó presenciar fue de orden internacional. Ocurrió en Francia y en una reunión de *boy scouts*. Como la delegación de cada país tenía que participar en los espectáculos que se efectuaban todas las noches en las fogatas, el jefe del grupo mexicano, que era de Uruapan, escogió la danza de los viejitos y la de los concheros, para presentar a los europeos la esencia de nuestra nacionalidad.

El espectáculo se ensayó durante varios meses en un salón que tenía piso de duela, y alcanzó una precisión notable y un ruido rítmico semejante al que hubieran producido cien tambores. Desgraciadamente, no se tuvo en cuenta que en las fogatas no hay tablado sino tierra, por lo que el día de la presentación los danzantes levantaron una polvareda que los hizo invisibles para los espectadores. Probablemente fue lo mejor que pudo haber pasado, puesto que los danzantes, faltos del apoyo de sus pasos retumbantes, perdieron el ritmo y la dirección y se fueron unos contra otros. En este caso, podemos decir que el terregal fue el velo que cubrió pudorosamente la esencia de nuestra nacionalidad.

Nuestra incapacidad para actuar en forma comunal se pone de manifiesto con bastante claridad cuando cantamos. Todo parece indicar que las mexicanas sólo pueden cantar cuando están lavando ropa o bien cuando están en bola, a bordo de un avión que va rumbo a Europa y saliendo del Valle de México —"¡Qué lejos estoy…!", es la canción más socorrida en esos momentos—. Los hombres, por su parte, sólo cantan borrachos y de noche o bien, por estar a sueldo y encima de unos que están comiendo. Cada vez que se trata de cantar en un acto cívico y en conjunto, nos invade la emoción llamada "mu".

A esta característica nacional se debe probablemente, el poco éxito que tienen las zarzuelas en México. En las representaciones de obras de este género siempre hay un momento en que, para levantarle el ánimo al público y para que descansen los actores, baja un telón que tiene escritas las letras de las canciones y un animador trata de hacer cantar a la gente que está en luneta, ayudado por la orquesta y por un circuito luminoso que proyectado sobre el telón va saltando de verso en verso, para indicar cuál es el que hay que cantar.

El que a alguien se le haya ocurrido poner en práctica esta idea es indicio de que en otros países tiene éxito. En México es un desastre, y el animador —español siempre— va diciendo:

—Vamos, cantad todos… Pero con más entusiasmo, ¿qué os ha pasado? Vamos… ¿Os ha comido la lengua el ratón? Vamos… (8-10-71)

Palabras de aliento
Nuestra tecnología existe y triunfará

En estos días de desasosiego —tanques contra cañeros, los trabajadores apoderados de la Universidad, presidentes que se quejan de que las potencias quieren enseñarnos el ABC, etc.—, me he puesto a darle la vuelta a mi casa en busca de pruebas de la existencia de la tecnología mexicana, único antídoto contra la amenaza más grande que se cierne sobre nosotros: la tecnología importada.

El resultado de mis paseos es el mismo que obtengo cada vez que me pongo a examinar este problema. ¿Que no hay tecnología autóctona? Mentira. ¿Que todo lo hacemos de acuerdo con patrones importados? Falso. ¿Que los mexicanos no hemos inventado nada en los últimos cuatrocientos años? Error craso.

Yo creo y sostengo que a fuerza de importar ideas extrañas y de copiar productos extranjeros, hemos logrado, gracias al toque inconfundible de nuestras manecitas y a la penetración característica de nuestros cerebros, producir un medio ambiente especial, auténtico, que no se parece a ningún otro y que es manifestación de algo que podemos llamar con cierto orgullo, y sin temor a equivocarnos, la tecnología nacionalista.

Detengámonos por ejemplo a examinar mi cama. En ella encontramos dos productos que son típicamente mexicanos y que no se encuentran en ninguna otra parte: la sábana que no llega al otro extremo de la cama y la cobija-chorizo que a lo largo le da vuelta y media a la misma, pero que es suficientemente estrecha para que el durmiente no pueda moverse sin descobijarse la espalda.

Pasemos al baño. Ahí encontraremos varios objetos que son mexicanos como el mole. Tenemos por ejemplo este aparatito que sirve para colocar los cepillos de dientes y el vaso. No es un diseño perfecto pero, ¡qué original! En primer lugar notemos que está hecho de un material tan resistente y está tan bien empotrado que es capaz de soportar el peso no sólo de un vaso de plástico y cuatro cepillos, sino del dueño de la casa en el caso de que se le ocurra ahorcarse colgándose del cepillero —y en el caso también de que sea enano, porque el cepillero está a un metro cuarenta del piso—. Pero observemos el hueco especial para colocar el vaso. Si ponemos el vaso boca arriba se precipitan las sales carbonatadas que hay en los residuos y manchan el fondo del vaso; si lo ponemos boca abajo, el agua sale y se queda estancada en la porcelana, que no tiene desagüe, formándose así un criadero artificial de paramecias, amibas y, en caso de descuido notorio, ajolotes.

Abramos ahora la alacena que está sobre el lavabo. Está hecha de acero inoxidable —¡ja, ja, ja!—. En su interior encontramos otro invento mexicano. Es una sustancia que es buena para el hígado, fabricada en los laboratorios Xochipili, en la calle de Talismán. Esta sustancia, que es bastante eficaz, tiene un defecto que me interesa analizar, por estar relacionado con el asunto de que estamos tratando: consiste en que sus inventores nunca se dieron cuenta de que las botellas de cuello estrecho son para almacenar líquidos, no sólidos en polvo como el producto que ellos fabrican. Pero si cometieron este error, en cambio sí tuvieron ingenio suficiente para sustituir las botellas de vidrio transparente que usaban antes por otras de plástico opaco, lo que permite que el que compra el producto no se dé cuenta que la botella está llena a medias antes de salir de la botica. Esto, acéptenmelo, es tecnología nacionalista. Si los laboratorios Xochipili exportaran estarían metiendo divisas a montones.

Pasemos ahora a la antecocina. Allí encontramos, en lugar prominente, una batería de botellas de licores del país. Cada vez que quiero abrir una de ellas me salgo al patio de servicio con un desarmador, un picahielo y un martillo —herramientas a las que he agregado a últimas fechas un fórceps—. Dígame alguien que esto no es típicamente nuestro. Pero esta parte del estudio que estamos haciendo merece una segunda reflexión. ¿Cuál es el objeto de poner en la boca de la botella una válvula que permita la salida pero no la entrada de líquido? Muy sencillo. Evitar que comerciantes poco escrupulosos saquen el licor bueno y rellenen la botella con un licor de inferior calidad. Ahora sabe uno que lo que sale de la botella y cae en el vaso es lo que pusieron los fabricantes, no lo que puso el gachupín de la esquina.

Desgraciadamente para los fabricantes, la válvula de que estoy hablando es un arma de dos filos, porque garantiza que lo que la botella tiene dentro es auténtico, no que sea bueno. Cuando prueba uno el licor y le sabe a rayos, ya sabe que es malo de origen.

Pero esto de que porque la botella viene con una válvula de plástico en la boca, el licor es de origen, es muy relativo. Y ahora, mucha atención porque aquí voy a dar un consejo que constituye mi contribución a la tecnología mexicana y al fomento de nuestras exportaciones. Mi proposición es la siguiente: vamos a falsificar las botellas de todos los licores de prestigio que se producen en el mundo y todas las etiquetas. Vamos a llenarlas con una imitación de esos licores hecha en el país; vamos a sellar las botellas con estas válvulas de garantía; vamos a invadir el mercado internacional con estas falsificaciones hasta lograr que se desprestigien los licores más prestigiosos. De esta manera, el mercado internacional quedará libre y listo para ser invadido por las auténticas exportaciones mexicanas. (12-1-73)

¿Quién es?
Arte de abrir y cerrar la puerta

Hace muchos años vivíamos en una casa de cuatro departamentos en la avenida Chapultepec. La entrada era casi inexpugnable. En la calle propiamente dicha había dos puertas idénticas, de rejas de fierro. La de la derecha daba a una escalerita que bajaba al sótano, que decía "conserjería", y la de la izquierda a una escalerita que subía a la puerta principal. Ésta era de la mitad para arriba de vidrio con visillos, es decir, que los habitantes de la casa podíamos ver durante el día, con toda claridad, quién estaba tocando la puerta sin ser vistos. En las noches, que había más luz adentro que afuera, era al revés: el visitante sabía que ya venían a abrirle antes de que el que estaba en la casa supiera de quién se trataba... A menos —no, si la casa estaba muy bien planeada—, a menos de que el de adentro hubiera tomado la precaución de abrir la ventana de guillotina silenciosamente y se hubiera asomado y visto, en escorzo, quién era el que estaba tocando el timbre.

La disyuntiva de escoger entre dos puertecitas primero, y la perspectiva de tener que subir una escalerita para llegar a la puerta en donde, además, había cuatro timbres, después, eran elementos de disuasión de primer orden. Se necesita ser un mendigo muy hambriento o muy valiente para ir a pedir un taco en estas condiciones; las ofertas no existían, las encuestas menos. Vivíamos felices.

Los problemas eran de otra índole. Si alguien, por flojera de subir la escalerita, bajaba a la "conserjería" y preguntaba por mí, estaba destinado las más de las veces a tener por respuesta, "no está", "hace mucho tiempo que no vive aquí", o "nunca he oído ese nombre". ¿Por qué? Porque el conserje estaba convencido de que todo el que pregunta por alguien es para embargarlo, llevárselo a la cárcel o hacerle algún otro mal.

Que yo sepa, no perdí gran cosa con estas negativas, excepto una máquina de escribir. Pedí un crédito en una tienda y cuando los investigadores llegaron a mi casa y le preguntaron al conserje si tenía yo con qué responder, él les dijo que no tenía ni muebles.

Así estaban las cosas hasta que un doctor puso consultorio en el departamento de abajo y colocó dos letreros en la fachada: "Fulano de tal, enfermedades de la piel", "Fulano de tal, diatermia". Desde ese momento, todos los que le traían muestras me tocaban a mí también, porque eran tan brutos que no se daban cuenta de que los dos letreros tenían el mismo nombre y creían que había dos doctores, uno abajo y otro arriba. Pero como la casa estaba muy bien planeada yo los veía, en el día, desde la mitad de la escalera, en la noche, desde la ventana de arriba, y no les abría.

Después la suerte me favoreció y me mudé a la casa que tengo ahora, que es propia, pero con el defecto de tener una puerta que por alguna razón atrae mendigos, criadas que buscan empleo, vendedores de frambuesa, gente que me viene a preguntar cómo se siente mi aspiradora, ofertas de todo, encuestas, músicos ambulantes que tocan en la esquina y vienen a pedir cooperación, etcétera.

Lo que me admira no es la abundancia de los que vienen, sino su manera de abordar el tema. Por ejemplo: Alguien toca un timbre. Son las dos y media de la tarde. Abre la puerta un señor con un pedazo de chile relleno en la boca. ¿Qué manera de empezar una conversación es ésta?

—¿Me hace favor de hablarle a la criada, a ver si se interesa en comprar vestidos?

O bien, tocan, abro, dos jóvenes con libretas y lápices en la mano me dicen al unísono:

—Buenas tardes. ¿Está usted viendo la televisión?

—No señor. Estoy abriendo la puerta.

O bien tocan, abro, es una señorita con dos maletas.

—Muy buenas tardes. Vengo a hacerle una consulta de índole cultural. Nos interesa mucho saber su opinión con respecto a un nuevo programa…

Si no le cierro la puerta va a intentar venderme unos discos para aprender inglés —muy caros—, si le digo que ya sé inglés, me va a decir que con mayor razón debo comprarlo: voy a entenderlo todo.

Nadie me diga que la solución de mi problema es un interfono. No es cierto. Siempre pregunta uno "¿quién es?", y siempre contestan "yo". (16-2-74)

Hospitalidad mexicana
La casa de usted

La hospitalidad mexicana, en su sentido proverbial, es un invento del Departamento de Estado norteamericano. El único feliz, por cierto, aparte de la idea de visitar basílicas, que se le ha ocurrido a dicho Departamento con respecto a México. Desde el momento de su concepción (o confección), no ha habido visitante oficial extranjero que no haga alusión a la "proverbial hospitalidad mexicana" en su primer discurso, y en el de despedida. Aquí cabe anotar que estos discursos tienen, aparte de dicha alusión, tres características comunes: la primera es que el que lo dice viene con gastos pagados por el Gobierno mexicano o por el suyo propio; la segunda es que los que lo escuchan, muy sonrientes y orgullosos, no han gastado un quinto en atender al invitado; y la tercera es que los vinos que se consumen en el banquete en que se dice el discurso, están fuera del alcance de la masa popular y han sido, sin embargo, pagados por la misma.

Pero la hospitalidad mexicana real, la verdadera, que es parte de la cortesía mexicana, es algo muy distinto, que merece seria reflexión.

En primer lugar, y en lo que respecta a visitantes del extranjero, cabe anotar que México es uno de los pocos países del mundo en los que se considera que la incapacidad de hablar el español como lengua materna es signo inequívoco de imbecilidad. En segundo, que México es la cuna de la frase más alabatoria que se ha dicho sobre México: "como México no hay dos". La tercera es que nunca se ha sabido de un mexicano que ofrezca sus servicios a un extranjero sin esperanza de obtener algo a cambio. Para el visitante extranjero no oficial, para el común y corriente, la hospitalidad mexicana se reduce, en el caso de las mujeres, a una hilera de hombres con bigotitos diciendo: "¡Ay, qué chula!" "¡Ay, qué buena pierna!" "¡Ay, mamacita!" o "¡Ay, mamasota!"; en el de los hombres, a un señor con anteojos verdes acercándose con cierto misterio y preguntando: "¿Quiere ver las pirámides?"

Pero entre nosotros la cosa cambia. La hospitalidad tiene otras características muy diferentes, y otros bemoles.

Creo que la culminación de la hospitalidad mexicana es la sustitución de la frase "mi casa", por la de "la casa de usted". Cómo se llegó a esta sustitución es para mí un misterio. Durante un tiempo pensé que tenía por objeto "responsabilizar" al invitado. Al decirle a alguien: "está usted en su casa", estamos, hasta cierto punto, haciendo responsable al recién llegado de lo que pase en ella. El defecto de esta teoría es que la expresión "la casa de usted" a la que se anteponen los adjetivos "pobre" o "humilde", se usa, en la mayoría de los casos, en un contexto que nada tiene que ver con una invitación. Se usa por ejemplo, en la narrativa:

—Cuando salí de la humilde casa de usted estaba lloviendo a cántaros.

—En la pobre casa de usted tenemos tres perros.

Cuando hay invitación, es en términos tan vagos que queda invalidada:

—Un día de éstos, cuando haya oportunidad, quiero que venga usted a su humilde casa a probar un molito que hace mi mujer.

Cuando alguien nos dice esto ya sabemos que el molito se va a quedar platicado.

Es posible que el término que nos ocupa no se use en invitaciones por las confusiones a que podría dar lugar. Si decimos, por ejemplo:

—¿Qué le parece si esta noche cenamos en su humilde casa?

Corremos el riesgo de que la persona a quien estamos invitando tan amablemente, nos conteste:

—¿En mi casa? ¡Ni hablar!

O bien:

—Mire, señor, mi casa es humilde, pero no tanto como la de usted.

Que es ya el colmo de la confusión, porque no sabemos si el que nos dice eso está insultándonos, o siendo ultracortés.

Otra clase de hospitalidad muy nuestra es la de cantina. Entrar en una cantina mexicana es correr el riesgo de entablar una conversación larguísima que puede acabar a balazos. Parte de esta clase de hospitalidad son las frases:

—Espérate, que se va a poner bueno.

—No, si nosotros también tenemos mucha prisa. Ya nomás nos tomamos la otra y nos vamos.

Y otra, que también se usa en las casas particulares:

—¿A dónde vas que mejor te traten? ¿Qué mala cara has visto?

De las doce de la noche en adelante, el tono de la conversación cambia y entramos en una nueva fase (y la última) de la hospitalidad mexicana, con frases como:

—Mira, si no te tomas esta copa conmigo, me ofendes.

O bien otra, que es muy alarmante:

—Si no me alcanza el dinero, dejo el reloj.

Lo que sigue ya no es hospitalidad, es pleito. (1-7-69)

Presentación a la mexicana
¿Quién es el que se acaba de ir?

El acto de largarse de una reunión sin despedirse de nadie se llama en Francia "largarse a la inglesa", y en Inglaterra "despedirse a la francesa". Este comportamiento ligeramente brutal, pero comodísimo para todos los afectados —no hay nada más molesto que interrumpir la conversación y levantarse a estrechar manos cada vez que a alguien se le ocurre irse de una fiesta—, es una omisión perfectamente definida y aceptada en todas las sociedades.

En este artículo quiero tratar de un acto semejante, equivalente y simétrico de la largada a la inglesa o despedida a la francesa, que es muy nuestro y que creo que debemos rescatar y agregarlo al acervo de nuestras características nacionales: la presentación a la mexicana.

La presentación a la mexicana fue invento de mi generación y todo parece indicar que es producto de un accidente. Consiste en lo siguiente:

El que hace la presentación pregunta, dirigiéndose a los dos presentados:

—¿No se conocen? —y sin esperar la respuesta hace con la mano un gesto ondulante, entre bendición y compás de vals, al mismo tiempo que dice la palabra—: *arzdumbánduman*.

Los dos presentados sonríen vagamente y se estrechan la mano diciendo:

—*Muchs brdan de Cortina* (¿o Colina?)

El otro contesta:

—*Enztadt Fstimpart radmandarte* Gutiérrez.

Dicho esto ambos presentados están listos para entablar una conversación que puede ser larga o corta y animada o aburridísima, según la timidez y la locuacidad de los participantes, que tarde o temprano acaban preguntándole al que hizo las presentaciones:

—Óyeme, ¿quién fue el que me presentaste el otro día?

La respuesta generalmente aclara varios puntos que habían quedado oscuros en el primer encuentro:

—¡Ah, pues con razón se ofendió tanto cuando le dije que…, etcétera!

Dije que este género de presentaciones es invento de mi generación y producto de un accidente, porque antes de nuestro advenimiento las presentaciones se hacían de acuerdo con fórmulas muy rigurosas, universalmente aceptadas y tan sencillas que no dejaban lugar a ninguna duda.

—Fulano, tengo el gusto de presentarte a Mengano. Mengano, tengo el gusto de presentarte a Fulano.

Cuando tuve uso de razón y mi madre me explicó que así es como debería yo presentar a dos personas que me conocieran y se desconocieran entre sí, sentí que un abismo se abría a mis pies. Había algo en mí que me impedía decir aquellas frases tan sencillas.

Lo mismo les ha de haber pasado a muchos de mi generación, por eso, nunca nos presentábamos. Pero si bien éramos bastante evolucionados para sentir que era una ridiculez decir todo aquello de "tengo el gusto de… etc.", éramos también lo bastante convencionales como para tener reticencias de hablar con alguien que no nos hubiera sido presentado.

Esta situación produjo al niño jetón, que se ofende porque nadie quiere hablar con él, al niño sardónico, que pretende no querer hablar con nadie, y al niño supersociable, capaz de traspasar las más ásperas barreras de la incomunicación. Cabe agregar, como un paréntesis, que los niños jetones que conocí escalaron hasta llegar a los más altos puestos de la banca y el Gobierno, los niños sardónicos son ahora alcohólicos empedernidos, y los supersociables andan en la calle con trajes lustrosos por el uso, contando que acaban de ofrecerles la oportunidad de emprender una nueva vida, dirigiendo una empresa importantísima que acaba de establecerse en la Sierra de Güemes.

Pasaron los años, llegamos a la adolescencia y probablemente ya estábamos saliendo de ella cuando se inventaron las nuevas fórmulas, que iban a sustituir a las de "tengo el gusto de…" Son las de "¿no se conocen?", de que ya hablé, o bien, otra igual de confusa: "Ésta es Pepita, éste es Pepe". Estas fórmulas estaban destinadas a transformar nuestra sociedad, haciéndola pasar del provincianismo a la barbarie.

Conviene agregar que resultan anticuadas y que tienden a ser sustituidas por nuevas modalidades que he estado observando últimamente.

Cuando entra la criada cargando al niño, el dueño de la casa, marxista, me dice:

—Quiero presentarte a una colaboradora.

O bien. Un joven presenta a su padre al peluquero que lo atendía cuando era niño:

—Papá, quiero presentarte a un amigo de la infancia.

¿De la barbarie a dónde estaremos pasando? (19-1-73)

Ondas hertzianas
Radioescuchas notables

Para comenzar quiero advertir que la característica más extendida que he encontrado entre los que oyen radio que me ha tocado conocer es la sordera, y por consiguiente, al referirme a radioescuchas notables no pretendo más que poner en relieve algunos casos particulares en los que esta característica se presenta en forma heroica o bien, tan disfrazada que parece no existir.

El primer caso es el del velador de un estacionamiento que quedaba a media cuadra de mi casa. Era un hombre pequeñito, rubio y sin pescuezo, que parecía acabarse de bajar de un caballo: sombrero tejano, cinturón de charro, las piernas arqueadas y botas de vaquero. A pesar de su apariencia nunca lo vi pasar cerca de un caballo. Llevaba una vida ejemplar; solitario y sin hablar con nadie. A la hora en que llegaban los dueños de los coches a recogerlos para irse a trabajar, el estacionamiento quedaba vacío, y él salía a la calle acompañado de sus tres perros y se iba a una fonda que queda cerca a comer pancita, para reparar las fuerzas gastadas en el cumplimiento del deber.

Fue un vecino admirable hasta el día en que compró radio, porque lo encendió al comprarlo y no volvió a apagarlo hasta que ocurrieron los sucesos que voy a contar. Colocó el aparato con tan mal tino que un cobertizo le servía de bocina y el sonido iba amplificado y directo a mi ventana.

Lo raro es que durante los primeros meses no me di cuenta de que estaba viviendo con música de fondo, o bien la acepté con resignación, al grado de que no me molestaba. Tuvieron que venir unos amigos que viven en provincia, quedarse una noche en mi cuarto y amanecer diciendo: "no pegamos el ojo", para que yo me enfureciera con el velador.

A partir de ese momento, cada vez que despertaba a la medianoche y oía una canción ranchera o un anuncio de muebles, me sentía ultrajado. Como tenía que suceder, una mañana llegué al estacionamiento y me quedé parado en la entrada. Desde el otro extremo del terreno se me fue acercando el del sombrero tejano con sus tres perros por delante, furiosos, ladrando, sin que por eso lograran dominar el sonido del radio.

—Óigame, apague el radio —le dije.

Contra lo que yo esperaba, en vez de obedecer la orden que le estaba dando, me contestó:

—Uno también tiene derecho a divertirse mientras trabaja.

Al ver que la cosa no iba a ser tan fácil, le puse de ejemplo admirable el vecindario en que vivíamos: "a las diez de la noche todo el mundo está durmiendo".

Fue un error de mi parte, porque me sacó unos trapos al sol. Habló de "unos escándalos". Esto, a su vez, fue un error suyo, porque los escándalos a que se refería eran uno solo que había ocurrido una noche en que unos amigos míos, que salían de mi casa en estado de ebriedad, fueron atacados por los tres perros del velador. En vez de arrojar piedras o salir corriendo, mis amigos se pusieron en cuatro patas y empezaron a ladrar, con lo que los perros salieron despavoridos. Me enfurecí más con el velador y comprendiendo que nuestra entrevista había llegado a un *impasse*, le dije:

—Aténgase a las consecuencias.

Lo atemoricé, porque bajó el volumen del radio o lo colocó en otra posición. No volví a oírlo. Me empezaron los remordimientos. Después de todo, el hombre tenía que trabajar. Me lo imaginaba apretando tornillos toda la noche y yo estorbándole su única diversión.

Me equivocaba. El hombre pasaba la noche con el radio encendido, pero durmiendo con la boca abierta. Una vez le robaron dos coches y no se dio cuenta. Así acabó su carrera de velador y de radioescucha.

Otro caso notable venía en un camión con un aparato minúsculo, muy cerca de la oreja para que no se le escapara sílaba. Entre el centro y Coyoacán oyó la relación de un veterano de la guerra de Corea: de cómo vio la luz espiritual en el momento en que una granada le sacó las tripas; oyó también, con interrupciones porque la recepción fue defectuosa, las noticias de los últimos desastres de Pakistán, y por último, en forma de perla cultural, la descripción de la trombosis: "…las grasas de la alimentación se adhieren a las paredes de los vasos sanguíneos y van obstruyendo el flujo de la sangre; ahora bien, cuando por causa de alguna operación, herida o simplemente por padecer la persona de sangre demasiado espesa, hay coágulos en el torrente sanguíneo, el vaso se obstruye totalmente […] y si esto ocurre en las coronarias…"

El tercer radioescucha notable es un taxista que traía el radio puesto en la estación de la música tropical, y él le hacía segunda al cantante.

—¿Es Bienvenido Granda? —le pregunté.
—No sé, señor.
—¿Cómo se llama la canción que está usted cantando?
—No sé, señor.
—¿Cómo es que se sabe la letra, entonces?

—No me sé la letra. Es que en este trabajo me aburro mucho y por eso enciendo el radio y juego a que adivino la siguiente frase; casi siempre le atino. (26-10-71)

El claxon y el hombre
¿Hablando se entiende la gente?

Estábamos en una reunión hablando de un ausente. Una señorita humanitaria le reclamó a un amigo mío:

—¿Por qué dices que te cae mal, si no lo conoces?

Mi amigo contestó:

—Lo único que sé de él es que ha instalado en su coche un claxon que toca "La Marsellesa". ¿Te parece poco? No sólo no lo conozco, sino que me cae mal y no tengo ganas de conocerlo.

Cuando escuché estas palabras sentí el escalofrío característico de cuando descubre uno alguna gran verdad. Buffon, hablando de los escritores, dijo: "el estilo es el hombre"; nosotros podemos agregar que, entre analfabetos, el claxon es el hombre. No sólo el claxon, sino la manera de usarlo. La señora que en vez de bajarse del coche a abrir la puerta de su casa, toca el claxon un cuarto de hora para que venga la criada a abrirle; el señor que detiene el coche (generalmente un Mustang) y da acordes estruendosos mientras espera a su novia que está en el baño maquillándose precipitadamente; el que da un trompetazo en cada esquina, sin disminuir la velocidad, como diciendo "abran cancha que lleva bala", o el que cree que a fuerza de tocar el claxon va a lograr poner en marcha el automóvil descompuesto que está parado frente al suyo, están poniendo en evidencia, no una característica superficial, sino la hediondez que brota de lo más profundo de su alma detestable.

En apoyo de esto que acabo de decir, que no es más que un preámbulo, voy a narrar aquí un suceso del que fui partícipe el otro día, que me tiene muy preocupado.

La cosa fue así. Estaba yo tranquilamente jugando "scrabble" con una amiga mía que vive en un condominio, cuando de pronto empezamos a oír el sonido de un claxon modesto pero estridente, que tocaba dos veces en rápida sucesión, pasaban quince segundos y volvía a tocar: pip, pip; quince segundos, pip, pip. Así pasaron cinco minutos. Se suspendió el juego, porque no podíamos concentrarnos. Al cabo de los cinco minutos, nos levantamos de nuestros asientos y fuimos a la ventana, que es de un quinto piso. Vimos lo siguiente. Abajo, en el patio, había un Datsun blanco que no podía estacionarse porque había otro coche parado en el lugar que le correspondía al dueño del Datsun. Hay que advertir que en ese condominio cada propietario paga diez mil pesos por los seis metros cuadrados del estacionamiento. El dueño del Datsun seguía pip, pip, quince segundos, pip, pip.

Aproveché una de las pausas para gritar con voz estentórea:

—¡Oiga, cállese!

Y la siguiente, para agregar:

—¡Vaya a la caseta de policía y no esté... —aquí dije una palabra que quiere decir "molestando", que es un poco más fuerte, pero no es ninguna de las dos más fuertes que pueden usarse en el mismo contexto y que son las primeras que se nos vienen a la cabeza en estos casos. La palabra que dije la voy a denominar con la letra F.

En el momento en que dije esto se produjo un silencio total. Santo remedio. Mi amiga me felicitó por mi acertada intervención. Regresamos a la sala y seguimos jugando.

Así pasaron veinte minutos. Cuando creíamos que el incidente había terminado, sonó el timbre. Voy a la puerta, abro y me encuentro frente a un joven jadeante, por los cinco pisos de escaleras, que me dice con voz entrecortada:

—Venía a pedirle disculpas por haberlo molestado con el claxon.

Me conmovió. No sólo la disculpa, sino el jadeo, y la corbata que traía puesta.

—Hombre, no tenga cuidado —le dije.

Inmediatamente me arrepentí de habérselo dicho, porque después de la disculpa, recuperando un poco el aliento, prosiguió:

—Nomás que hablando se entiende la gente. Cualquier cosa puede discutirse en un plan amistoso. Si me dice usted "tenga la bondad de no tocar el claxon", yo dejo de tocarlo. No es necesario usar palabras de carretonero.

—¿Cuáles palabras de carretonero? Le dije "cállese".

—Me dijo "no esté F". Así como dijo eso, podría haber dicho cualquier otra palabrota.

—Podría, pero no la dije. Además, ¿por qué no he de decirle que no esté F, si eso es precisamente lo que está usted haciendo?

Aquí él me explicó todas las penalidades que tiene, que todas las noches le quitan el estacionamiento y todavía yo le grito peladeces desde un balcón. Lo que no le expliqué fue que si no fuera yo tan cobarde, en vez de echarle un grito le hubiera echado una bomba Molotov. Pero lo extraño del caso es que el hombre, después de presentar su disculpa y de hacer su reclamación, se retiró diciendo:

—He tenido mucho gusto en conocerlo —creyéndose muy irónico, pero con el hígado hecho trizas.

Pero lo que yo me pregunto es, ¿dónde aprende la gente a pensar tan mal?, ¿en las escuelas?, ¿en las oficinas?, ¿en el seno de la familia? Porque nadie puede nacer tan equivocado. A este señor, que llega a su casa y encuentra a alguien ocupando su lugar de estacionamiento, lo primero que se le ocurre es molestar con el claxon a cincuenta o sesenta familias, y se siente con derecho a que alguien baje desde el quinto piso y se le acerque para decirle:

—¿Qué no me hiciera el favor de no tocar el claxon?

Por otra parte, si alguien llega, encuentra su lugar ocupado, toca el claxon y alguien le pega un grito, sólo le quedan dos posibilidades. Una, la más sensata, consiste en irse a su casa a tomar té de boldo. La otra consiste en subir al quinto piso, decirle al que le gritó:

—Usted a mí no me grita.

Y atenerse a las consecuencias.

Pero echar el viaje para dar disculpas con la esperanza de que se las ofrezcan a él es algo que me hace pensar que, francamente, hablando no se entiende la gente. (28-4-70)

El Arauca vibrador
Psicoanálisis del que abusa con el claxon

"El único defecto que tienen los niños mexicanos", afirma una conocida antropóloga, "es que son idénticos a sus padres".

En efecto, lo primero que aprende a hacer un niño mexicano al llegar a este mundo, es llorar para que se atienda a sus necesidades. Lo siguiente que aprende es a tocar el claxon del coche de su papá, con el mismo objeto. Y toca el claxon y toca más, y al cabo de cincuenta años sigue tocándolo con esperanzas de lograr con ello fines tan diversos como: hacer que un coche descompuesto que obstruye la circulación se componga súbitamente y eche a andar, o bien, que se esfume con todo y ocupantes; avisar a los conductores de vehículos que viajan por las calles transversales que se les acerca un coche conducido por un individuo que está dispuesto antes a morir que a ceder el paso; avisar a unos niños que están desayunando que ya se hizo tarde para llegar a clases; avisarle a una criada reumática y atareada que ya llegó la patrona y que está afuera de la puerta, con el coche atravesado, entorpeciendo el tránsito y la llave de la puerta en la bolsa, pero sin ganas de bajarse a usarla, etcétera.

Las finalidades que acabo de enumerar pueden parecer pueriles y muchas veces inexplicables, sin embargo, dentro de los numerosos usos que se dan al claxon en estas latitudes son de lo más lógicos. Hay otros todavía más extraños.

Como ejemplo puedo citar el caso del señor que ha instalado en su coche un conjunto de bocinas que produce las primeras notas de una canción pasada de moda, cuya letra dice:

"Yo nací en esta ribera del Arauca vibrador..."

Una vez instalado este instrumento musical rudimentario —pero probablemente carísimo— en su coche, el dueño se pasea por la ciudad, a las ocho y media de la mañana, anunciando en cada esquina, que nació en la ribera del Arauca vibrador y, por inferencia, que ahora anda molestando gente en Coyoacán. ¿Qué pretenderá con eso?

El defecto de los claxons radica precisamente en la característica que estimula su uso, y es la siguiente: el lenguaje del claxon es rudimentario e impersonal, pero estridente; y no es posible ignorarlo, igual que el llanto de un niño.

Así como es mucho más fácil dar un berrido que exponer un razonamiento, es mucho más fácil tocar el claxon que averiguar las razones que impulsan a uno a tocarlo y hacer una evaluación de las probabilidades de que el acto consiga el efecto deseado.

Pero a pesar de lo insondable que muchas veces puede parecer la intención del que toca un claxon, el hombre que vive en la ciudad y se acostumbra a escuchar claxons llega a discernir, a través de los sonidos que éstos emiten, no sólo "el mensaje", sino el estado de ánimo, el carácter, el sexo y la posición social del ejecutante. Ah, y sobre todo, su capacidad mental.

Ahora bien, todo esto es algo que probablemente el que va conduciendo su coche y dando golpecitos en el anillo del claxon nunca se atrevería a revelar. Por otra parte, el que está escuchando la ejecución, interpreta para sus adentros:

—Allí está uno que no puede pasar. Esa otra es mujer y ya le anda porque le abran la puerta. Ese otro está furioso porque alguien ocupó su estacionamiento. Ya llegó el tonto ése que todas las tardes le anuncia a su mujer que ya salió de la oficina, que llegó con bien al edificio y que dentro de tres minutos va a llegar jadeante al quinto piso y presentarse ante ella...

El problema está en que todos estos mensajes no le interesan más que a los directamente afectados —y probablemente ni a ellos— y que en cambio, son escuchados por todas las personas que no son sordas que se encuentran a doscientos o trescientos metros a la redonda.

Ahora bien, si los que tocan el claxon no quieren enseñar el cobre que llevan en el alma y los que escuchan no lo hacen por interés sino porque no les queda más remedio, lógico es deducir que el claxon, en la forma en que se le conoce actualmente, es un instrumento inadecuado.

Es indispensable sustituirlo. Hay varias alternativas. Una, que es la que me parece más lógica, consiste en colocar en los automóviles, en vez de bocinas, una ametralladora. De esta manera, cuando se descompone un coche y obstruye la circulación, en vez de tocar el claxon con impaciencia, se aprieta el gatillo y se dispara una ráfaga contra el estorbo. El ejecutante, huelga decir, se atiene a las consecuencias.

Otra alternativa consiste en ampliar el lenguaje del claxon. Para esto se sustituirían las trompetas, tan monótonas, por un conjunto de frases grabadas —con la voz del dueño del coche— que se emitirían a un volumen graduable. Entre otras frases propongo: "con permisito", "ábrala que lleva bala" y "ya se hizo tarde, ya se hizo tarde".

Otra posibilidad es la de "personalizar" el claxon. En vez de anunciar que nació uno en el Arauca vibrador, que además de no interesarle a nadie se puede aplicar a muchas personas, las bocinas del claxon emiten el nombre del dueño. De esta manera no sólo se realza la personalidad del mismo, sino que como dicen en el PRI, "se le responsabiliza". (9-3-71)

Conversaciones rituales
Platiquen algo interesante

En las conversaciones, la gente habla de muchas cosas. En general se puede decir que habla de lo que le da la gana. Sin embargo, las conversaciones de cada grupo social o regional obedecen a ciertas reglas generales y tienen ciertos límites, de acuerdo con la ocasión, la inteligencia y la edad de los participantes.

Por ejemplo, si estamos en los Estados Unidos y entramos en una cafetería que esté en una zona comercial a la hora del *lunch* podemos estar seguros de que escucharemos, dentro del murmullo general, frases como: "cinco dólares", "setenta y cinco dólares", "veitincinco mil dólares", "se quedó sin un centavo", etcétera.

Si estamos entre un grupo de intelectuales franceses de segunda (o tercera) fila que no se tengan mucha confianza, lo más probable es que cada parlamento de los que se digan podría comenzar con la frase: "como todos sabemos". Por último, entre nosotros los mexicanos, en un velorio es de rigor que las mujeres hablen de muertos y enfermedades, y los hombres de las parrandas que hicieron antaño, en compañía del difunto.

Pero el ejemplo más elocuente de conversación mexicana de que yo tenga noticia está contenido en una de las obras más notables de uno de nuestros más notables dramaturgos: *Miércoles de Ceniza*, de Luis G. Basurto. En el primer acto, dos hermanas, que han vivido juntas muchos años, se cuentan la historia de su vida, como si no la supieran.

En este punto se me puede acusar de mala fe, o de estar forzando las cosas, porque todo lo que ocurre en escena es una verdad poética o una necesidad dramática, lo que quiere decir sencillamente, que si estas dos mujeres no se cuentan su vida en ese momento, el público no se entera de quiénes son. De acuerdo, pero el hecho es que si alguien escribe este diálogo y lo pone en escena y miles de espectadores lo ven, sin chistar, es exclusivamente porque una mujer contándole la historia de su vida a su hermana es una de tantas posibilidades de conversación en nuestra sociedad.

Yo he escuchado a tres hermanas, hablando de su padre, no en plan de confesión, pero sí de ratificación, diciendo:

—¡Tan bueno que era mi papá!
—¡Siempre con la sonrisa en los labios!
—¡Y tanto que le gustaba el chicharrón!

Son tres virtudes del difunto que ya las tres hermanas conocían, pero no están "intercambiando impresiones", sino repitiendo tres características para conservar una imagen.

Este ejemplo entra dentro del género de lo que se podría llamar conversación ritual. Es un ejemplo de conversación femenina y de mujeres "de edad", es decir, mayores de sesenta. Un hombre de la misma generación no participa en ella; si acaso la escucha con resignación y cabeceando. Él, por su parte, tiene otra conversación (monólogo) ritual, que es generalmente una declaración de principios.

—Después de muchos años de andar experimentando, he llegado a la conclusión de que lo más cómodo, lo más elegante y lo más fresco son las camisas de algodón. A mí no me vengan con cuentos… Etcétera.

Las conversaciones rituales de la generación siguiente, es decir, la de entre los cuarenta y los sesenta años, tienen visos científicos y tintes hipocondriacos. Algunos de los temas son: la vida, multiplicación y transmisión de las amibas y sus efectos en los intestinos —la sintomatología es siempre motivo de amena charla—; causas y curación de la acidez; la conveniencia de hacer ejercicio todos los días, con un colofón que explica por qué no se hace ejercicio nunca. Entre los *bon vivants* se acostumbra hacer referencia al descubrimiento de un nuevo restaurante en donde todo es horrible, menos el "biftec tartar"; o bien, cuando la conversación se está yendo a pique, se saca a colación aquel restaurante chino, magnífico, en Seattle. Con esto, por lo general, se termina la reunión.

Las conversaciones rituales son, como la arterioesclerosis, una característica que se desarrolla con la edad. Mientras más viejo es uno mentalmente más conversaciones rituales tiene. La prueba es que cuando uno es niño las percibe con una vividez tremenda y gran desesperación.

—¡Ay, ya van a empezar a hablar de las fiestas del Centenario!

Después se produce en el hombre algo que parece acostumbramiento y es, en realidad, vejez. Las primeras conversaciones rituales que tienen los jóvenes son respuesta a una de las conversaciones rituales de los viejos:

—Como ya te he dicho, hijo mío, puedes seguir la carrera que quieras, pero sigue una carrera y saca tu título. El título es siempre un refugio.

—Pero es que yo no me he encontrado a mí mismo, papá.

Y se quedan diciendo que no se han encontrado a sí mismos hasta que se les empieza a caer el pelo. De allí pasan directamente a hablar de la acidez. (13-3-70)

Conversación plana
El mejor amigo del hombre

La conversación plana es algo que nadie ha inventado, es un fenómeno tan viejo como la humanidad y es producido por defectos en el diseño del cerebro del hombre. Su descubridor, según yo, es Miguel Murat, un conocido mío, el que la bautizó "conversación plana", y una de las figuras más soporíficas del medio intelectual mexicano. Miguel Murat la define de la siguiente manera:

—Es una conversación ritual, nomás que más aburrida.

Como no tengo ganas de entrar en la definición de lo que es conversación ritual, voy a poner ejemplos. Es conversación plana la de dos señoras que dicen:

—Yo le digo a mi hijo que estudie catorce años más, termine la carrera, haga su tesis, se reciba y después se dedique a lo que le dé la gana.

A lo cual, la otra, por supuesto, responde:

—Tienes razón, un título es siempre un paracaídas.

Pero la veracidad o falsedad de lo afirmado no afecta la clasificación, ni hace que algo sea o deje de ser conversación plana. Se hace conversación plana cuando se mete la mano en lo que podría llamarse "el acervo de la sabiduría popular", que aunque está plagado de inexactitudes no es exclusivamente un conjunto de idioteces. Es conversación plana decir, por ejemplo:

—¿No te has fijado que el hombre ha dado la espalda a la naturaleza y ya no se preocupa más que de su provecho propio?

Es cierto, nomás que no es interesante.

Aquí me veo obligado a hacer una pausa para despertarme. El defecto de la conversación plana como tema literario es que lo vuelve todo plano. Pero después de todo, lo anterior no era más que un prólogo al asunto central de este artículo, que es las conversaciones sobre perros. Estas conversaciones se llevan a cabo siempre entre personas que son partidarias de los perros, porque si en la reunión en donde se desarrollan hay presente alguien que deteste a los perros, éste siempre guarda un silencio malhumorado o vergozante, mientras los demás siguen bordando sobre el tema.

Cuando el trato social toma este rumbo, siempre se cuentan anécdotas que tienen tres arquetipos. Uno de éstos es la historia del perrito que pertenecía a una familia que tuvo que cambiar de residencia, a Orizaba, por ejemplo. Subieron con el perrito en el autobús y cuando éste arrancó, el perrito empezó a aullar. Cuando iban cruzando el lago de Texcoco, el perrito no pudo más, se desprendió de las manos cariñosas de su dueña, brincó por la ventanilla y se perdió en la tolvanera. La familia, afligidísima, lo dio por muerto.

Pasaron quince días, al cabo de los cuales un empleado de la oficina de telégrafos llegó a la nueva casa de la familia, en Orizaba, con un mensaje. Era de un señor que había visitado a la familia en México en una sola ocasión, que les avisaba que el perrito estaba en su casa sano y salvo. Al llegar a este punto, se agrega que la casa del señor que envió el telegrama quedaba en un rumbo completamente desconocido para el perrito, se hace una pequeña elucubración de cómo dio éste con la dirección y se termina con un elogio al maravilloso instinto de los animales.

Otra anécdota arquetípica es la del perro que no quiso salirse de debajo de la cama del amo muerto; la del que se quedó aullando en las salas del aeropuerto, durante tres semanas, hasta que su dueña regresó de Europa, o bien, la del perro que cometió suicidio al enterarse de que su dueño había desfalcado el Banco de Ahorro Braceril.

Si el primer ejemplo se refiere a las habilidades insólitas de los perros y el segundo a su fidelidad, el tercero se debe referir a diversas excentricidades caninas, como son: el caso del perro al que no le gustaban las torrejas, el del perro que se volvió dipsómano y murió de cirrosis hepática, el del perro que adoraba a los animales, etcétera.

Todas estas anécdotas son alabatorias, como es natural, puesto que sólo tienen cabida entre personas partidarias de los perros. A esto se debe que otras anécdotas queden relegadas al olvido, como son por ejemplo, la de los siete perros que cuidaban una casa y ladraban al unísono cada vez que alguien pasaba por la calle. La única vez que callaron fue cuando alguien entró en la casa y se llevó los ahorros de la familia —de lo cual, francamente, me alegro.

Otro caso por el estilo, es el de una perra que yo tenía, que vivió convencida de que cada vez que alguien iba a darme la mano, quería, en realidad, enterrarme un puñal. Nunca he pasado tantas vergüenzas ni cosechado tantas enemistades.

Otro caso digno de relatarse es el del perro que "cuida" la calle donde vivo y que al cabo de dos años es incapaz de reconocerme y me ataca cada vez que entro en mi casa. Afortunadamente es un cobarde.

También es digno de recordarse el caso de la perra que odiaba a todos los que no tenían coche y enloquecía cuando veía a alguien de huarache. Pero, después de todo, si no le gustan a uno los perros, ¿para qué hablar de ellos? (12-3-71)

Otra fiesta que se agua
¿Quién pide la próxima olimpiada?

El miércoles, en segundo término, debido a la sensacional matanza de israelíes y fedayines y relegada a la sección D del periódico, apareció la foto de unos individuos sonrientes cargados de maletas. "Después de una semana de vacaciones en Munich", dice el pie, "los remeros mexicanos arribaron ayer por la tarde, cargados de recuerdos para sus familiares..." A continuación se nos explica que el "reposo" de los fotografiados se prolongó debido a que ni siquiera calificaron para las "pequeñas finales".

El veneno que destila el texto es expresión de un sentimiento generalizado en toda la República.

—No pudieron calificar —piensa el mexicano medio al ver esta clase de fotos— pero se divirtieron como enanos. Aquí hay uno que trae en la mano paraguas para toda la familia.

No importa ni la edad ni la condición física del observador. Hay artríticos que dicen:

—¡Hasta Argentina tiene medalla y nosotros no aparecemos en la lista!

Si algún día me nombran jefe de la delegación mexicana a una olimpiada futura, voy a arengar a los deportistas en los siguientes términos:

—A través de esas cámaras que ven allí, cincuenta millones de mexicanos —o los que sean para esas fechas— os contemplan.

Con esto, perderán igual que siempre, pero en vez de regresar sonrientes, pedirán asilo político en el país anfitrión.

Pero volviendo a la foto de que hablaba, yo francamente no comparto este resentimiento nacional hacia los que no calificaron, por varias razones.

La primera es que yo tampoco hubiera calificado, la segunda, que México nunca ha sido ni famoso productor de atletas, ni se ha distinguido por su habilidad para descubrir el talento de sus habitantes, ni por aprovecharlo. Además de esta ceguera existe un prurito de figurar. Se manda una delegación enorme, no porque haya probabilidades de ganar en muchas competencias, sino para que el día de la inauguración de los juegos se presente un contingente respetable —sus integrantes vestidos de inditos— que bailen la danza del huitlacoche al son de la chirimía, y "coseche palmas" de parte de cien mil alemanes que creen que están viendo visiones.

De esto se trata, pero no se confiesa. Se dice que lo importante "no es ganar, sino participar" y se manda a competir gente que no ha roto marcas mundiales ni en sueños y que no tiene por qué romperlas en un país extraño, con los nervios producidos por una responsabilidad que no tiene proporción con lo que está en juego.

Van los mexicanos a ver si ganan de chiripa, no califican, regresan a su país y la gente se ofende porque se bajan del avión sonrientes.

¿Por qué no van a sonreír? ¿No les acaban de dar gratis un viaje a Europa? ¿No les regalaron una cazadora bastante ridícula y una maleta blanca? Hay que admitir que aunque no hayan calificado su situación es bastante envidiable. Entonces, ¿por qué esperar que se bajen del avión llorando?

Esto por lo que se refiere a la delegación mexicana. Por lo que se refiere a las Olimpiadas en general, que no me cuenten que son la fiesta de la paz, la hermandad internacional y el homenaje a la proeza física. Al contrario. Son la fiesta del nacionalismo y la guerra incruenta. ¿Qué otra cosa, si no nacionalismo puro, son las banderas y los himnos y la gente enloquecida frente a las cámaras cada vez que un compatriota gana una competencia?

El deporte será todo lo saludable que ustedes quieran, pero en los juegos olímpicos y dada la manera en que éstos se organizan, no sirven más que para fomentar odios entre naciones y para producir complejos de superioridad y de inferioridad. Las Olimpiadas también son un negocio magnífico para los medios de difusión.

Para los anfitriones, en cambio, son descalabros sin paliativo. Y cada vez es peor. Hasta la Olimpiada de Tokio el descalabro no era más que económico. El día de la clausura el país se quedaba con las deudas y una serie de recintos deportivos que eran en su mayoría elefantes blancos. Pero en las dos últimas Olimpiadas, además del gasto, y los elefantes blancos, los anfitriones han estado en situaciones críticas y sus respectivos gobiernos han quedado con muy mala reputación. Por eso cabe preguntar:

¿Quién pide la siguiente Olimpiada? (8-9-72)

Tecnología mexicana
Evolución del taco y de la torta compuesta

Uno de los más importantes inventores que ha habido en la historia del Distrito Federal es el gran tortero Armando, inventor de las tortas que llevan su nombre. Su importancia en la evolución alimenticia de los mexicanos es tal que ya nadie se acuerda de cómo eran las tortas antes de Armando.

Según la leyenda, la carrera de Armando culminó en una misión diplomática. Dicen que con motivo de algún suceso espectacular: el centenario de la consumación de la Independencia o la firma de algún tratado, se decidió que la embajada de México en Francia diera un fiestón, y para atender debidamente al cuerpo diplomático y a los funcionarios del Gobierno, Armando viajó a Francia, en barco, con un canasto de aguacates.

La torta de Armando es una creación barroca en la que intervienen aproximadamente veinticinco elementos —entre los que se cuentan el filo del cuchillo y la habilidad del operador para rebanar lechuga— en un orden riguroso. Si se altera el orden —por ejemplo, si se pone primero el chipotle y después el queso— o si la calidad de alguno de los elementos falla —que el aguacate sea pagua— lo que se come uno, en vez de ser torta compuesta, es un desastre.

Las tortas de Armando estaban hechas con carnes que a casi nadie le gustan ahora —lengua, galantina, queso de puerco— y se debían comer acompañadas de un vaso de chicha y de encurtidos en vinagre, de los que había provisión en cada mesa, y que consumidos en abundancia provocaron la extrema unción de cuando menos un cliente, que yo sepa. Conviene agregar que el cliente se recuperó y que vivió cuarenta años más, que empleó en narrar su proeza y en repetirla varias veces.

La torta de Armando es clásica y, como tal, pasó a la historia. En lo complicado de su concepción, en la variedad de los elementos que intervienen al hacerla y en la pericia necesaria para elaborarla, estaban las semillas de su muerte. La torta de Armando no pudo adaptarse a las necesidades de la vida moderna ni a las condiciones del mercado, y fue sustituida por algo mucho más práctico: la torta caliente de pavo, que es otro invento genial.

La torta caliente de pavo deslumbra por su sencillez. No tiene más que rebanadas de pavo caliente y guacamole. La tapa de la telera va mojada en la salsa del pavo. Esta torta tuvo su apogeo en tiempos de Alemán y es coetánea del principio de nuestra industrialización y de la idea —desechada hoy en día— de que el guajolote es el animal más suculento.

La torta de pavo caliente a su vez, fue sustituida por la torta caliente de pierna —que empezó a tomar impulso a fines del periodo de Ruiz Cortines, y llegó a su apogeo en la época de López Mateos—. No se diferencia de la anterior más que en el animal del que proviene la carne de que está hecha.

La torta de pierna tiene aceptación todavía en la actualidad, pero es evidente que va de salida. Al estudiar la evolución anterior, se puede prever que la próxima mutación implicará un cambio de animal, probablemente hacia uno más grande —del guajolote al puerco y del puerco a la res— y una simplificación en la fabricación de la torta. Es decir, que la torta del futuro es el pepito.

Un día, cuando yo era niño, llegó mi abuelo a la casa y mientras se quitaba los guantes anunció con cierta solemnidad que acababa de ver, en la esquina de 16 de Septiembre y San Juan de Letrán a unos hombres que vendían tacos que estaban envueltos en un "jorongo colorado".

—Me comí tres y no están mal —dijo.

La introducción en el mercado de los tacos sudados constituye uno de los momentos culminantes de la tecnología mexicana comparable en importancia a la invención de la tortilladora automática o a la creación del primer taco al pastor. El taco sudado es el Volkswagen de los tacos: algo práctico, bueno y económico. Entre que pide uno los tacos y se limpia la boca satisfecho, no tienen por qué haber pasado más de cinco minutos. Se conservaron en primera línea durante seis periodos presidenciales y si han caído últimamente en desuso se debe únicamente a la idea ligeramente neurótica pero muy en boga, de que todo alimento que no se elabora en presencia del cliente es venenoso.

En lo que respecta a los tacos al carbón, cabe decir lo siguiente: es una lástima que el mexicano haya necesitado cuatrocientos años para darse cuenta de que también de carne de res se pueden hacer tacos, y que este descubrimiento haya ocurrido en la época en que nuestra riqueza forestal daba las últimas boqueadas. Tecnológicamente son más bien un retroceso. Más que de la técnica son un triunfo de la mercadotecnia. Algo inventado para aumentar los precios haciéndole creer al cliente que está comiendo regalado.

—¡Hombre, un bistec y dos tortillas por tres pesos! ¿Qué más puede uno pedir?

Nadie le advierte que puede comerse ocho sin sentirse satisfecho. (3-10-72)

Insultos modernos
Reflexiones sobre un arte en decadencia

El director de la segunda escuela en que estuve, que era salvadoreño y ya viejo, tenía tres insultos predilectos: "patán", "vulgarón" y "eres más papista que el Papa". Todos los que pasamos por su escuela estábamos de acuerdo en que no había espectáculo más divertido que ver a don Alberto amoratado, balbuceando entre espumarajos:

—¡Patán! ¡Vulgarón! ¡Eres más papista que el Papa!

En consecuencia gran parte de las acciones del alumnado estaban dirigidas a conseguir este fin.

Este es un ejemplo de lo que es un insulto mal hecho y de las consecuencias que tiene emitirlo: el que insulta y falla está perdido; más le valiera no haber insultado.

Si analizamos los tres insultos de don Alberto nos damos cuenta de que los dos primeros son palabras sonoras que deberían tener cierta eficacia. Son deleznables porque se usan poco en México y porque se refieren a características del individuo que no son intrínsecas: se puede ser inteligentísimo y portarse como un patán. Están dentro de la misma categoría que "groserote" o "ignorante". Son insultos suicidas.

El ser alguien más papista que el Papa es ineficaz porque resulta críptico en un país en el que nadie le ha puesto peros a la autoridad papal y porque, además, no es posible hacer un insulto con tantas pes.

Sobre los insultos más usados cabe decir lo siguiente: son nacionales, automáticos e independientes del verdadero sentido de la frase.

Tomemos por ejemplo los tres grandes insultos mexicanos, palabrotas que no se pueden escribir en estas páginas. Uno de ellos es la definición de rasgos bastante vagos en el carácter de la madre del insultado, que según el caso pueden coincidir o no con la realidad. Esta última alternativa carece de importancia, porque el insulto, una vez proferido, produce irremediablemente descargas de adrenalina en el insultado.

El segundo insulto es todavía más extraño: es una orden de ir a ejecutar ciertos actos. Orden que a nadie, en sus cinco sentidos, se le ocurriría obedecer. Sin embargo, aparece un individuo sin ninguna autoridad, nos da la orden y en vez de entrar en el alegato de "¿quién es usted para darme órdenes?", sacamos el fierro, si lo traemos, y le damos un tajo.

El tercer insulto, que sin ser tan grave es más doloroso, se refiere a las características mentales del sujeto al que va dirigido el insulto, cuya eficacia estriba en que —a unos más y a otros menos, a unos esporádica y a otros sistemáticamente—, a todos nos falla el coco.

Los insultos tradicionales, considerados en su función de motores de la relación entre insultante e insultado, tienen defectos muy graves, uno es que carecen de elasticidad y conducen el diálogo por caminos muy trillados que terminan siempre en un *impasse*.

No hay nada más aburrido que oír a dos personas insultarse siguiendo el orden acostumbrado, para acabar diciendo:

—¿Qué?
—¿Pos qué qué?
—Lo que quieras, buey.

Al llegar a ese punto nefasto, los contendientes llegan a las manos o empiezan a decir "deténganme, porque lo mato".

Otro defecto, probablemente el más grave, de los insultos tradicionales consiste en que no hacen mella en la reputación del insultado. Es decir, nadie va a creer que un señor es lo que le dijeron. La reputación del insultado depende de su reacción al insulto, no de la veracidad del mismo.

Tampoco le dan autoridad al insultante. Nunca he oído decir:

—Fulano le dijo (aquí entra una bastante gorda) a Zutano. Sus razones tendría.

Insultos que no tienen nada que ver con la realidad, que son automáticos, que conducen a un *impasse*, que no hacen mella y que no dan autoridad, deben ser desechados y sustituidos por nuevos insultos —de los que trataré en fecha próxima— que aunque resulten más laboriosos sean más eficaces. (15-5-70)

Malos hábitos
Levantarse temprano

El viernes pasado encontré en *Revista de Revistas* un artículo escrito por mi buen amigo Loubet que es una especie de oda a los que se levantan temprano. Además de bien escrito está bien ilustrado. Allí aparecen los panaderos, los lecheros, los barrenderos, los que van a hacer ejercicio en Chapultepec, los niños que piden aventón para llegar a clase de siete, etcétera.

Esta lectura, unida a la circunstancia de que hoy tuve que levantarme a las cinco de la mañana, me han hecho recapacitar y llegar a la conclusión de que francamente, levantarse temprano no sólo es muy desagradable, sino completamente idiota.

Ahora comprendo que los últimos veinte años los he pasado en un mundo dado a la molicie.

—Paso por ti cuando reviente el alba. Es decir, a las nueve y media de la mañana —dicen mis amigos.

Pues sí, un mundo dado a la molicie del que no pienso salir.

Los efectos de madrugar son de muchas índoles, pero todos ellos corrosivos de la personalidad. Hay quien se levanta temprano a fuerzas, se para frente al espejo a bostezar y a arreglarse el cabello y la cara con el objeto de dar la impresión de que se lavó. Este intento generalmente es patético. Si alcanza lugar sentado en el camión que lo lleva al trabajo se duerme sobre el hombro del vecino, desayuna en la esquina del lugar donde trabaja unos tamales, o bien dos huevos crudos metidos enjugo de naranja —que es una mezcla que produce cáncer en el intestino delgado— pasa la mañana sintiéndose infeliz, trabajando un poquito y quitándose las legañas; se va de bruces en el camión de regreso, a las seis de la tarde.

Los que se levantan temprano a fuerzas constituyen un grupo social de descontentos, en donde se gestarían revoluciones si sus miembros no tuvieran la tendencia a quedarse dormidos con cualquier pretexto y en cualquier postura. En vez de revolucionar, gruñen y dicen que el destino les hizo trampa.

Los que madrugan por gusto son peores.

—Yo siento que la cama materialmente me avienta a las cinco de la mañana.

—Mal veo despuntar el sol, brinco de la cama, abro la ventana y pregunto: "¿solecito, solecito, qué quieres de mí hoy?"

—Cuando me estoy rasurando oigo el canto del primer jilguero, después, un regaderazo con agua helada, me seco con una toalla especial de ixtle para que me abra el poro, y por último mi té de boldo. Quedo como nuevo.

Esta clase de gente tiene la costumbre de salir a la calle de noche y caminar con paso vivaz por el centro del asfalto —le temen a la banqueta, porque creen que hay gente agazapada en los zaguanes, lista para asaltarlos; no se dan cuenta de que los asaltantes están dormidos a esa hora— dejan a su paso una estela de agua de colonia o talco desodorante que queda flotando en el ambiente hasta que pasa el primer autobús. Van a misa de cinco, a la adoración nocturna, a hacer ejercicio, a pasear un perro desmañanado, o, peor todavía, a despertar al velador del edificio para que les abra el despacho.

Son por lo general, gente de dinero y creen que la fortuna que tienen se las concedió Dios nomás por el gusto que le da verlos levantarse temprano. Aconsejan esta práctica saludable a todo el que encuentran —en realidad no tienen otro tema de conversación—, inventarían refranes si pudieran, como no pueden, repiten el consabido de "al que madruga, Dios le ayuda", que es una afirmación que carece de fundamento histórico.

Esta clase de personajes también tiene la tendencia a obligar niños a que les piquen la panza con el dedo.

—Mira niño, es como de fierro. Aprende: estoy así porque me levanto temprano. Tengo sesenta años y mírame.

Llegan a los sesenta como jóvenes, dando brinquitos y mueren de sesenta y uno, víctimas de una trombosis cuádruple.

Los que inventaron que es bueno levantarse temprano son los que determinaron que los turnos de trabajo cambien rayando el sol, que los fusilamientos se lleven a cabo al amanecer, que se reparta la leche al alba, que no se permita la entrada de carga después de las siete de la mañana, etcétera. En resumen son los únicos responsables de que la ciudad empiece a funcionar a una hora de la que nada bueno puede esperarse. (18-7-72)

Malas noticias
No se alarme, pero...

Cuando tengo que quedarme a comer en el centro, a veces me meto en un restaurante en donde hacen muy bien las quesadillas sincronizadas.

Pues allí estaba, sentado en un taburete de la barra, esperando mi quesadilla y observando al mozo —tiene unas manitas negras, chiquitas, que le sirven para todo: ¿que le piden una jericaya?, voltea la copa y se echa la jericaya en la mano antes de ponerla en el plato, ¿que le piden una orden de papaya?, mete la mano en el recipiente de la papaya y saca los cubitos, ¿que son tres tortas para llevar?, mete la mano en el tazón de los encurtidos y saca un puño de chilitos—. Pues estaba yo observando esto, cuando de la cocina que está al fondo del local salió una mesera con dos sopas caldosas y vino derecho a donde estaba el dueño del restaurante, que estaba en la barra junto a mí, haciendo montoncitos de veintes.

—Don Fernando —dijo la mesera— que ya está tronando el piso de junto a la estufa.

Por un momento, don Fernando no hizo más que abrir la boca. Después dijo:

—Pero, ¿cómo que está tronando el piso de junto a la estufa?

Yo aproveché la confusión que vino después para irme a comer en otro lado. Pero al salir iba pensando que, francamente, aquí en México hay gente que sabe dar las malas noticias.

Una mañana hace muchos años, cuando estaba yo en el rancho, llegaron dos medieros envueltos en cobijas y se pararon afuera del portón de la casa. Cuando salí a ver qué querían me dieron una de las peores noticias que me han dado en mi vida.

—Dice el Juan Márquez que ya se cayó al pozo la pelotita.

La "pelotita" era el cabezal de la flecha... Bueno, una parte muy importante de la bomba, sin la cual no podíamos regar.

Conseguir una refacción nos llevaba quince días, lo cual hubiera significado perder la cosecha. Recuperar la "pelotita" —o intentarlo cuando menos— quería decir bucear en agua fangosa de tres metros de profundidad, tentalear el limo del fondo y discernir por tacto entre la "pelotita" y los esqueletos de las ratas. Hicimos las dos cosas: primero buceamos, no encontramos nada y después esperamos los quince días y se perdió la cosecha.

Bueno, pues toda esta catástrofe fue puesta en una nuez por el mediero, que me anunció:

—Dice el Juan Márquez que ya se cayó al pozo la pelotita.

Otro sistema de dar malas noticias consiste en no darlas. Es también muy usado en el Bajío. Por ejemplo si alguien llega de un largo viaje, no se le dice luego luego que ya se murió su mujer. Al recibirlo en la terminal hay que dejarlo que crea que su mujer no está allí porque se quedó en la casa; una vez en la sala de la casa, hay que dejarlo que crea que está en la cocina. Cuando ya se llegó al corral de atrás y no hay más dónde buscar, el marido —que no ha preguntado por su mujer antes porque no sería correcto— no tiene más remedio que preguntar:

—¿Y dónde está Atanasia?

Entonces, el más viejo y el más allegado de los que fueron a recibirlo, contesta:

—¿Atanasia? Ah, pues ya falleció.

Un tercer procedimiento que he tenido oportunidad de estudiar en carne propia, porque era el empleado por una sirvienta que tuve, consistía en recubrir la mala noticia en forma de una pregunta que tenía por respuesta fatal la mala noticia propiamente dicha. Por ejemplo, en vez de decirme: "señor, se está cayendo el techo", me preguntaba:

—¿Por qué será que el techo se ve así como abombado, y con muchas como rajaditas así como una telaraña?

O bien:

—¿Por qué será que el canario no se mueve? Mírelo, tiene ya tres días que está nomás acostado en su jaula y ni canta ni nada. (23-3-73)

La fiesta imaginada
Adiós, año viejo

Es mucho más fácil imaginar una fiesta de Año Nuevo que organizarla —y mucho más barato—. Los elementos son de todos conocidos; se necesitan serpentinas de colores, confeti y globos. Un espantasuegra con el que un señor —de preferencia parecido a Groucho Marx— espante a varias concurrentes. Un puro encendido que haga estallar uno o dos globos. Sombreritos ridículos —de almirante, de charro, de chino con trenza— que al cuarto para las doce irán a dar a las cabezas calvas de los invitados.

Se beberá champaña; la botella estará en una cubeta la cual, puesto que es imaginaria, será de plata. De comida algo que sea caro y delicioso.

Hay mucha alegría. Unos ríen, alguien canta desafinadamente, otro toca un pito de globero, una mujer guapetona, en el colmo del abandono, sube en una mesa y da pataditas; una mujer gorda, vieja y medio borracha, con una espesa capa de pintura en los labios, tratará de besar a los concurrentes con el pretexto de que es Año Nuevo.

Estamos en una casa versallesca o estilo Bellas Artes. Los hombres están vestidos como a nadie en sus cabales se le ocurriría vestirse; de *smoking* y cuello de palomita o con sacos de brocado y corbatas de pintor bohemio. Las mujeres, de largo y muy caro.

Si observamos nuestra fiesta de Año Nuevo con detenimiento nos damos cuenta de que en la alegría que reina hay una nota falsa. Tenue, pero falsa. Aquel gordo, por ejemplo, ¿cree que necesita ponerse un sombrerito de marinero para verse ridículo? Hay demasiadas dentaduras postizas. Las carcajadas son demasiado estruendosas para ser sinceras.

Es que nadie inventa una fiesta así nomás por gusto. Esto no es más que el preámbulo de una tragedia.

Nótese que todos los presentes son de edad madura. La juventud no entrará en la escena más que para dar malas noticias, o para provocarlas.

Por ejemplo, a las doce y diez, cuando todo es gritos y abrazos, entran en el salón un niño y una niña. Están en piyama y llevan en las manos una palangana.

—Mira, papá —dice el niño— lo que le está pasando a la salamandra que nos regalaste hoy en la mañana.

La alegría desaparece como por encanto. Silencio profundo. Los invitados se acercan pausadamente, con paso indeciso, a ver lo que está ocurriendo en el interior de la palangana...

Si no nos interesa la ciencia ficción, podemos imaginar otras posibilidades.

A las doce y diez entra en el salón el hijo de la casa. Es un joven de veinte años, bien parecido, en suéter y camisa abierta —es evidente que ha aprovechado la noche del 31 de diciembre para preparar su tesis—; el rictus que tiene en el rostro demuestra que reprueba la frivolidad de sus mayores. Cruza el salón con paso decidido entre los festejantes hasta llegar al televisor. Lo enciende: la voz del comentarista domina los demás ruidos. La alegría se suspende. Todos miran el rostro ajado que aparece en la pantalla. La voz dice:

—Las tropas translivianas han invadido nuestro territorio. El Ejecutivo, en represalia, ha ordenado un ataque nuclear. Estamos en el vórtice de la guerra atómica...

O bien. Llaman a la puerta de la calle. El mayordomo abre. Entran en el vestíbulo varios jóvenes de chamarra.
—¿Quiénes son esos muchachos? —pregunta el dueño de la casa a su esposa.
—¿Serán amigos de Pepito? —pregunta a su vez ella. Pepito es el primogénito.
La señora comprende que los recién llegados no son amigos de Pepito cuando ve las metralletas que llevan en las manos.

Este es el Año Nuevo de los millonarios. Para variar podemos imaginar la misma fecha en una casa humilde de una colonia de paracaidistas. La esposa, espejo de mujer mexicana, ha pasado el día entero haciendo buñuelos. Cuando echa a freír el último llaman a la puerta. Uno de los catorce niños que se revuelcan en el suelo la abre. Son dos hombres que traen al marido, padre y jefe del hogar en brazos; está borracho perdido.
En el radio de transistores —que ha estado sonando todo el tiempo— se oye un mensaje de paz:
—...los problemas que hemos tenido en 73, se agudizarán en 74, en todo el mundo... (2-1-71)

III

LA FAMILIONA REVOLUCIONARIA

Desde las gradas
El partido que presenciamos

Cada seis años, por estas fechas, siento la obligación de dejar los asuntos que me interesan para escribir un artículo sobre las elecciones, que es uno de los que más trabajo me cuestan. Puede comenzar así: "el domingo son las elecciones, ¡qué emocionante!, ¿quién ganará?"

Acostumbro hacer después una reflexión que viene a cuento: la de que, para un observador desinteresado —es decir, que no tiene esperanzas de que le den un puesto o temor de que se lo quiten—, el proceso político mexicano sigue siendo soporífero. No sé si esta característica es buscada con el objeto de producir en el público un estado de hipnosis, para que se deje manipular más fácilmente o si es un defecto personal de los operadores: todos se empeñan en tomar la palabra, hablan demasiado, están de acuerdo y dicen casi lo mismo.

Después presento el dilema que me interesa y que no sé cómo resolver: vienen las elecciones, ¿qué hay que hacer, votar o no votar y si votar, por quién votar?

A este dilema se le puede dar respuesta en varios niveles. Desde luego, a menos de que tenga uno pensado declararse fuera de la ley y convertirse en forajido, creo que conviene estar registrado como elector. Entonces viene el segundo paso: tiene uno la credencial, ¿qué hacer con ella?

Imaginemos tres estados de conciencia electoral, representados por tres ciudadanos.

El primero es un señor que tiene preferencia por alguno de los partidos registrados. No importa que esta preferencia tenga motivos egoístas —el señor vive del presupuesto y considera que tiene obligación moral de apoyar con su voto al partido oficial—, personales —le simpatiza alguien que es candidato a diputado—, imaginarios —cree que las casillas tienen ojos y que si lo ven votando por un partido de oposición pierde el empleo—, idealistas —cree que los de Acción Nacional (o de cualquier otro partido) son pura gente decente y honrada y capaz—, etc. Este hombre no tiene problema. Va a la casilla y vota. El efecto que tenga su voto no debe importarle, él cumplió con expresar su voluntad en un papel y ponerlo en una rendija.

El segundo ciudadano es un señor que no tiene preferencia por ningún partido, pero considera que las elecciones son una práctica válida y benéfica —aunque haya quien tiene amarrado el gane—, puesto que al votar por cualquiera de los partidos de oposición se le recuerda al Gobierno que no todos los ciudadanos están dormidos ni aplaudiendo ni queriendo entrar en la repartición de sopa. Otro beneficio de esta actitud podría ser que se produjera eventualmente un contrapeso en las Cámaras, lo que a su vez resultaría en un freno al Ejecutivo. Es una esperanza utópica pero válida la de los que piensan como este ciudadano, que tampoco tiene problema. Entra en la casilla y pone la cruz donde sea, menos donde dice PRI.

El tercer ciudadano tiene una opción más difícil. Considera que en el momento en que cruza el umbral de la casilla se está haciendo personaje de una farsa en la que no quiere participar. Este señor, por principio, debería tener derecho a no votar, que después de todo es una manera de expresar una opinión tan respetable como la de sí votar.

Aquí entra una falla del sistema actual: el que no vota tiene una especie de aureola de delincuente, lo cual no es justo. Aunque hay que admitir que el que no vota por principio se confunde con los millones de individuos que no votan por apatía, y estos últimos están en la única posición que no debe ser aceptada: aunque las condiciones sean soporíferas, hay que hacer un esfuerzo por conservarse despierto.

Pero si el que no quiere entrar en la farsa vota y arruina el voto: es decir, lo mete sin cruzar, o vota por sí mismo o por Juan de las Peras, se confunde en cambio con los millones de tontos que arruinaron su voto por accidente.

Esta ambigüedad debe desaparecer. Por esta razón, el partido de los objetantes por principio debe buscar durante los próximos seis años una manera de expresión electoral que lo distinga de los morosos y los indiferentes, quienes, creo yo, siguen formando el partido más numeroso del país. (2-7-76)

¡Arriba la democracia! (I)
¿Quién está capacitado?

La concesión del derecho al voto a partir de los dieciocho años ha provocado una polémica (pequeñísima) sobre si los jóvenes de esa edad tienen o no criterio suficiente para ejercerlo. Hay quien piensa que este criterio sólo se alcanza a los veinticinco años. Otros, en cambio, piensan que todo el que está en condiciones de hacer el servicio militar y morir heroicamente por la patria, debe tener derecho a participar en la determinación de los destinos de la misma.

Yo creo que las cosas son un poco más complicadas, porque, vamos a ver, ¿qué es un votante?

Un votante es un señor que, en primer lugar, cree que su voto va a ser respetado (esto es obvio, porque de lo contrario no se tomaría el trabajo de hacer cola para votar), que, en segundo lugar, se siente en condiciones de decidir cuáles personas están más capacitadas para representarlo en las Cámaras y gobernar el país que otras.

Esta segunda característica supone dos condiciones: que sepa para qué sirven los diputados y los senadores y que sepa cuáles son los planes de los diferentes candidatos.

Votar es expresar una opinión. No hay que dejarse llevar por partidos, porque en todos los partidos hay imbéciles. Hay que elegir las personas. Al mismo tiempo, las elecciones no son carreras de caballos. No se trata de apostarle al ganador, sino de apoyar a la persona con quien el votante está más de acuerdo.

Pero vamos por partes. Vamos a suponer que elegimos a un diputado. La cosa no acaba allí. No se trata de meterlo en la Cámara y ya. El diputado es nuestro representante. Es la vía por medio de la cual podemos ejercer nuestra influencia sobre las decisiones gubernamentales.

Para que un diputado sirva de algo tiene que estar sujeto a presiones de parte de los electores de su región. Tiene que estar en comunicación con ellos.

Aquí nos encontramos ante una situación compleja. ¿Cuántos mexicanos saben el nombre de su diputado? ¿Cuántos lo conocen de vista? ¿Cuántos han hablado con él? ¿Cuántos le han mandado cartas expresándole sus opiniones? ¿Cuántos mexicanos han sabido que su diputado diga algo en la Cámara? ¿Cuántos han estado de acuerdo con lo dicho?

Tengo la impresión de que una encuesta sobre la relación diputado-elector sería muy provechosa y nos permitiría llegar a varias conclusiones. Aquí conviene agregar que dicha encuesta debería contener los elementos necesarios para contestar a la siguiente pregunta: ¿Cuántos mexicanos consideran que el diputado no tiene más obligaciones que las de cobrar su sueldo y dormitar en la Cámara?

Los que piensan de esta manera no deberían tener derecho al voto, ni creo que les interese tenerlo.

Hemos llegado a la primera conclusión. Para ser elector se necesita criterio. O, mejor dicho, conciencia de los derechos y las obligaciones del electorado y de los elegidos. Pero desgraciadamente, esta conciencia no llega con la edad. Hay gente que se va a la tumba sin adquirirla. Entonces, para ser elector no basta con tener cierta edad, es necesario pasar un examen sobre civismo. Claro que dicho examen se prestaría para tronar a gran parte de la población y el gobierno del país quedaría en manos de unos cuantos que serían llamados "oligarcas" *ipso facto*. Pero este problema, que lo resuelvan otros.

Ahora vamos a tratar de las elecciones presidenciales.

A diferencia del diputado, que no es más que un representante del pueblo, y por consiguiente no necesita planes sino nomás un cierto grado de inteligencia y de integridad moral, el Presidente es un gobernante, por lo que los planes de los respectivos candidatos son un elemento importantísimo en las elecciones.

Entonces, imaginemos un votante ideal. Tiene que enterarse de los planes de los diferentes candidatos (en el supuesto caso de que haya varios; si nomás hay uno, la necesidad del sistema electoral se vuelve metafísica). ¿Cómo se saben los planes de los candidatos? En la campaña electoral.

Ahora bien. La campaña electoral y las giras no sólo sirven para difundir las ideas del candidato, sino que también permiten a éste enterarse de los problemas particulares de cada región. Es decir, la campaña es al mismo tiempo propaganda e investigación.

Pero volvamos al votante ideal. Él quiere saber los planes de los candidatos, para elegir el que más le convenga. Lee los periódicos; cuando un candidato llega a Chihuahua, se entera de qué es lo que éste piensa hacer con respecto a la ganadería; cuando llega a Mazatlán, se entera de qué es lo que va a pasar con la pesca. Al final de las campañas, el votante ideal está en condiciones de conocer perfectamente los planes de los diferentes candidatos y de elegir el que considere más acertado. Es muy sencillo.

Sí, es muy sencillo, mientras el votante ideal no se ponga a cavilar sobre el hecho de que las campañas también son propaganda, de que nunca se ha oído que un candidato hable en pro de la pesca en una región ganadera; de que los discursos, después de todo, no son más que los fragmentos de un plan; de que entre todas las promesas puede haber muchas contradicciones; de que los recursos del país son limitados y no permiten satisfacer todas las necesidades, etc. (2-1-70)

¡Arriba la democracia! (II)
El que está en el poder, puede

La democracia que, como su nombre lo indica, es el gobierno del pueblo, se presenta en la actualidad bajo dos formas fundamentales: la parlamentaria (llamada también capitalista) y la socialista. La primera es un régimen que considera que la propiedad privada y la libertad de empresa son derechos fundamentales e inalienables de todos los ciudadanos; considera también que hablando se entiende la gente y que el equilibrio de fuerzas políticas es un fenómeno saludable.

En un régimen de esta naturaleza existen, por necesidad, varios partidos con diferentes programas, pero todos de acuerdo en que el voto de los ciudadanos es un factor decisivo en el Gobierno, y de que la opinión pública y la oposición forman, de hecho, parte del Gobierno, limitándolo. Pero la premisa esencial de esta clase de democracia está en considerar que el orden establecido es el correcto y que no es necesario llevar a cabo una revolución.

La democracia socialista, en cambio, es un régimen que ya llevó a cabo esta revolución, que abolió, total o parcialmente la propiedad privada, y el país está gobernado por un solo partido, que es el del pueblo. El partido, expresando la voluntad del pueblo, determina los rumbos que debe seguir el país.

Como puede verse fácilmente por lo anterior, la democracia que existe en nuestro país es una mezcla de las dos explicadas anteriormente. Se llevó a cabo una revolución, pero no se abolió la propiedad privada. Hay voto y varios partidos, pero uno de ellos ha ganado todas las elecciones, por mayoría aplastante, desde hace treinta años. Por último ese mismo partido está identificado íntimamente con la administración y gran parte de sus candidatos han sido anteriormente altos funcionarios.

Todo esto podría indicar que lo que existe en México es una estructura gubernamental socialista dentro de un régimen económico capitalista. Nada más equivocado. Ningún capitalista invierte un peso en un país revolucionario, por la sencilla razón de que está en peligro de no volver a verlo. México es una democracia parlamentaria, no sólo porque hay elecciones y hay parlamento, sino porque (y esto es mucho más importante) en un sector importante de la población existe el convencimiento de que el orden establecido es el correcto y no es necesario llevar a cabo otra revolución.

Un parlamento sin oposición o con una oposición nominal, incapaz de producir nunca una resolución contraria a las disposiciones del Ejecutivo, es un órgano inválido. Por otra parte, las diferencias doctrinales entre los dos partidos políticos que realmente existen, son más bien de palabra que de dirección, y se reducen principalmente, a la afirmación reiterada, por parte de la oposición, de que el sistema electoral es un monopolio.

Ahora bien, si existe el monopolio, sólo hay dos maneras de acabar con él. Una es por medios extraparlamentarios; es decir, por la rebelión armada. La otra es por medio de un programa atractivo, de gran arrastre popular que rompiera el equilibrio que existe e hiciera indispensable una renovación radical de las instituciones. Pero una oposición conservadora, en un *statu quo*, tiene, de por sí, las manos atadas, y pocas probabilidades de lograr cambios de importancia.

Ahora bien, una democracia parlamentaria con un parlamento nominal o simbólico es un régimen que ha perdido la participación indirecta del público en las decisiones gubernamentales.

Un gobierno que no tiene que enfrentarse a una oposición vigorosa en las Cámaras tiende, por el hecho mismo, a convertirse en un gobierno paternal. El Ejecutivo sabe lo que el pueblo necesita y hace lo posible por proporcionárselo, lo mismo que un padre de familia satisface las necesidades de ésta en la medida de sus posibilidades.

Pero el problema es que ni el país es una familia, ni el Gobierno es un padre. Es mucho más difícil saber las necesidades de cuarenta millones, que las de gente que vive en la misma casa.

Entonces, existe la posibilidad de que un gobierno se equivoque sistemáticamente en la apreciación de las necesidades de su pueblo, y en ese caso no puede producirse más que una enajenación que conduzca a la catástrofe.

Pero, afortunadamente, no estamos en ese caso. Hay que aceptar que el partido más poderoso ha producido gobiernos que han logrado resolver, de una manera más o menos adecuada, los problemas del país, y que en la actualidad una parte importante de la población vive en condiciones que resultan prósperas, si se les compara con las del pasado.

Pero, a mi modo de ver, la situación no deja de ser insatisfactoria. Una sociedad en donde todas las iniciativas vienen de arriba, es, políticamente hablando, una sociedad infantil y, por consiguiente, altamente jerárquica. El que está en el poder, puede, y el que no lo está, o no tiene amigos en el poder, no cuenta. (6-1-70)

¡Arriba la democracia! (III)
Criterios para exceptuar

El viernes pasado proponía yo que se sometiera a los ciudadanos a un examen de civismo con el objeto de determinar si estaban o no capacitados para votar. Pero estos días he estado pensando sobre el asunto y he llegado a la conclusión de que, francamente, éste no es un procedimiento viable, ni un criterio riguroso. Por varias razones.

Una de ellas es que se presta a que cualquier tonto compre un libro o tome un curso y pase el examen satisfactoriamente, sin que por eso esté capacitado para votar. Después de todo, una gran mayoría de los mexicanos tenemos guardado y olvidado, en nuestras circunvoluciones cerebrales, lo que nos enseñaron en la escuela en las clases de civismo, ¿y de qué nos sirve? De nada.

Tratemos de recordar lo que nos enseñaron. Los hombres primitivos (aquí viene a la mente una imagen parecida al Cuauhtémoc del Paseo de la Reforma), se encontraron en el claro de un bosque y acordaron reunirse en sociedad.

—Yo hago zapatos, tú cultivas la tierra...

Era el cuento de hadas más aburrido jamás contado.

He llegado a la conclusión de que saber civismo no es criterio, por la sencilla razón de que el problema no es de conocimiento, sino de conducta. Por consiguiente, no hay que preguntar lo que la gente sabe o ignora, hay que observar su comportamiento. Creo que este es el criterio de excepción adecuado.

Vamos a ver. Vivimos en una democracia. Una democracia es una sociedad en la que todos tienen los mismos derechos, las mismas obligaciones e igualdad de oportunidades. Nadie está excluido de ninguna función por razones de raza, religión, clase social, etc. Además, el respeto al derecho ajeno es, no sólo la paz, sino la democracia.

Podemos deducir de lo anterior que el señor que va cruzando una calle tiene el mismo derecho de cruzarla que el señor que va pasando en su coche lo tiene de pasar. Nomás que aquí hay un problema: si el señor que va cruzando atropella a un coche que va pasando produce menos daño que si el coche atropella al señor. De esto se deduce que el señor del coche tiene mayor responsabilidad y, por consiguiente, debería tener más cuidado.

Hemos encontrado un criterio de excepción. Es el siguiente: si alguien piensa que es preferible que un peatón pegue un brinco y haga el ridículo a que el que va manejando se vea obligado a disminuir la velocidad, está pensando, implícitamente, que la circunstancia de ir en coche le otorga un derecho del que carece el que va a pie. Esto es totalmente contrario a los principios democráticos. Un señor que ignora los principios democráticos o que no los pone en práctica es un señor que no debería tener derecho al voto.

Ahora bien. Parémonos en una esquina y observemos un rato lo que pasa en la calle. Un sesenta por ciento de los conductores mexicanos no ven a los peatones. El cuarenta por ciento restante parte de la suposición de que éstos son agilísimos y tienen nervios de acero (suposición que afortunadamente es correcta en la mayoría de los casos). ¿Qué se deduce de esto? Todas estas personas consideran que las calles se abrieron para que transiten... ¡Los coches! Esta idea es en sí misma, una violación de los derechos de los peatones.

Hemos llegado a la primera conclusión: todas las personas que tienen licencia de manejar no deben tener derecho al voto.

Con esta sencilla regla hemos eliminado dos o tres millones de votantes.

Propongo además, como criterios de excepción, los siguientes: toda persona que tenga la impresión de que cualquier cosa que haya pasado por sus manos o su garganta no es basura, no tiene derecho al voto. Porque está violando el derecho que tiene todo ciudadano a caminar por calles que no estén llenas de olotes chupados, cáscaras de plátano, botellas de cerveza "no retornables", escupitinas y otros objetos todavía más repulsivos.

Otro criterio: toda persona que crea que todo el mundo quiere oír la radio de transistores que lleva en la mano, a todo volumen, y en la estación que a él se le antoje, no tiene derecho al voto, por estar violando la máxima democracia que dice: "cada quien tiene derecho a no oír nada". La aplicación de este criterio es muy sencilla. Basta con que la persona que compre un radio de transistores firme, al recibirlo, una declaración en la que renuncia al derecho de votar. O, más sencillo todavía, que entregue su credencial de elector, la cual será quemada, en plaza pública, por mano de verdugo.

Tampoco debería tener derecho al voto todo aquel (o aquella) que piense que sus hijos son maravillosos y que no importa que le chupen el dedo pulgar al señor que va en el camión, parado enfrente o sentado al lado.

Por último, propongo que todo el personal de la Dirección de Tránsito pierda el derecho al voto, por haber elaborado un reglamento en que se parte de la suposición de que los peatones (que en adelante serán los únicos votantes) no existen. (9-1-70)

Los que se van
Desgracias ajenas

En estos días en que se acercan las elecciones, con las calles tapizadas de fotografías de personajes desconocidos que serán quienes nos representen en las próximas Cámaras, se me despierta una ambición, que he tenido desde hace mucho tiempo. Quisiera que los representantes de algún partido, de preferencia el mero mero, llegaran un día a mi casa y me dijeran:

—Señor Ibargüengoitia (probablemente me dirían Ibangüergontia), después de mucho deliberar, lo hemos escogido a usted para que sea candidato a diputado de nuestro partido por el N distrito.

Nada me daría más gusto que negarme.

Pero empiezo a sospechar que esta ambición no va a llegar nunca a ser satisfecha. Porque la verdad es que los caminos de la política me parecen impenetrables. ¿Cómo demuestra uno que tiene virtudes cívicas y que está uno capacitado para representar al pueblo? Es mucho más fácil demostrar que no las tiene. Para eso basta con hacer un fraude mal hecho, que sea descubierto; o bien, en un momento de intemperancia, asesinar a un vecino. Pero darse a conocer por no haber nunca dado motivo a queja, es de las empresas más arduas que pueda uno imaginarse.

Para poner de manifiesto lo misterioso de esta situación voy a poner dos ejemplos. El diputado que me representaba hace dos o tres periodos era un conocido mío, cosa bastante extraordinaria. O mejor dicho, no era completamente desconocido. Recuerdo que nos presentaron hace veinticinco años en una fiesta de quince. No se me olvidó su cara porque me gustaba la de su hermana, y porque él traía un clavel en el ojal, cosa que en aquel entonces me parecía la peor cursilería (ahora conozco otras peores).

Por lo que dijo aquella noche y por lo poco que después iba a decir en la Cámara, tengo la impresión de que él estaba tan capacitado para representarme a mí, como yo para representarlo a él. No nos parecíamos en nada y no nos hubiéramos puesto de acuerdo ni sobre el color de unos zapatos, porque los que él traía en aquella fiesta me hacen suponer que era daltónico. Y sin embargo, él llegó a diputado y yo ni siquiera he tenido oportunidad de negarme. ¿A qué puede deberse esto?

Probablemente a la importancia que tienen los contactos personales, como lo demuestra el siguiente ejemplo que voy a contar. Comienza así:

Había una vez, en una ciudad de provincia (capital de Estado), un señor que era prestamista y comprador de chueco. Este señor que, aparte de estas peculiaridades era un hombre modelo, construyó una casa, que era la más moderna, la mejor acondicionada y la más cursi en cien leguas a la redonda. Sucedió una vez que hubo cambio de poderes en el Estado. El nuevo gobernante, que nunca había vivido en su ciudad natal, quedó horrorizado de las instalaciones sanitarias que había en la región. Mandó a varios achichincles a revisar casa por casa, hasta encontrar un baño en el que todos los aparatos funcionaran de una manera adecuada. Fue así como se descubrieron las virtudes cívicas del prestamista, porque su casa fue la elegida y él no tuvo inconveniente en cambiarse a otra más chica, con tal de que el gobernante viviera en circunstancias que correspondieran a lo elevado de su rango.

De allí salió su candidatura, su victoria en las elecciones y los dos periodos que pasó representando a sus coterráneos. Lo que dijo en ese tiempo y en esa función está sepultado en los archivos del Congreso. Después vino una mala racha. El antiguo gobernante cayó del candelero y se perdió en la noche de los tiempos. El antiguo diputado dejó de serlo y regresó a su antiguo oficio, lleno de amargura, quejándose de la ingratitud de sus coterráneos que no quisieron darle "otro chance", y de los turbios manejos que lo obligaron a dejar la palestra.

De aquí salen dos enseñanzas. La primera es que no hay bien que dure cien años, ni cuerpo que lo resista. Pensemos, para edificarnos, en los funcionarios. En todos los que ahora están haciendo maletas, abriendo cajones, buscando en los archivos los documentos que más conviene que desaparezcan, ajustando las cuentas para presentar unas impecables. Pensemos en todos aquellos que el día primero de diciembre tendrán que escribir, con todo el dolor de su corazón, la renuncia. En la vergüenza que van a pasar cuando ésta sea aceptada. Imaginémonos quitando del escritorio el retrato de la esposa amada, sacando del escondite las pantuflas y de la consola, el destapador; imaginémoslos estrechando la mano de doscientos cincuenta empleados o, peor todavía, escuchando de boca del sucesor, las palabras fatales:

—Yo hubiera querido que usted se quedara, licenciado, pero no fue posible.

Imaginémoslos bajando por las escaleras (porque ese día no funcionarán los ascensores) con el último tambache en la mano, mientras retumban los aplausos que los doscientos cincuenta empleados tributan al recién llegado.

La otra enseñanza es que, francamente, no estamos para comprender desgracias ajenas. (19-5-70)

Reflexiones electorales
El próximo domingo

Estos son momentos muy emocionantes. Las campañas electorales emprendidas por los diferentes partidos políticos han llegado a su fase culminante. Si esto fuera hipódromo, los caballos estarían entrando en la recta final, aproximándose a la meta. El público estaría enloquecido, desgañitándose, tratando de animar a su favorito.

El domingo próximo, el pueblo se lanzará a las urnas y decidirá de un golpe y con su voto, cuál de los contendientes es el ganador. ¿Quién será el ganador?, me pregunto yo. Las campañas que hemos presenciado y que están a punto de terminar presentan ciertos rasgos que, para mí, que soy un observador desinteresado (en las diferentes acepciones de la palabra), resultan notables y dignos de reflexión.

En primer lugar está la gira emprendida por el licenciado Echeverría, que no tiene precedentes en nuestra historia. Esta gira significa un intento de llegar hasta los últimos rincones del país, el reconocimiento tácito de que la realidad mexicana no es solamente la contenida en las estadísticas o la observable en las grandes ciudades y, por último, una aceptación de la circunstancia de que es indispensable tener un conocimiento de conjunto de los grandes problemas del país, antes de tratar de buscarles soluciones.

Hasta aquí, muy bien. Pero al mismo tiempo hay que reconocer que el sistema de giras presenta algunos inconvenientes para el que las hace. En primer lugar, durante las giras se hacen peticiones y se extraen promesas. Estas promesas están en función directa de la extensión de la gira. Una gira muy extensa corre el peligro de producir un número excesivo de promesas, debido a que los recursos del país son limitados, y puede llegar el momento en que no sean suficientes para satisfacer todas aquéllas.

No sé qué pensar. Si es peor que la gente viva sintiéndose abandonada, a que llegue a concebir esperanzas para después verlas defraudadas.

Otro inconveniente de las giras se deriva del carácter propio de los mexicanos. Tenemos el defecto tradicional, ya apuntado y más que reconocido, de echar la casa por la ventana cada vez que nos visita un huésped notable. Hacemos esto no con el objeto de presentar nuestra verdadera condición, sino por el contrario, con el de adquirir una apariencia que no corresponde a la realidad. Por contraste, cuando se trata de peticiones, somos maestros en el arte de agrandar las calamidades que nos aquejan y los peligros que nos acechan.

Además, está la circunstancia de que las giras no las hace nadie solo, sino acompañado de personas que han sido invitadas con mayor o menor discernimiento.

En los últimos meses, "andar en la gira" o "ser parte de la comitiva", se han convertido en frases célebres y atributos indiscutibles de rango. Alguien que "anda en la gira" está en condiciones de conseguir favores que nunca conseguiría si no hubiera sido invitado. Por otra parte, a su regreso es objeto de peticiones. Esto llega a tal extremo que he sabido de personas que después de formar parte de la comitiva, adoptan una actitud semejante a la de las millonarias feas, que sienten que nadie las quiere más que por su dinero. Estas personas no reciben una invitación sin pensar que "trae cola".

Por último, ha habido casos de frivolidad notoria. Como el de alguien que después de pasarse una semana dedicada a actividades agotadoras, como son las de levantarse a las cinco de la mañana, andar a caballo, visitar ejidos modelo y pueblos desarrapados, asistir a banquetes, escuchar discursos y estrechar manos, se encuentra que la fotografía publicada en los periódicos en la que aparece al lado del candidato, tiene por pie un letrero en el que se le atribuye un nombre que no es el suyo, y que corresponde a otro individuo que no fue invitado y que ha pasado la misma semana gozando de la paz y las delicias domésticas.

—Pero si éste soy yo, el que está junto al candidato... Le explica después a la familia, tratando de desvanecer la sospecha de que en vez de gira se fue de farra.

Pero creo que a pesar de estos inconvenientes, el saldo de la gira es positivo. Pone al candidato en contacto no sólo con los problemas, sino con la gente. Si es buen conocedor de hombres, puede estar en condiciones de elegir, de entre los que conoció, a los más abocados a resolver aquéllos. También está en mejores condiciones de eliminar incapaces. Pero este evidente interés que tiene el candidato del PRI de entrar en contacto con sectores de la población que antes permanecían aislados, pone de manifiesto su intención de lograr una evolución de las relaciones entre el pueblo y sus gobernantes, y por otro lado, subraya su conciencia de que "la mayoría silenciosa" es, en México, aplastante. (30-6-70)

El dilema de un votante
Por una curul

Todavía estoy indeciso con respecto a la actitud que debo tomar el próximo domingo. Aunque la parte superior de la boleta la tengo resuelta —a diferencia de lo que han hecho ya varios, no voy a decir por qué candidato presidencial voy a votar— a partir del espacio para senador todo está en veremos.

En un intento de resolver este dilema, me detuve el otro día en la esquina de mi casa a observar las fotografías de los candidatos para senadores y diputados de los diferentes partidos. Hay que admitir que la campaña política que está llegando a su fin ha sido, en lo que respecta a los cargos menores, bastante notable. En un distrito, por ejemplo, hay un candidato que pretende imponerse sobre sus contrincantes "porque usted ya lo conoce". En mi caso esto no se cumple. No lo conozco. Lo he visto, sí, debo admitirlo. Pero sólo fue en un momento fugaz, antes de apagar el televisor.

Muy diferente es el caso de una candidata para diputada suplente. A esa no sólo la conozco. En una época muy lejana, que está perdiéndose si no en la noche cuando menos en el atardecer de los tiempos, esa mujer, hoy candidata a diputada suplente, fue el gran amor de mi vida. Creo que es lo más cerca que he llegado del Congreso de la Unión.

Otro candidato notable es un independiente. Cuevas. Creo que si correspondiera a mi distrito, votaría por él. De esta manera mataría varios pájaros de un tiro. En primer lugar les daría un golpe, no decisivo, pero golpe al fin, a los partidos organizados: en segundo, les daría una lección de civismo a los que cuentan las boletas, demostrándoles que no todos nos dejamos arrastrar por la masa, y en tercero, contribuiría a darle un golpe, esta vez decisivo, a Cuevas. Porque ya lo quisiera yo ver, elegido por la voluntad popular, sentado en su curul, oyendo discursos interminables.

Creo que para comprender la magnitud de este predicamento, convendría aquí hacer una reconstrucción imaginaria de lo que han de ser algunas horas de la vida del diputado. Sin alusión a lo que recibe por concepto de dietas.

Antes de emprender esta reconstrucción conviene advertir que nunca he puesto un pie en las Cámaras, que no veo razón para ponerlo, que lo que voy a relatar es un ejemplo inventado y que si los personajes o los sucesos que voy a describir tienen alguna relación o semejanza con los de la vida real, es pura coincidencia.

Trasladémonos en mente al interior de la Cámara de Diputados. Tratemos de imaginar el foro semicircular, los sillones de cuero, los pupitres, los ceniceros, los taquígrafos parlamentarios listos para atrapar hasta la más insignificante palabra que se diga. En lo alto y en gran majestad, el lugar del presidente de debates y a su lado, en un lugar menos prominente, el del orador.

Los asuntos incluidos en el orden del día no son de gran interés. Pocos son los diputados que asisten a la sesión. Gran parte de las curules está vacía. En la galería no hay más que una delegación de indígenas mecatones que viene a oír una de las ponencias. A oírla, no a entenderla, porque no hablan español.

La sesión da principio. Se pasa lista y a continuación, la diputada, profesora y también licenciada Rodolfa Sánchez de

Pérez Ambrosio sube al lugar del orador con una resma de hojas escritas y, después de aclararse la garganta y de hacer algunos ajustes en el sistema de sonido, empieza su exposición.

Trata del problema de Bajatlán de los Tejocotes. Es de tal magnitud, arguye la diputada en su proemio, que amenaza con la extinción a la tribu mecatona (aplausos de la galería). Consiste en lo siguiente: esta región es la principal productora de cera de palmito que hay en todo el mundo; no sólo la principal, sino la única. En la elaboración de este producto entran árboles de cualquier índole. La tasa de rendimiento de la cera de palmito es del orden, dice la diputada, de 45 000 por uno. Es decir, cuarenta y cinco toneladas de madera producen un kilo de cera.

Pero el verdadero problema no está en lo bajo del rendimiento, sino en que no se ha encontrado todavía una aplicación para la cera de palmito. Antiguamente se usaba para ponerse en las sienes en forma de chiquiadores, pero los nuevos productos logrados gracias al adelanto tecnológico la han desplazado en este uso. Aquí entra un paréntesis socioeconómico-patriótico que la diputada expone con gran emotividad. Los habitantes de la región no saben hacer otra cosa, está a punto de perderse una de las técnicas más antiguas y más originales que hemos heredado de nuestros antepasados, la indiferencia en este caso sería genocidio, etcétera.

De allí salta a la solución: que se funde el Instituto de la Cera de Palmito, que tendrá por función no sólo mejorar las técnicas de producción, sino encontrarle una aplicación al producto, "que podría llegar a constituir un renglón importante de nuestro comercio exterior". Aquí termina el discurso.

Yo les pido a mis lectores que reflexionen sobre esto y piensen un momento antes de elegir su candidato. (3-7-70)

Con motivo del cambio
Problemas de estilo

En los momentos en que escribo este artículo hay, en diferentes partes de la ciudad, cientos de costureras dando las últimas puntadas a los vestidos que se van a poner las señoras que asistan a la toma de posesión. Cuando este artículo llegue a manos de ustedes, dichos vestidos van a estar puestos en sus respectivas dueñas, con los efectos del caso. Esta circunstancia me hace volver sobre lo que dije hace muchos meses en un artículo en el que explicaba por qué no me interesaba la tapadología. Di por razones dos; las de que de quien fuera elegido Presidente de la República, no esperaba yo, ni beneficios particulares directos, en forma de nombramientos, ni tampoco cambios fundamentales en la manera de gobernar al país. Si hay algún cambio, dije entonces, será solamente de estilo.

Quiero ahora hacer una corrección a lo dicho. Había yo dado a entender, porque así lo consideraba, que los cambios de estilo no eran importantes. Ya no lo pienso así. Ahora creo que el estilo de gobernar es una parte fundamental del Gobierno. Además, considero que un cambio en el estilo de gobernar no sólo es importante, sino que empieza a ser urgente.

Pero voy a explicar lo que quiero decir. Los mexicanos que conozco, y no sólo los que conozco, sino con los que entro en contacto en la calle, se dividen en tres grupos, por las impresiones que tienen de la manera en que el país ha estado gobernado. Un grupo, bastante numeroso, está formado por los que se consideran víctimas inocentes de un gobierno errático —y en muchos casos, corrompido— que va desde los agentes de tránsito para arriba. Otro grupo, menos numeroso, está formado por gente más consciente, que considera que muchos de los problemas del país son insolubles y que, por consiguiente, casi cualquier cosa que se logre es un milagro. Los optimistas y entusiastas, que forman el tercer grupo, son pocos.

Cabe advertir que entre los integrantes del primer grupo, los que se sienten víctimas inocentes, hay muchos que creen que un gobierno es, por definición, una máquina de explotación de los gobernados, y, por consiguiente, es muy probable que en el momento de recibir un nombramiento no vacilarían en abusar del puesto —probablemente a la voz de "una de cal por las que van de arena".

Entre el segundo grupo, que considera que hay muchos problemas insolubles y que cualquier adelanto es milagroso, están los contratistas que publican telegramas urgentes y cartas abiertas —que son una nueva forma de ex voto—, agradeciendo al Gobierno los beneficios recibidos; están también muchos funcionarios públicos que repiten, como fórmulas de encantamiento, frases como la de que México tiene, después de todo, la misma latitud que los grandes desiertos y sin embargo, tenemos —no todos—, un nivel de vida muy superior al de los beduinos; o bien, la de que los mexicanos tienen malos hábitos, como el de comer maíz, que es un cultivo desastroso; también, la de que la población aumenta a un ritmo tan tremendo que no hay medios que alcancen para proporcionarle educación, etcétera. Dentro de este grupo se encuentran también los aspirantes a funcionarios públicos, que están echando sus barbas a remojar, para que si fracasan en su gestión puedan decir:

—Me enfrenté a una labor imposible.

Estas dos formas de apreciar el Gobierno son derivadas del estilo en que hemos estado gobernados. Nos han hecho creer que el arte de gobernar es una especie de magia, que los gobernados no podemos entender y en la que, por consiguiente, no podemos participar. Tampoco tenemos responsabilidad. Los gobernantes son los que conocen los verdaderos problemas de México —y los guardan en riguroso secreto—, y son también los que saben cómo resolverlos.

Nosotros no tenemos más obligaciones que las de pedir y esperar, y, en caso de que se nos atienda, agradecer. El estilo mexicano de gobernar es el de un prestidigitador que es, al mismo tiempo, padre amoroso. El funcionario público saca cosas de la nada y las reparte entre los gobernados, según justicia y dentro de las posibilidades. Si no alcanza para todos es porque, como decíamos antes, hay problemas insolubles.

Pero lo que nos cuesta trabajo entender es que no existen problemas esencialmente insolubles. Lo que existe son personas que no pueden resolver ciertos problemas. Hay también problemas que no admiten dos soluciones simultáneas. Por ejemplo, el de la agricultura. Admite una solución económica y otra de justicia social. Las dos son contradictorias dadas las circunstancias del país. Se optó por la segunda, por consiguiente, el campesino vive en un régimen de justicia social pero se muere de hambre en el campo y emigra a la ciudad. Este es un problema de estilo.

Otro problema es el régimen sexenal. Cada funcionario tiene seis años para "dejar huella". Ahora bien, como monumento es mucho más elocuente el edificio de una escuela que un maestro. De aquí se deriva que sea mucho más fácil y más conveniente hacer escuelas que aplicar esos fondos a mejorar las condiciones de vida y aumentar la capacidad de los maestros. Este también es problema de estilo. (1-12-70)

Los inquilinos nuevos
Hallazgos siniestros

Alguien se quejaba de que no se podía abrir el periódico en estos días sin enterarse de un gran desfalco, un nuevo problema nacional o un desastre. Al oír la queja yo expliqué que la proliferación de noticias desagradables no era culpa de los periódicos, sino que se debía a un reajuste muy natural causado por la salida de unos funcionarios y la entrada de otros nuevos en la administración pública.

Para aclarar esta idea, puse de ejemplo las experiencias que tiene cualquier persona cuando llega a una ciudad extraña y alquila una casa amueblada. La visita preliminar, que es la que hace que firme uno el contrato, no cuenta, porque está uno viendo la casa todavía con ojos de extraño. Todo parece adecuado y hasta cierto punto agradable. Los problemas empiezan cuando llega uno con las maletas, los palos de golf y un paquete de comestibles a instalarse. Lo primero que nota uno en la alfombra y en los muebles son las huellas de una procesión de inquilinos pasados e invisibles, pero repulsivos. En estas circunstancias, los niños tienen la tendencia a abrir cajones buscando billetes de mil pesos olvidados. Los adultos, en cambio, abren el refrigerador creyendo encontrar en él los restos de una anciana acurrucada. Esto, afortunadamente, ocurre muy rara vez. Pero de todas maneras se encuentran rastros siniestros.

Un zapato de mujer debajo de la cama, unas chaquiras en un cajón o un gancho de colgar ropa encima del ropero bastan para conjurar en la mente del nuevo inquilino visiones de orgías sórdidas con mujeres gordas, de pleitos conyugales, de pasiones oscuras y reprimidas.

Pero afortunadamente pasan los días y uno se acostumbra a todo. La mugre de los inquilinos pasados empieza a confundirse con la que suelta el nuevo. Cada uno de nosotros deja tras sí una estela de algo que le parece lo más natural, que es una de sus características fundamentales, y que para los demás es mugre. Por ejemplo, quemaduras de cigarro en la mesa de noche, cuentas de supermercado, cadenas de clips, hojas de papel en las que se han hecho anotaciones crípticas, etcétera.

Cuando en la casa recién ocupada empiezan a aparecer signos del aura peculiar del nuevo inquilino, éste se siente tan a gusto como en la propia.

Lo mismo pasa con los funcionarios. En el periodo de acomodamiento todo les produce alarma y les da la impresión de ser completamente inaceptable. Esto ocurre en todas las capas de la administración, desde las secretarías de Estado hasta los escalones más humildes. Ejemplo de esto último es lo que ha pasado en la oficina de correos que está cerca de mi casa. Ha habido cambios y se ha descubierto que uno de los miembros de personal saliente tenía la costumbre de almacenar tarjetas de Navidad. Ahora las están repartiendo. No porque se crea que sirva de algo recibirlas o que a alguien le interese lo que dicen, sino para poner en evidencia que la oficina está ahora en manos de gente honrada y para subrayar que los anteriores empleados tenían malas mañas.

La labor del funcionario entrante empieza con una pequeña definición que cada uno da de sí mismo. Como por ejemplo, "soy producto típico de la juventud revolucionaria", "lo único que me interesa es depurar", "nada más lejos de mi intención que acusar a alguien de incompetencia, pero de ahora en adelante las cosas se van a hacer mejor".

Después viene lo bueno, cuando se descubren los grandes fraudes, los negociazos, las torpezas. Este momento corresponde al inquilino descubriendo un zapato debajo de la cama.

Se descubre que en tal dependencia, encargada de reforestar cierta zona del país, se gastó más dinero en pintar piedras de blanco y en poner letreros anunciando quién hacía la reforestación, que en plantar árboles. O bien, que las partidas de dinero que se habían destinado a comprar maquinaria sirvieron en realidad para comprar casas en las Lomas, etcétera.

Pero estos descubrimientos desagradables no se hacen en privado como en el caso del inquilino del ejemplo, sino en público, y no se puede dar rienda suelta al asco que producen. Hay que proceder con tiento. No vaya a ser que por andar diciendo que lo anterior estaba podrido vaya la gente a pensar que lo actual también está podrido. Hay que proceder con orden, arreglar la escena, para que las emociones no vayan a salirse de cauce. Dosificarlo todo.

Alguien resulta un bandido, pero alguien se reivindica.

Por ejemplo, gracias a las declaraciones de un líder, se descubre que en administraciones pasadas se compraron locomotoras al triple de su precio normal. Se ordena una investigación, se hace una junta y un funcionario comenta: "¡Qué bueno que tenemos sindicatos honrados, porque así nos ayudan a descubrir esta clase de irregularidades!"

Sí. Y qué lástima de que sean los sindicatos los únicos que saben cuánto cuestan las locomotoras. (23-3-70)

Ayer y hoy
Años de privaciones

Los días de elecciones, como los aniversarios y los fines de año, son propicios para los cortes de caja y exámenes de conciencia.

Voy de adentro hacia afuera. ¿En dónde estaba yo hace seis años?, y me contesto: en este mismo escritorio, frente a una máquina de escribir más vieja. Nótese que la máquina de escribir nueva es símbolo del progreso económico. Hago esta reflexión: este sexenio de sustos internacionales, de depresión económica y de inflación constante, ha traído a mi hogar bienestar sin precedentes. (Todo esto, debo advertir, sin necesidad de hacer antesalas ni de que alguien me haga el favor de darme un nombramiento.)

Miro a mi alrededor: mis amigos artistas están en una situación semejante. Todo parece indicar que la gente de cierto nivel intelectual, dedicada a oficios que podríamos llamar "creativos", goza en la actualidad de mayor independencia y vive mejor, no que hace seis años, sino que en cualquier otro momento en la historia de México. Quiero subrayar que no me refiero a los que tienen puestos en el Gobierno o a los que reciben regalitos, sino a los que viven de su trabajo. En esto precisamente consiste la mejoría: en tener otras alternativas que las de ser secretario de Educación Pública, embajador en Indonesia o pasar hambres en una vecindad de Correo Mayor.

¿Será el bienestar material de que gozamos los intelectuales y los artistas consecuencia de la situación política? ¿Será fruto de la "apertura"?

Respuesta: Sí y no. Sí: Si el Gobierno cerrara las librerías como cerró las armerías se acabaría mi bienestar. No: El bienestar material es producto de un proceso callado, casi imperceptible —la mayoría de los observadores ven lo contrario— y mal estudiado, pero yo creo que fatal: La sociedad mexicana está mejorando, se está cultivando y habita un mundo más abierto que el ocupado por las generaciones anteriores. Esto produce una mayor curiosidad y una avidez de saber lo que hacen o dicen otros. De ahí que nosotros, nuestros editores, los pintores, y los dueños de las galerías, etc., nos podamos mantener.

Conviene admitir que el bienestar es sólo notable cuando se le compara con lo pobres que fuimos antes, que el progreso es lento y que queda mucho camino que recorrer de aquí a que la sociedad mexicana sea realmente culta. Pero esto hace también lo que los comerciantes llaman "un mercado noble", es decir, lleno de futuros.

¿Qué es lo que piensa la gente del sistema político en que vivimos?

Lo mismo que pensaba hace seis o hace 46 años: Que el poder corrompe y que el que se mete en la política acaba corrompido. Nomás que aunque el concepto sea el mismo, la actitud ha cambiado notablemente.

Antes, el Gobierno era un núcleo cerrado y reducido —los burócratas eran parte del pueblo—, los políticos eran como marcianos, "que se estaban enriqueciendo" y la gente los veía con reproche.

No se sabe cómo hubiera respondido la gente si la hubieran llamado —quizá hubiera ido corriendo—, pero llamaron a muy pocos.

Ahora, en cambio, el Gobierno y sus derivados lo abarcan casi todo. Los que no estamos en el ajo somos islas. De repente vemos a nuestro alrededor gente que considerábamos común y corriente, que empieza a gesticular, a impostar la voz y a decir cosas rarísimas —*v. gr.*: "Que tenemos una responsabilidad con nuestros hermanos del Tercer Mundo", etcétera—. Es que ya les cayó el rayo de luz y entraron a formar parte de la maquinaria oficial.

Nunca como ahora vi tanta gente creer que el PRI se pueda "reformar desde adentro".

¿Cómo han sido estos seis años y cómo serán los siguientes? Los que pasaron estuvieron llenos de contradicciones. Se hizo consciente al público de muchos problemas gravísimos que, con el paso del tiempo y como por olvido, quedaron sin resolver. Se habló mucho de independencia y la deuda exterior aumentó de manera espectacular. Se regañó a los industriales por voraces y se les permitió aumentar los precios, en vista de lo cual, me atrevo a decir, los próximos seis años serán de privaciones. (5-7-76)

Cambios en el gabinete
¿Quién es Sánchez Pérez?

Para los mexicanos que no tenemos ambiciones políticas ni esperanzas burocráticas —somos aproximadamente cincuenta millones— la noticia de que ha habido cambios en el gabinete es de las menos interesantes.

Es preferible mil veces, por ejemplo, enterarse de que la rectoría ha sido tomada, de que hay cincuenta mil damnificados o de que el sueño dorado de algún ex presidente se ha convertido en un montón de fierros oxidados.

Pero esta circunstancia no se debe a que los cambios en el gabinete carezcan, de por sí, de interés, sino a que de un tiempo a esta parte y con la excepción muy respetable de la jefatura del Departamento del DF, el proceso de cambiar de caballo a la mitad de la carrera —que debería ser emocionantísimo—, ha adquirido para los profanos una ambigüedad exasperante.

Imaginemos a un individuo —el mexicano medio— abriendo el periódico para enterarse de que el licenciado Sánchez Pérez ha sido sustituido por el licenciado Pérez López en la dirección de la Oficina de Probetas. Hay demasiadas incógnitas. De Sánchez Pérez no ha visto más que una foto en la que aparece escuchando los interesantes conceptos vertidos por su sucesor al tomar posesión. De Pérez López tiene dos datos: una foto en la que aparece con la boca abierta en el instante de verter los conceptos, y los conceptos mismos;

promete trabajar activamente —dentro de los límites que establece la Constitución y de acuerdo con las instrucciones que ha recibido— para erradicar, en la Oficina de Probetas, todo rastro de pesimismo retrógrado.

Al leer esto nuestro héroe, el mexicano medio, llega a la conclusión, como es natural, de que Sánchez Pérez, el que se va, es un pesimista retrógrado y que a eso se debe que se le haya pedido su dimisión. Deduce también que el pesimismo retrógrado es un vicio imperdonable.

Pero la satisfacción intelectual que nuestro héroe pueda derivar de estas deducciones se esfuma al cambiar de plana y enterarse de que Sánchez Pérez, el pesimista retrógrado, acaba de ser nombrado subjefe de la Oficina de Control de Dividendos.

Al llegar a este punto, el que está leyendo el periódico tiene varias alternativas. Una es preguntarle a la persona que esté más cerca en esos momentos —generalmente su esposa:

—¿Qué será mejor, ser director de Probetas, o subjefe de Control de Dividendos?

Las respuestas a esta pregunta varían de acuerdo con la capacidad intelectual de la persona aludida, pero en un porcentaje considerable de los casos, no contribuyen a resolver el problema.

Otra posibilidad es dejar la lectura de esta información y pasar a la sección de deportes.

La tercera alternativa consiste en seguir investigando hasta encontrar una exégesis del suceso, escrita por un hombre muy enterado, que afirma en primer lugar que tanto Sánchez Pérez como Pérez López son una maravilla; doctos a reventar, honrados a carta cabal, trabajadores, empeñados en servir al pueblo. Pérez López, claro, estará mejor en Probetas, porque tiene mayor flexibilidad. Sánchez Pérez, en cambio, está que ni mandado hacer para subjefe de Dividendos, porque tiene una mente muy penetrante. Este cambio, agrega el exégeta, no sólo era esperado por muchos sino que ya varios lo estaban ansiando.

Al llegar a este punto ya no hay alternativas, se pasa a la sección de deportes.

En los primeros tiempos de la posrevolución, los cambios en el gabinete se anunciaban con cierta crudeza que ha de haber resultado muy satisfactoria para el público en general. Por ejemplo, un día se anunciaba la renuncia y al siguiente se publicaba el resultado de un corte de caja. Podemos imaginar a los lectores del diario comentando entre sí:

—Con razón lo corrieron, si se llevó hasta los lápices.

Otros funcionarios renunciaban por motivos de salud y al día siguiente se levantaban en armas. Esto es lo que se llama, motivos de peso. Alguien se va por algo claro, corto, e irremediable.

Pero volviendo a nuestro héroe, si lo imaginamos terco, y en cierta situación social, puede llegar a preguntarle a alguien que esté realmente metido en el ajo:

—¿Por qué se fue Sánchez Pérez?

La respuesta que recibirá va a ser algo como esto:

—Porque es del grupo de González Gutiérrez, que es enemigo acérrimo de Ramírez Rodríguez. Cuando González Gutiérrez dejó el puesto de [...] prometió que [...] etcétera. (15-8-72)

Otra cosa que la nostra
La familiona revolucionaria

Cada mañana encuentro debajo de mi puerta un muy buen metro cuadrado de texto y fotos de noticias políticas —lo mismo les pasa a todos los suscriptores de periódicos del DF—. Allí encuentro lo que dijo el Presidente antes de salir de viaje, el abrazo que se dieron el candidato zutano y el candidato mengano, la foto del senador perengano abriendo la boca ante el micrófono, en los momentos en que defendía los derechos del indio irredento de la Sierra de Güemes, etc. Nada de esto me interesa.

Enciendo la televisión y me entero de qué es lo que la comitiva presidencial le va a regalar a la reina de Inglaterra: una caja de plata, con incrustaciones de jadeíta. Apago la televisión y medito un instante en qué es lo que va a guardar la reina en esta caja mexicana, ¿las cartas que le escriba Felipe?

Voy a un banquete y en él me encuentro varios de los invitados a la gira.

—¿No se te antoja —me pregunta alguien— darle la vuelta al mundo de gorra?

Pues, francamente, de gorra, sí, pero no en estas condiciones. Para eso, prefiero irme de fin de semana a Cuautla, por ejemplo. Nadie me cree. Piensan que estoy ardido y que me siento postergado. Ni modo. Para consolarme me imagino a mí mismo, de invitado, en un lugar célebre —una estación del Metro de Moscú por ejemplo— diciendo, ante treinta reporteros, que como este régimen no ha habido dos.

Voy a una comida y allí encuentro a varios que ya fueron diputados y a otros que dicen que no quieren serlo. Uno de los comensales dice, durante la sobremesa:

—Me mandó llamar y me dijo: "láncese, licenciado". Yo le contesté: "¿Pero, cómo me lanzo? Me cuesta medio millón de pesos. ¿De dónde los saco?" Aparte de dónde los saco, ¿cuándo los recupero? Doce mil pesos al mes que te dan, más las comisiones, suponte tú que llegues a veinte. No te dan ni coche, ni gasolina. Para eso mejor me quedo en mi chamba. ¿Que de la Cámara han salido gobernadores? Muy cierto, pero hay otros que han salido sin nada.

Yo, de ignorante, pregunto:

—¿Pero qué en la Cámara no se pueden hacer negocitos? Supongamos que yo soy diputado y que hay escasez de carne: voy con los tablajeros y les digo: "yo los defiendo, muchachos, y ustedes me dan tanto más cuanto". ¿No se puede hacer eso?

Un enterado me dice:

—Le voy a explicar por qué no. En primer lugar, si los tablajeros tienen problemas no van a perder el tiempo tratando con diputados, sino que van directamente a la Secretaría o a la Presidencia. En segundo lugar, si el asunto llegara a la Cámara, sería a través del líder. Y si usted se le insubordina, el líder le dice: "¿Tú eres diputado de doce mil? Pues desde mañana serás de ochocientos".

Por fin, después de tanta aridez política, una noticia interesante. El presidente del Partido declara que el PRI no es una especie de "Cosa Nostra".

Esta declaración, según las malas lenguas, fue hecha con el objeto de desmentir una calumnia contenida en un libro intitulado *La política del desarrollo mexicano*, de R.H. Hansen (Siglo XXI, 352 págs... $45.00).

Dijeron que eran familia revolucionaria y ahora los acusan de mañosos. No hay derecho. El caso es que desde que el jefe del Partido hizo la aclaración, el PRI es la mafia para todos los mexicanos que leyeron el periódico.

Esto es chistoso, pero no es verdad. Es una metáfora que usó un escritor norteamericano para darse a entender por sus compatriotas. Nosotros sabemos que no es cierto.

Claro que lo ocurrido en el seno de nuestra gran familia revolucionaria entre el asesinato de Zapata y el de Obregón —pasando por los de Villa, Carranza, Serrano, etc.— deja chiquita a cualquier guerra entre familias mañosas. Pero esos son polvos de otros lodos. Ahora el Partido se ha dignificado. Prueba de esto es la invitación que recibí en días pasados a la Convención Distrital Ordinaria (del XXII Distrito). El programa empieza con honores a la Bandera y termina con la "intervención de los candidatos electos y exposición de su plataforma electoral". Pasando por "presentación de...", "discurso de...", "palabras de...", "palabras de...", "declaratoria de...", "palabras de...", "palabras de...", "declaratoria de..." Una cosa es ser mañoso y otra ser soporífico. (30-3-73)

Estallido de violencia
Los vericuetos del diálogo

Ha habido mucha confusión —declaró a los periodistas el comandante Alfonso Guarro, de los Servicios Especiales, antes de subir en su automóvil y avanzar, pistola en mano y con la portezuela a medio abrir, hacia Tacuba. Esto, huelga decir, ocurrió el Jueves de Corpus.

Al principio pareció que la policía había estado admirable. Según el primer boletín de la jefatura: "La policía que se encontraba en el lugar de los hechos con el objeto de prevenir desórdenes, hizo esfuerzos, primero, para disuadir a los organizadores [...] de llevar a cabo la manifestación, en vista de que no contaban con la autorización reglamentaria..."

De nada sirvió. Los manifestantes, a pesar de que se les advirtió que sus papeles no estaban en regla, insistieron en seguir la marcha hasta el Monumento a la Revolución.

La policía les hizo una última advertencia. Más les valía detenerse "para evitar provocaciones".

Los manifestantes no hicieron caso y, dicho y hecho. Eso precisamente, provocar un castigo fulminante, fue lo que sucedió. No habían dado más que unos pasos, cuando se produjo el choque.

El boletín prosigue: "Más tarde, al producirse el choque, la policía intervino para detener la lucha..." y por último, para contar los muertos y heridos.

El mismo jueves, el regente explicó a la prensa que la violencia estalló entre grupos estudiantiles de tendencias contrarias.

Aunque no consideró necesario precisar a qué grupos estudiantiles se refería ni a explicar en qué consistían las diferentes tendencias contrarias, mencionó ambas cosas varias veces durante la entrevista:

"Es del dominio de la opinión pública, la existencia, en los centros estudiantiles de la ciudad de México, de muy diversos y encontrados grupos, con distintas tendencias y propósitos políticos."

"La autoridad tiene conocimiento de grupos políticos de diversas tendencias…"

"En los centros estudiantiles existen tendencias […] muy variadas…"

Según las descripciones de los testigos oculares, la manifestación que se dirigía al Monumento a la Revolución fue interceptada por un grupo de unos mil individuos, que se bajaron de unos camiones grises y que disolvieron la manifestación a golpes, dados con las macanas de bambú de que venían armados.

Ahora bien, si se trataba de dos facciones estudiantiles no se puede decir que fueran de tendencias opuestas, ya que mientras los apaleados gritaban: "¡México, libertad!", los apaleadores gritaban: "¡Viva la libertad de los presos políticos!"

"El Gobierno no ha desempeñado papel alguno en la confrontación armada que opuso a varios millares de estudiantes y a grupos de choque perfectamente organizados y entrenados para esta clase de luchas callejeras", declaró el viernes pasado el subsecretario de la Presidencia, Fausto Zapata.

Esta declaración contiene, por primera vez en información emanada de una fuente oficial, la distinción fundamental de los dos grupos que chocaron. Uno de ellos es estudiantil y el otro es paramilitar. Ahora bien. Al mismo tiempo que se admite que existe una organización paramilitar, se niega que dicha organización tenga ninguna conexión con el Gobierno.

En esto último coincide con lo manifestado por el regente de la ciudad, quien negó que los "Halcones" estuvieran a sueldo del Departamento, y también con lo declarado por el secretario de la Defensa.

Claro que falta interrogar a los titulares de las demás dependencias, pero es muy improbable que alguno de ellos confiese que tiene mil garroteros en la nómina.

Ahora bien. Si se trata de una organización paramilitar particular, ¿qué ha estado haciendo la policía todo este tiempo? ¿Qué espera para infiltrarla y disolverla?

En el boletín del sábado, la policía todavía no establecía la distinción entre estudiante y paramilitar que había aparecido desde el día anterior en las declaraciones de la Presidencia. Siguen otras pistas que, por cierto, coinciden con las declaraciones del regente. Entre los aprehendidos se encuentra un estudiante de extrema derecha y un yucateco de extrema izquierda.

Por otra parte, en la visita que hicieron el sábado el secretario de Educación y el procurador general al lugar de los hechos, se produjo el siguiente intercambio: El coronel Rodríguez García explicó al procurador cómo había distribuido sus efectivos y concluyó: "Las compañías no permitieron el tránsito de vehículos, ni de personas en la zona".

Aquí intervino el compañero Alfaro:

—¿Por qué entonces, dejaron pasar a los camiones grises?

A lo cual, el coronel respondió:

—Teníamos órdenes de no intervenir. (15-6-71)

El PRI para distraídos
Yo me disciplino, tú te disciplinas...

Yo creo que una de las causas más poderosas de la indiferencia y apatía que sentimos muchos mexicanos por las cosas políticas se debe a que el PRI, en cincuenta años de batallas contra sí mismo, ha logrado acuñar un lenguaje que es, para un neófito, oscuro y francamente soporífero.

Yo creo que pocos son los que, sin esperanzas de —no de una chamba— "tener la oportunidad de servir al país", son capaces de seguir con atención y de principio a fin, el proceso de cómo alguien sale de la oscuridad, de las Cámaras, o de alguna Secretaría, y llega a convertirse en el ciudadano número uno de su estado natal.

Una precandidatura venturosa es aplastante, no sólo para los demás aspirantes, sino también para el lector: es una serie de adhesiones de personas con apellidos dobles, dignos de un directorio telefónico —"no me quite usted el 'Lic.', que bastante trabajo me costó conseguir el título". No lo dudo— y de organismos difíciles de distinguir, imposibles de imaginar.

Por lo anterior, seguí con cierto interés el caso de Manuel Carbonell de la Hoz, aprovechando lo corto que fue y lo escandaloso, en un intento de descifrar cómo hace el PRI las cosas, y cómo se llega o no se llega a gobernador.

Según parece, la consigna del Partido es que ya no va a haber tapados. El proceso empieza con un "periodo interno de escogimiento". ¿Dónde se hace esto? Yo creo que en las alturas: allí fue donde Reyes Heroles no votó por Carbonell. Después se brinca al otro extremo del Partido, al escalón más bajo: los organismos. Que "se adhieren" a alguien —supongo que alguno de los "escogidos"— y lo proponen como precandidato. Más tarde el comité ejecutivo "ausculta", y decide "hacia dónde se inclinan las mayorías". Hecho esto, nombra candidato y, como quien dice, a menos de que el día de las elecciones gane el PAN, nombra gobernador.

Según parece, las adhesiones tienen que venir en avalancha. Podemos imaginar el despacho del presunto precandidato, atestado de políticos, de campesinos, de obreros, etc. "Venimos a darle nuestro apoyo." Cuando la cosa va bien, creo yo, todos los organismos, reales e imaginarios, acaban pasando por el despacho. El lema secreto del Partido es, o debería ser: "Yo te defiendo mientras nadie te ataque".

Cuando hay resistencia en algún nivel de la política, podemos imaginar que al día siguiente un reportero se presenta en el despacho del protoprecandidato que no gozó de la unanimidad, y le pregunta:

—Dicen por allí que usted es responsable de... —aquí entra una serie de atrocidades.

—Ya sé quién manejó ese rumor —contesta el entrevistado—... Si hubiera sido cierto, yo no sería precandidato a la gubernatura —no sabe que en esos momentos el presidente del comité ejecutivo está diciendo que no votó por él.

Yo creo que esta clase de *non sequitur* —el de dar como prueba de inocencia una precandidatura— sólo se da en México. Se dio en el caso de Carbonell.

—...para cometer un crimen de esa naturaleza se necesitaría ser perverso. Yo no lo soy. Si lo fuera no estaría yo aquí (en el Palacio de Gobierno).

Otras credenciales son las de haber pasado trabajos. "Me casé antes de cumplir 16 años, a esa edad fui padre y he mantenido mi matrimonio. Pregunte cómo logré hacer mi carrera, cómo me formé".

Confiesa tener enemigos políticos.

—En la política se hacen grandes amistades (!), pero también se ganan enemigos gratuitos.

—Son pequeños grupitos... —dijo.

Los pequeños grupitos triunfaron. El líder de la CNC hizo un viaje a Veracruz para pedir "solidaridad" con la decisión de que Carbonell de la Hoz no llegue ni siquiera a precandidato. Grupos estudiantiles amenazaron con quemar sus credenciales del PRI. La CNOP declaró que apoyaría la precandidatura de Carbonell, "pero que sería respetuosa del pronunciamiento mayoritario y se disciplinaría". El gobernador también se disciplinó. Todos se disciplinaron y vivieron felices. (23-4-74)

Guía del aspirante
¿Qué decir, cómo y cuándo?

Cuando el aspirante recibe un telefonema en el que le dicen que ya es precandidato, cuelga la bocina y anuncia a las personas que lo rodean:

—Me acaban de informar que se han pronunciado los sectores campesino y popular por mi precandidatura para el Gobierno de —aquí entra el nombre de la entidad—, como propuesta por el Partido Revolucionario Institucional. Es una distinción que recojo con todo honor.

Nótese que no dice beneplácito.

Durante la conversación que sigue —y si hay periodistas con libretita— el aspirante debe entreverar algunas frases dignas de ser recordadas, como éstas:

—En caso de que el Partido decida que yo sea el candidato, afrontaré toda mi responsabilidad para servir al pueblo de —aquí se pone otra vez el nombre de la entidad de que se trate.

También conviene taparles la boca a los que opinan que el aspirante no va a ser buen gobernador —que nunca faltan.

—Soy producto de la Revolución dentro del sector —aquí entra el nombre del sector: campesino, obrero, patronal (si es el intelectual está fuera de combate), etcétera—. Hay algunos que piensan —se echa una mirada en torno— que un líder como yo, gobernará sólo para su sector. Pero no es así. Hay que gobernar para todo el pueblo.

Ya con esto, aunque parezca imposible, basta para confundir a los que tienen dudas.

Cuando algún reportero indiscreto pregunta al aspirante cosas como:

—¿No es usted responsable de la matanza de... —aquí se pone el nombre de un pueblo, o una fecha.

El aspirante debe contestar:

—¿Cuál matanza? No, si no hubo ninguna matanza. Está usted mal informado. Hubo tres muertos, pero ésos fueron después, y además se sabe perfectamente de quién era el coche en que iban los que dispararon. Vaya usted a N —que queda a ciento cincuenta kilómetros— y pregunte. Verá lo que le contestan. Pregúntele al Ministerio Público y verá qué le dice de mí.

Esto de "vaya y pregunte" es muy buena táctica, porque nadie va y pregunta.

—No necesita usted ir muy lejos para saber quién soy. Puede usted ir a San Juan de los Tejocotes —o el nombre de otro pueblo— que está aquí cerca. Hay carretera y todo. Allí está un ameritado maestro del PPS que ganó las elecciones municipales. Pregúntele de mí. Pregunte al director del —nombre de un periódico— si alguna vez utilicé el poder para molestarlo. ¡Y conste que teníamos diferencias de criterio!

Cuando le preguntan al aspirante lo que piensa de los demás contendientes, debe contestar:

—Todos son muy respetables y tienen grandes cualidades y virtudes. Sinceramente, no lo digo como mera fórmula política, todos tienen gran experiencia política y están inspirados por el interés de servir.

Si el aspirante quiere ser más refinado —es decir, dar la impresión de que sabe lo que está diciendo— puede decir:

—Fulano tiene carrera política y méritos, Zutano está muy cerca de los veracruzanos —o guanajuatenses, o tamaulipecos— y también tiene méritos. No quiero referirme a Mengano y a Perengano, que son grandes amigos míos, porque sus posiciones nacionales hacen difícil pensar en su postulación.

En caso de que algo salga mal y de que los que fueron la víspera a darle la mano le retiren el apoyo y algunos amenacen con quemar —en fogata pública— sus credenciales del Partido, si él sale candidato, el aspirante con toda serenidad, debe decir:
—Sin obedecer a ninguna presión, por autodeterminación —nótese que la autodeterminación, la autocrítica y la autodisciplina son virtudes muy estimadas— he decidido retirar mi candidatura. Es decir, mi precandidatura; es decir, mi protoprecandidatura.

Para terminar con una frase admirable por lo sincera:
—Soy hombre de partido y nunca jugaría si no fuera postulado por el PRI. (26-4-74)

Auscúlteme usted
Lo que el difunto nos dejó

Hay la idea aceptada de que para resolver los problemas del país se necesita primero preguntarle al pueblo qué se le ofrece. La semana pasada tuvo lugar un acto de esta índole en las aulas de la Universidad Veracruzana. Se dijeron —a gritos— frases como éstas:

—Los estudiantes no estamos vendidos.

—Los estudiantes no debemos ser comprados con prebendas, coches y viajes.

—Queremos decirle que el que se dice presidente de la Facultad de Derecho ha firmado un desplegado en apoyo de su precandidatura. La base estudiantil en ningún momento ha apoyado precandidatura alguna.

El citado líder pidió la palabra —para defenderse, probablemente—, pero no pudo hablar porque durante cuatro minutos, la mayoría de los presentes gritaron: "vendido... vendido... vendido..."

El diálogo siguió:

—Queremos su apoyo para limpiar la Facultad de líderes charros y vendidos al Gobierno, que llevan muchos años como tales.

"...finalmente" —dice la información— "varios jóvenes insistieron en que 'la base estudiantil veracruzana no tiene candidato, se identifica con el PRI y deposita su confianza en el Presidente y en la decisión que tome'."

También se trató el problema agrícola, y el social.

—Aquí se han pedido muchas cosas, pero el problema del país es otro…: La miseria del campo y de los obreros.

Se oyó el grito de una joven:

—Los campesinos se mueren de hambre…

El que abordó primero el tema siguió hablando:

—¿Qué nos importa que haya más aulas, más escuelas, señor Presidente? ¿Para qué…? Para salir a explotar a campesinos y a obreros.

—Nosotros ya no pedimos dinero ni autobuses; queremos el apoyo del Gobierno Federal…

(Aquí se hace una pausa de reflexión. Un minuto.)

—…para desplazarnos al campo y servir socialmente a esa gente que está siendo explotada por terratenientes y latifundistas (*sic*). Queremos salir en brigadas al campo.

(Aquí podemos cerrar los ojos e imaginar a la gente que está siendo explotada por terratenientes y latifundistas viendo llegar a los estudiantes en autobuses fletados por el Gobierno Federal.)

Antes de que la reunión se dedicara a otro tema —el de la precandidatura— un campesino de Martínez de la Torre "denunció que los quieren sacar de sus tierras". No dice la información quién quiere sacarlos de sus tierras.

—Somos cuarenta familias. Para nosotros es un problema muy grave.

Hay contradicciones.

Un estudiante tomó la palabra y dijo:

—Señor (hay) grupos que han ido a sorprenderlo a Los Pinos manifestándole que tienen el apoyo estudiantil. Quiero decirle que es mentira.

Según parece se refería a los que fueron a Los Pinos a decir que el estudiantado estaba con Carbonell.

Carbonell, por su parte, cuando supo lo que se había dicho en la Universidad, dijo: "que quienes se entrevistaron con el Primer Mandatario" —en la Universidad Veracruzana— "no son verdaderos estudiantes, ya que los representantes" —de los verdaderos estudiantes— "le han manifestado su respaldo en repetidas ocasiones" —como, por ejemplo, cuando fueron a Los Pinos a decir que [...] etcétera.

El gobernador Murillo Vidal y un señor no identificado que estaba a su lado cuando le dio la mano al Presidente en Las Bajadas, son los únicos de la comitiva que llevaban saco. Los demás, dice la información, guayabera o camisa. (30-4-74)

Teatro PRI
Última reflexión sobre la cumbancha

Leer noticias de Veracruz en las últimas dos semanas fue, a veces, como ver una obra de teatro de un nuevo estilo, a veces, como ver algo escrito y actuado por gente sin ningún talento dramático. Pero siempre teatro.

Actores que no agarran el pie:

—¿Cómo anda la cosa política por aquí?

—Ah, ¿entonces se trata de hablar claro, sin tapujos?, ¿de mencionar nombres?

Actores que parece que se comieron parte del diálogo y se adelantaron diez renglones:

—¿Qué opina usted de fulano de tal?

—Que diga qué hizo con los siete millones que se le entregaron para la campaña.

Hay falta de continuidad en el libreto, o, de plano, ciertos personajes están dibujados demasiado crudamente. Por ejemplo, a uno que un día dijo "sí", tres días después "no", al quinto día "siempre sí", y al sexto "siempre no", le preguntaron los periodistas:

—¿No nota usted que entre su declaración de hoy y la que hizo ayer hay discrepancias?

—De ninguna manera. Lo que estoy diciendo ahora es un agregado a lo que dije ayer, hecho a la luz de los acontecimientos ocurridos en las últimas horas.

Pero la impresión de incompetencia dramática puede ser falsa y deberse a que lo que estamos presenciando es un nuevo estilo teatral (teatro PRI), en que la obra está escrita chueca y los actores hablan de perfil, dirigiéndose a un costado del escenario, con el objeto de producir en el espectador la ilusión de que está entre bambalinas, y por consiguiente, en la intimidad y que entiende y ve todo el tejemaneje del asunto.

El defecto fundamental de este nuevo estilo es que no es fácil discernir a qué género pertenece la obra que está uno viendo. No se sabe nunca si lo que está pasando en el escenario es farsa o sacrificio ritual —con muerto y todo.

Otro defecto que yo le encuentro al teatro PRI es el uso de palabras herméticas. Es decir, palabras que no se usan en la vida real, que dicen los personajes y que a veces ni ellos mismos entienden. Una, la más notable que encontré, es la palabra "madruguete".

"Se habla de madruguete", "parece que hubo madruguete", "todo parece indicar que se trata de un madruguete" dijeron los periódicos.

Yo nunca había oído o leído esta palabra. Al tratar de adivinar su significado, me encuentro con tres o cuatro alternativas irreductibles. Son éstas:

a) Cuando hay varios que creen ser el tapado, y uno de ellos, que sabe que es el verdadero gallo —porque se lo han dicho de arriba—, se adelanta —es decir, de madruguete— y hace que sus adeptos salgan a la calle con mantas y hagan circular volantes que digan "clamor popular por Fulano".

Cuando sus contrincantes dicen "pero si todavía no sale ni la convocatoria", él —el autor del madruguete— ya tiene un cerro de telegramas en su escritorio.

b) Madruguete también puede ser cuando hay varios que creen ser el tapado y otro, que sabe que no lo es, se adelanta —otra vez mantas y volantes— a ver si pega. Puede ocurrir que el centro, temeroso de que se note que lo agarraron cojeando, dé por buenos los telegramas y apoye la precandidatura del madrugador.

Esta posibilidad admite otro desenlace que es "si no, no".

c) Al tapado que no es en realidad el tapado, porque le cae mal a uno que está muy arriba, lo proponen las organizaciones antes de tiempo, por órdenes expresas del centro. En este caso, el madruguete ocurre cuando el mismo centro dice: "este es madruguete, porque todavía ni sale la convocatoria". El tapado es el quemado.

En el año 2000 un profesor de Ciencias Políticas de la Universidad de Iowa descubrirá, al estudiar el caso de Veracruz, el verdadero significado de la palabra madruguete. (3-5-74)

Respuestas históricas
Cinco segundos bastan

La respuesta de Fedro Guillén al Informe se ha hecho famosa. Se distingue de las de otros años en que duró cuarenta minutos, cayó sobre uno de los informes más largos de la historia, y no tuvo nada que ver con nada: Fedro Guillén empezó hablando de unas fiestas que va a haber en Chiapas y acabó pidiendo que se agregue el nombre de Lázaro Cárdenas en los muros de la Cámara.

La reacción de los que estaban en la Cámara es notable por lo violenta: "No podía yo creer lo que estaba oyendo", "si te echan un discurso como ése después de las cuatro horas y media, te dan ganas de darte de topes contra las paredes", etcétera.

Pero una cosa es cierta: hay que admitir que esta es la primera respuesta al Informe, de que yo me acuerde, que no pasa inadvertida. Para todos nosotros el primero de septiembre es el día de los numerotes, se nos olvida que el rito tiene dos partes, el Presidente informa y un diputado le contesta. No sólo un diputado contesta, sino que como en este país nadie se atreve a hablar *ad libitum*, el encargado de contestar escribe su respuesta antes de enterarse qué es lo que el Presidente va a informar. Qué costumbres tan raras, ¿verdad?

El diputado que contesta siempre dice:

—Con la franqueza (o con la valentía) que usted nos ha enseñado, señor Presidente —o cosa por el estilo, y pasa a decir que todo estuvo muy interesante y que los oyentes están muy conformes con lo que oyeron.

Son mañas viejas y malas, muy alejadas del espíritu con que fue inventada la ceremonia del Informe. Un día al año, el Presidente va a la Cámara e informa al Poder Legislativo de su labor. Todo esto, podemos suponer, fue concebido en una época más feliz y más inocente, en la que los diputados y los senadores no imaginaban el lugar secundario que iban a llegar a ocupar en el concierto de la nación.

Podemos imaginarlos diciendo, al inventar la ceremonia:

—Que nos venga a decir qué es lo que ha hecho y si no nos parece, le leemos la cartilla.

De allí la segunda parte de la ceremonia, la respuesta de la Cámara.

Respuestas imaginarias:

—Es el sentir de la mayoría de esta Cámara, que la política hacendaria del Gobierno ha sido equivocada y en consecuencia, tomará las medidas legislativas necesarias, etcétera.

—Eso que dijo usted acerca de —aquí entra cualquier tema que se haya tratado— no me parece suficientemente explícito, ¿no nos haría usted el favor de darnos más detalles?

O bien:

—¿Cómo está eso que dijo usted de que los que compraron dólares perdieron dinero?

Pero lo que fue inicialmente el Informe a las Cámaras se ha convertido, gracias a los adelantos modernos, en el informe a la nación. En el interior mismo de la Cámara no están solos los diputados y los senadores, sino también encontramos siendo informados, entre otros, a los representantes del proletariado, los indios huicholes, los sindicatos, los riquillos y el embajador de Estados Unidos.

Afuera estamos nosotros —el pueblo— oyendo, unos por ganas y otros a fuerzas, el Informe. Aquí en Coyoacán había altavoces en el jardín Hidalgo —los "notables" estaban sentados en unas sillas adentro del quiosco, los que estaban aprendiendo a tocar guitarra también oyeron el informe— en el gimnasio, para que oyeran los que jugaban frontón, y en el mercado —costaba trabajo pedir la carne entre datos de barriles de petróleo crudo—; en las casas particulares mucha gente encendió la televisión y no la apagó hasta no oír que no iba a haber devaluación.

Pero una vez terminado el Informe, ¿sobre quiénes se van los periodistas a preguntarles qué les pareció lo que oyeron? No sobre los diputados y los senadores, sino sobre los banqueros, los hombres de negocios y los líderes sindicales.

Por todo lo anteriormente expuesto, y en vista de lo que pasó esta vez, yo propongo que la respuesta de las Camaras dure de aquí en adelante cinco segundos, que es lo que se tarda uno en decir:

—Estuvo muy bien, muchas gracias, señor Presidente.
(10-9-74)

Ilusiones perdidas
Bailen todos

A mediados del pasado octubre mi mujer y yo regresamos de un viaje. Estábamos poniendo las maletas en el piso cuando vi en una mesa, junto al teléfono, dos papelitos en los que la persona que se había quedado cuidando la casa durante nuestra ausencia, había escrito con mano temblorosa —por la emoción— sendos recados:

"Hablaron de parte del licenciado —aquí entra el nombre de uno de los licenciados más importantes en estos momentos— dos veces."

"Hablaron de parte de —un partido político muy conocido— dos veces."

Con los papelitos en la mano clavé la mirada vidriosa en la pared y en mi cerebro se arremolinaron los pensamientos: ya dejé de ser nadie, pensé, por fin mis méritos han sido reconocidos… El redoble de mi fama ha llegado hasta los oídos más altos… Podré entrar en triunfo, ¡acompañando al candidato en mi pueblo natal! —me imaginé a mí mismo, montado en un caballo blanco, al trote, por las calles de Sopeña; las ventanas se abren y las mujeres me echan claveles—, etcétera.

Como punzada, recordé desaires pasados: en otra gira, la cultura de mi estado natal estuvo representada por un pintor, un torero y un compositor de canciones rancheras. Nadie se acordó de invitarme.

Después hice otras consideraciones. Recordé el episodio del chamula venerable, que es así.

Hace muchos años, unos amigos y yo íbamos caminando por la sierra de Chiapas, de Tenajapa a Cancuc, y al llegar a una bifurcación del camino, nos fuimos por donde no debimos. Se metió el sol y no habíamos llegado ni a Cancuc, ni a ninguna parte. El terreno era tan irregular y el bosque tan tupido, que no había manera de colgar las hamacas. Además, teníamos hambre. Empezó a llover.

Pasaron unos indios. Les pedimos que nos llevaran a la casa de alguno de ellos donde pudiéramos pasar la noche a cubierto. Consultaron entre sí y cuando se pusieron de acuerdo nos dijeron que sus casas no estaban preparadas para albergar personas importantes como nosotros, pero que nos iban a llevar a la casa de un hombre que tenía una casa digna de recibir a quien fuera.

Nos llevaron a la casa del chamula venerable. Lo encontramos sentado en unos sarapes doblados, al lado del fuego. Los otros se acercaron a hablarle con mucho respeto y él dijo que sí, que podíamos quedarnos. Nosotros hicimos zalemas y gestos de estar muy agradecidos. Cuando los otros chamulas se fueron, las mujeres —había dos en la casa— nos dieron té de hojas de naranjo. Dormimos como piedras.

Cuando despertamos ya el chamula venerable estaba otra vez sentado junto al fuego. Sobre el segundo té de hojas, él nos explicó el tamaño y la razón de su grandeza. Había sido presidente municipal cinco veces, en esa época, sin serlo, cuando había un pleito él lo arbitraba, cuando se trataba de tomar una decisión importante, venían a consultarlo; era tan respetado que tenía el tapanco de la casa lleno de maíz regalado. ¿Y cuál era el motivo de tanta veneración? Él nos lo dijo: había sido uno de los chamulas que vinieron al Zócalo a darle un abrazo a Cárdenas el día de la expropiación petrolera.

Nos quedamos mirándolo con mucho respeto, pensando: ¡lo que es dar un abrazo a tiempo! No se levantó a despedirnos.

Recordé también la historia del licenciado Redomo, el abogado más tremendo de Muérdago. Era especialista en defender casos perdidos. Redomo los sacaba adelante nomás por el respeto que le tenían los jueces.

De vista no daba uno por él cuartilla. Medía uno cuarenta y cinco de alto y otro tanto de ancho, su cara era como un sol en eclipse: una mancha negra, pero resplandeciente. Pero un día entré en su despacho y vi en la pared, colgadas, las razones de su poder: eran cuatro fotografías. Cada vez que un presidente de la República llegaba a Muérdago a inaugurar un estadio, una planta de luz eléctrica o una escuela, Redomo aparecía junto a él en el momento en que cortaba el listón. Una de las fotos había sido tan oportuna, que parecía que el presidente en turno estaba dándole las gracias a Redomo y no al revés.

Todas estas bendiciones, pensé, le llueven al que se acerca a los importantes. Después imaginé otros aspectos de la gira: los acompañantes que no alcanzaron cuarto en el hotel Central y tienen que irse al de la estación, las colas que hay que hacer para dar la mano, los discursos de bienvenida, los restaurantes en los que ya se acabó el guisado y no queda de la comida más que el arroz y la sopa de letras, los campesinos que bajan del cerro a decirle al candidato que ya nomás les queda una cuarta de agua en los pozos…

Cuando sonó el teléfono dije que muchas gracias por la invitación, pero que tenía tanto que hacer que me iba a ser imposible acompañar a… etc. La mujer que estaba en el otro extremo de la línea, me dijo, con voz un poco dura, que iba a tomar nota de mi disculpa. (9-1-76)

Problemas urbanos
Vámonos a Temoachán

Todo esto pasó hace dos semanas. Yo estaba muy tranquilo en mi casa cuando uno de los organizadores vino a invitarme. Vamos a hacer una reunión para tratar los problemas urbanos, me dijo, en la que va a estar presente el licenciado López Portillo, y queremos que usted asista. A título de qué, le pregunté. Me dijo que los demás participantes eran especialistas en diferentes materias y que el IEPES había considerado conveniente que un individuo como yo, sin conocimientos específicos ni intereses profesionales, pero con experiencia pragmática de la ciudad fuera a la reunión y tomara la palabra si lo consideraba conveniente.

Yo acepté, pasaron por mí, me llevaron a Teotihuacán y me dieron un lugar en la mesa redonda, con mi nombre escrito en una plaquita, y allí me senté y allí me quedé hasta que acabó la reunión. Creo que les fallé a los que me invitaron, porque cuando me mandaron preguntar si quería intervenir en la discusión, me negué a hacerlo. Lo único que hubiera podido decir en esos momentos, en representación del ciudadano en bruto, hubieran sido frases cortas como "propongo que se levante la sesión", que duró de las cuatro de la tarde a las once y media de la noche.

La memoria de la experiencia es ambigua. Por una parte debo decir que desde que era chico no me aburría tanto en una tarde. Por otra, tengo que confesar que por nada del mundo me hubiera perdido de lo que vi y oí en esa ocasión.

En el fondo, la reunión en sí fue ambigua, mitad espectáculo y mitad exposición de conocimientos, mitad reunión científica y mitad política, mitad preocupación social y mitad esperanzas de conseguir chamba en el próximo régimen. Todo muy válido, pero no por eso menos sorprendente para quien no está acostumbrado a andar en estas jornadas.

El lugar que se escogió para poner el templete fue junto a la base de la pirámide de la Luna, en el arranque de la calzada de los Muertos; se levantó un tablado y se puso la mesa redonda en el centro, con unos cuarenta o cincuenta lugares, rodeada por tres lados de graderías con sillas para ochocientos.

El candidato y el gobernador del estado de México llegaron puntuales, entre aplausos, vivas y los acordes estruendosos de "Zacazonapan"; se abrieron paso entre los billeteros de la Lotería, que fueron a mostrar su adhesión uniformados de amarillo. Iban seguidos de una comitiva que llenó las ochocientas sillas que había en las gradas. Después de abrazos breves empezó la reunión.

Se leyeron veinticuatro ponencias de entre diez y quince minutos cada una. Algunas, muy interesantes; entre ellas, la del ingeniero Hiriart, que demuestra que si se hace la inversión necesaria que no es prohibitiva, hay agua suficiente para abastecer la ciudad de México hasta el año 2000. Otras, demasiado generales probablemente debido a que los ponentes tuvieron que limitarse a cinco cuartillas. Otras están escritas con el estilo circular llamado "rosca de Reyes", muy usado en documentos oficiales y oficiosos. Por ejemplo: "...la diversidad de enfoques obedece al conocimiento de la interrelación que existe entre todos los hilos de la problemática y a la certidumbre de que los problemas no se resuelven contemplándolos aisladamente", etc. Otros ponentes hablaron como lo han de haber hecho los dioses, creyendo que nadie había oído antes lo que iban a decir. Nunca he oído tantas buenas intenciones expresadas en un rato.

Noté con satisfacción que ninguno de los que leyeron o hablaron pretende que el crecimiento de la población con los índices que tiene México, sea signo inequívoco de salud, tesis que hace seis años hubiera sido aceptada casi sin discusión.

Primero hubo un sol muy fuerte, después, tierra, después se metió el sol y sopló un airecito colado. Empezamos en camisa y acabamos tapándonos con sarapes de damnificado. Después de escuchar doce ponencias y cuatro o cinco espontáneos, se suspendió la sesión y nos dieron sánduiches, pero en vez de comérnoslos en el silencio que apetecíamos, tuvimos que oír el texto que escribió Salvador Novo para el espectáculo de luz y sonido, que me pareció más aburrido que cualquiera de las ponencias. Yo aproveché la oscuridad parcial para sacar del morral el ánfora de Bacardí. Mientras contemplaba a lo lejos la pirámide del Sol, iluminada de modo que parece de cartón, le ofrecí un trago a un señor que estaba cerca, quien, según dijo, es dueño de veintiún pistolas. No aceptó. Comprendí que había metido la pata. ¿Por qué las funciones del PRI tienen que ser abstemias? ¿De dónde vendrá esta maldición? (9-4-78)

Con el sudor de la frente
Cómo hacer dinero

En los cuarenta y tres años que tengo de vida no se me ha ocurrido un solo buen negocio. Este artículo está dedicado a las personas que son como yo, es decir, que no tienen imaginación mercantil y que sin embargo tienen necesidades y ambiciones desmedidas. En él recojo los frutos de una investigación que he llevado a cabo para responder a la pregunta que sirve de título: ¿cómo hacer dinero?

Una de las maneras de hacer dinero que me parece bastante original consiste en comprar un tanque de oxígeno y un inhalador, e irse con ellos los lunes por la mañana al Club de Banqueros, a resucitar crudos.

Otro buen negocio que descubrí en mi encuesta consiste en organizar sociedades. De lo que sea. De ex-alumnos, de agentes viajeros, de hombres de empresa, etcétera. No es necesario que tenga uno nada en común con los asociados. Uno es el organizador y el que cobra las cuotas, que es en lo que consiste el negocio propiamente dicho. Este negocio está basado en el prurito que todo el mundo tiene de asociarse y en la idea, completamente errónea, de que la unión hace la fuerza.

También se puede abrir un despacho que tenga en la puerta un letrero que diga "consultorio médico", o "análisis clínicos", y en cuyo interior se vendan certificados. De lo que sea, de vacunación contra la viruela —no la vacuna, esa es gratis y se consigue en otro lado el certificado—, de defunción, de incapacidad, etcétera.

Las personas modestas y de aspecto desarrapado pueden mandar imprimir, en unas hojitas, unos versitos que empiecen:

"Queridísimo patrón, venimos a molestarlo…"

Y que terminen como se le ocurra a cada quien, de acuerdo con su aspecto. El camionero de limpia, el velador de la cuadra, el encargado del servicio de aguas, el supervisor de drenajes, etcétera.

Cabe advertir que el oficio que se elija debe reunir dos condiciones: debe ser abstracto y al mismo tiempo parecer de omnipotente para que los dueños de las casas en que se distribuyen las hojitas crean que les va a faltar agua si no sueltan los centavos.

Antiguamente se usaba andar por las calles pidiendo dinero para ir a pagar una manda en San Juan de los Lagos. Esto, huelga decir, no es buen negocio, porque la gente es muy poquitera con sus limosnas. Es mucho más conveniente vender suscripciones de revistas inexistentes. Este negocio, como la mayoría de los que estoy describiendo, empieza en la imprenta. Se inventan los nombres de cinco revistas que cubran una gama amplia de gustos y se mandan hacer bloques de esqueletos de recibo con el membrete de cada una de ellas. Si la que abre la puerta de la casa es una anciana, le ofrece uno una suscripción al "Mensajero del Año Mariano", si, en cambio, el entrevistado es un hombre de negocios, le ofrece uno otra publicación, por ejemplo "Oasis fiscales", que, explica el operador, es una revista de circulación limitada que contiene artículos escritos por expertos que han dedicado la vida entera a estudiar los agujeros que tienen los sistemas fiscales de los diferentes países.

Un buen negocio que se me ocurre en este momento, consiste en ir a una sastrería militar, mandarse hacer un saco color chocolate, unos pantalones de montar color chicle, ponerse un casco en la cabeza, unos anteojos verdes e ir a pararse junto a una motocicleta en un crucero peligroso. A ver quién cae.

También se puede comprar un terrenito junto a una carretera, y construir en él una casita sin ninguna pretensión. Cuando esté terminada se le pone afuera un letrero que diga: "Caseta fiscal".

Puede uno pasar por las casas a decir que está mal la instalación del gas y cobrar multa. O bien, decir que el sello del medidor de la luz ha sido violado, o que la casa se sale del alineamiento y va a ser necesario enderezarla. En las casas de departamentos puede uno llegar con un portafolios y notificaciones de desahucio, o con emplazamientos de embargo. También puede uno entrar en los restaurantes a decir que las instalaciones sanitarias están defectuosas.

Otro negocio que me parece que sería fantástico, consiste en alquilar un local en una calle no muy céntrica y amueblarlo con muebles sacados del montepío y una caja registradora último modelo. Afuera se le pone un letrero muy escueto que diga, por ejemplo, "Caja recolectora número 5". Nada más. Y dejar que la gente llegue a pagar.

Otro negocio que no tiene pierde consiste en vender terrenos de la nación, pero éste ya es bien sabido y no tiene nada de original. (2-2-71)

IV

CON SIETE COPIAS

Vida de burócratas
Héroes del montón

Para mi gusto, las vidas de los burócratas no han sido suficientemente exploradas más que por ellos mismos. Para los profanos, los que no entendemos el trámite y estamos fuera del aguinaldo, la actividad burocrática es como un cuarto en penumbra en el que se oyen suspiros, quejumbres, resoplidos y movimientos furtivos, pero en el que no se sabe ni quién es quién ni qué es lo que pasa.

Las vidas de los burócratas no han producido ni mitología, ni épica, o cuando menos, éstas no son del dominio público. No se cuentan de ellos historias ejemplares, que hagan vibrar al oyente y lo impulsen a la emulación, como por ejemplo, la del oficial de mesa cuarta que cayó muerto diciendo:

—Falta el visto bueno del jefe de glosa.

O la del oficial de partes que dijo:

—Si tuviera yo más tinta, no estarían ustedes aquí.

Lo más que se sabe de ellos, los burócratas, es: "después de estar treinta años en la oficina de Ranuración de Legajos se jubiló con sueldo completo".

Otro momento oscuro de la vida del burócrata es cuando el protagonista comprende que ha dejado de serlo para convertirse en político. Sospecho que a muchos de ellos este conocimiento les llega cuando la renuncia que presentan cada seis años es aceptada.

En la oficina de Hacienda de una ciudad de provincia había dos personajes centrales. Los dos se llamaban igual: Francisco Canaleja, pero no eran parientes. Para distinguirlos se les llamaba don Pancho y Panchito, respectivamente.

Don Pancho era el jefe de la oficina. Era gordo, diabético, miope y con tres papadas. Panchito, en cambio, era un empleado común y corriente. Era como un ratón listísimo: chaparrito, pelo engomado, bigotitos, un color cadavérico, muy nervioso y muy eficiente. Tenía en las puntas de los dedos y de la lengua, todos los intríngulis y recovecos del procedimiento hacendario. Sabía cuántas fotografías se necesitaban para sacar un permiso para vender jícamas; cuántos testigos tenían que comparecer en el caso de que el aspirante a una licencia de empujar carretones no supiera escribir; cuánto era el noventa y seis por ciento de treinta y dos y cuánto el doce al millar de sesenta.

Estas cualidades de Panchito Canaleja lo convirtieron en el cerebro de la oficina, y a su escritorio, en el centro de reunión más importante.

Cuando algún contribuyente serio entraba en la oficina a hablar con don Pancho, la entrevista terminaba irremediablemente con éste diciendo:

—Pregúntele a Panchito.

Los demás empleados, que eran una docena de egresados de la Escuela de Comercio y Administración "Doña Josefa Ortiz de Domínguez", tenían que consultar con Panchito cuando menos seis veces diarias cada uno.

Panchito, por su parte, no se conformaba con el sueldo que recibía en la oficina y hacía trabajos por su cuenta. Él era el único, en todo el municipio, capaz de llenar unas formas que se llamaban "Declaración de Reducción de Ingresos", que tenían que rendir todas las personas que vendieran parte de sus propiedades.

Pues bien. Aquí viene la moraleja de esta historia. Panchito Canaleja era tan eficiente y tan capaz que tuvo catorce oportunidades para ascender a puestos más exaltados. Catorce veces don Pancho Canaleja se opuso, porque Panchito era indispensable en la oficina. Panchito aceptó esto de buen grado, porque su ambición consistía en llegar a ser rey en donde había sido durante tantos años eminencia gris. Es decir, en ocupar el puesto de don Pancho.

No se le concedió, porque cuando don Pancho se jubiló, fue sustituido por un compadre del gobernador. En la actualidad, Panchito, ya un viejo, sigue siendo el cerebro de la oficina, porque el nuevo jefe resultó igual de incompetente que el anterior. Pero si el rango de Panchito no ha disminuido, sus ingresos, en cambio, sí, porque con el nuevo gobernador llegó un experto que sustituyó la Declaración de Reducción de Ingresos por una nueva fórmula llamada Relación de Responsabilidades Constantes, que es algo que ni Panchito sabe llenar.

En contraste con la historia de Panchito Canaleja está la del licenciado Rejudo, que entró hace doce años en una secretaría, recomendado desde muy alto y cobijado por muchas sombras.

Este hombre es tan bruto y tan estorboso, que nadie lo quiere de subordinado. Pero como nadie se atreve a correrlo por las bendiciones que trae, se ha resuelto el problema ascendiéndolo, y nombrándolo jefe de nuevos departamentos, que no tienen más función que la de recibirlo en su seno y tenerlo ocupado. La última vez que lo vi ya estaba llegando a ministro.

Su esposa, al comentar su carrera, dice:

—Ha subido como la espuma. (21-5-71)

Historia de un informe
El inventor de trámites

Hace unos meses llegó a mi casa un motociclista a hora inoportuna, y me entregó un cartapacio con el recado de una amiga mía, que me decía: "Me comprometí con el director general a entregar la traducción de esto el lunes al mediodía. ¡No me falles!"

Era un viernes, y el documento que había que traducir tenía cincuenta y cinco páginas. Se echó a perder mi fin de semana y el lunes me levanté a las 4 de la mañana con el fin de terminar al mediodía. Pero dando las 12, me presenté en la oficina en donde trabaja mi amiga, ojeroso y sin haber tenido tiempo para rasurarme, con la traducción terminada en una mano y un recibo timbrado en la otra. Entregué ambas cosas, me dieron las gracias y me fui a dormir.

Al cabo de una semana llamé por teléfono a mi amiga para ver si podía pasar a recoger mis honorarios.

—Ya está aprobado el recibo. Creo que de un momento a otro se hace el cheque —me contestó.

Una semana más tarde me dio la siguiente noticia:

—Ya se hizo el cheque. Supongo que en esta semana lo firmará el tesorero.

Y a la tercera:

—Ya firmó el tesorero, así que nomás falta la firma del director general.

A la cuarta semana me anunció que era inminente que el director general pusiera su nombre al pie de mi cheque. Al oír esto, yo a mi vez le anuncié a ella que la próxima vez que se comprometiera con el director general a entregarle una traducción el lunes al mediodía, mandara al motociclista a la casa de su abuela —de ella, del director general o del motociclista—, no a la mía. Al escuchar por teléfono esta grosería, la voz de mi amiga se congeló y me dio la siguiente explicación:

—Debes tener en cuenta que esta es una empresa descentralizada y que se trata de un trámite casi gubernamental.

Me imaginé a alguien —con sueldo del Gobierno— componiendo fórmulas para hacer cheques: "...una vez escrito el cheque, se deja en el balcón hasta que le dé la luna llena".

Pero este episodio que he relatado y que acabó bien, porque me pagaron, no es ejemplo más que de una parte del panorama, en la que yo aparezco como víctima del trámite. Eso precisamente es lo que me ha pasado casi toda mi vida, pero hubo una época, que todavía recuerdo con estremecimiento, en la que fui burócrata, inventé trámites y seguí la carrera de obstáculo.

—Quiero que tú seas aquí el cantor de las gestas de este departamento —me dijo el jefe al contratarme.

Se trataba de que no saliera de allí un oficio sin que yo le diera un toque heroico y de que al final de la gestión preparara yo un informe en el que se hiciera constar que las actividades del departamento en cuestión no sólo habían sido arduas, sino que sin ellas el edificio de nuestras instituciones se hubiera desmoronado.

—No sólo se trata de cumplir con un trabajo, sino de darnos a conocer —me explicó el jefe, que tenía ambiciones.

En la actualidad, al cabo de varios años, cuando recuerdo la misión que nos habían encomendado, me parece sencillísima comparada con el trabajo que nos costó desempeñarla: se trataba de que, entre treinta, inscribiéramos a doscientos y les entregáramos unos documentos que les hacían falta.

Como era evidente que puesta la cosa así mi jefe no iba a llegar a ninguna parte, entre los dos nos pusimos a inventar suertes con el objeto de aumentar la importancia del departamento. Una de estas suertes, la más sencilla, consistió en lo que mi jefe llamaba "tener informados a los demás de nuestras actividades y no en tinieblas". Con este fin, carta que se recibía u oficio que se mandaba, se fotocopiaba y se distribuía entre los siete departamentos de la organización. Con eso se lograba, además de esparcir por los cuatro vientos el membrete del departamento, obstaculizar el trabajo de los demás, puesto que cada uno de ellos necesitaba dedicar a una o dos personas exclusivamente a archivar lo que nosotros mandábamos. Esta obstaculización redundaba en nuestro favor, puesto que, como en todos lados, había competencia.

Por otra parte había que formar una lista con los nombres de los que se iban inscribiendo. A mi jefe se le ocurrió hacer no una lista, sino cinco. Por orden alfabético, por orden de inscripción, por oficio, por nacionalidad y por hotel en el que se hospedan.

En cuanto a la documentación que era necesario entregar se me ocurrió a mí, para aumentar la confusión, ofrecer unos documentos que no existían, pero que hubieran sido muy útiles. Con esto logramos que los inscritos hicieran una rabieta y muchas reclamaciones.

—Háganlas por triplicado —les decíamos y los adjuntábamos a los expedientes.

Cuando se terminó el trabajo emprendí otro, mucho más difícil, que consistía en confeccionar con todo lo que había ocurrido, un informe.

Resultó de lo más completo. Puse todo lo que hicimos y tenía pasajes tan apasionantes como el siguiente: "se redactaron, mecanografiaron, cotejaron y duplicaron 1 236 circulares…", o bien: "el jefe decidió que los casilleros no iban a ser suficientes", etcétera. En el informe se incluyeron las 1 236 circulares, con otros tantos apéndices. Se formaron cuarenta ejemplares con forros vulcanizados.

El único comentario que oí, fue:

—Un informe muy completo, no cabía en el bote de la basura. (1-6-71)

No soy nadie, pero estorbo
Escenas de la vida burocrática

—O exportamos, o nos hundimos —dijo hace algunos meses uno de los funcionarios más importantes del Gobierno.

Algún tiempo después de haberse hecho esta declaración, un amigo mío que es alfarero, asistió a una ceremonia en la que un instituto premió la labor de varios artesanos cuyos productos han "logrado rebasar las fronteras de la patria" y han tenido buena venta y aceptación en el mercado internacional.

Después de que los humildes artesanos mexicanos Lipchitz, Finkermann y Wilkinson fueron condecorados no sólo por su inventiva y por su habilidad manual sino también por esa otra habilidad no menos importante, que es la de eludir actuarios, una serie de funcionarios y expertos echaron fervorines cívicos en los que se dijeron frases como éstas:

—El señor Presidente tiene mucho interés en...

—El campo está preparado, el mundo espera ansioso los productos salidos de manos mexicanas...

—Pueden ustedes estar seguros que no haremos mal papel, señores: Podemos competir con la frente en alto...

Al día siguiente de esta ceremonia, mi amigo, que también es pintor, hizo una antesala que es parte de un trámite necesario para sacar cuadros del país.

Aunque parezca increíble, cada vez que un pintor mexicano vende un cuadro y tiene que mandarlo al extranjero, tiene que dejar demostrado a satisfacción de las autoridades que aquello que está mandando por correo no es ni joya arqueológica, ni es un Cabrera, ni fue pintado por Diego Rivera. Es un trámite que dura meses.

Afortunadamente no es el único camino para sacar cuadros del país. Hay expertos que recomiendan lo siguiente:

—Coges tu cuadro, tomas un camión, te vas a Nuevo Laredo, cruzas la frontera con tu cuadro en la mano, nadie te dice nada, llegas a Laredo, lo aseguras y lo mandas por exprés aéreo a Buenos Aires o a Berlín.

Mientras el que tiene dinero y ánimos para viajar a la frontera exporta sus obras con toda rapidez, otros artistas, que no tienen ninguna de estas cosas, están haciendo antesala en alguna dependencia oficial en espera de que un perito dictamine que la obra que han hecho no es tesoro nacional y carece de interés y valor artístico, y por consiguiente puede ser exportada.

Yo, aunque no soy artista, tengo una experiencia que aun siendo de menor escala, es semejante. Compré dos camisas que quería regalarle a un amigo que vive en el extranjero. Las empaqué muy bien y las llevé a la administración de correos más cercana. Cuando los empleados vieron la dirección, me anunciaron:

—Tiene usted que ir a Pantaco y solicitar un permiso de exportación.

Regalé las camisas a otro amigo que vive aquí.

¿Así que o exportamos o nos hundimos?

A mí, francamente, los funcionarios públicos me dan mucha lástima. Se pasan la vida anunciando que ya se va a depurar el Servicio de Asuntos Pendientes, o el Departamento de Peculados, o que ya se va a resolver el problema de los inspectores balines, sin darse cuenta —o tratando de pasar por alto— la circunstancia que atrás, por encima y por debajo de ellos, está muy bien atrincherada, la sacrosanta burocracia, con elementos que explican:

—Escriba usted una carta dirigida al C. Secretario, que diga lo siguiente: El suscrito, fulano de tal, con todo respeto y esperando no causarle ninguna molestia con la intromisión, ni distraer su atención de asuntos más importantes, expone... Esta carta debe venir por triplicado, acompañada de dos retratos tamaño miñón del solicitante, que deben estar firmados en el reverso, con el puño y la letra del interesado, acta de nacimiento, acta de matrimonio, certificado de buena conducta, certificado de no adeudo... Presenta usted todos estos documentos en la Oficialía de Partes para su sello y después pasa usted a la ventanilla 7.

Lo que no explica el empleado es que esta carta, que en jerga burocrática se llama "solicitud previa", debería llamarse en realidad solicitud de que se permita presentar la solicitud, ni que la Oficialía de Partes abre de once a dos, mientras que la ventanilla 7, que es donde se hace el trámite posterior se abre de nueve a once. (28-1-72)

Héroes del futuro
Espías burócratas

Hace algunos años, en unos ratos de ocio que tuve, se me ocurrió inventar, para entretenerme, el esqueleto desbaratado de algo que hubiera podido ser una novela de espionaje. Como en todas las de su especie, en el centro de la trama había un secreto del que depende el porvenir de la humanidad, o de perdida el bienestar de un país. Para apoderarse de ese secreto van a luchar dos organizaciones de espías que en el fondo son idénticas, pero que para distinguirlas y darle interés a la novela, llamaremos, a unos "los buenos" y a los contrarios, "villanos". El final de la novela ocurre en el momento en que los buenos, después de muchas peripecias y de haber aniquilado hasta el último de los villanos, logran apoderarse de manera indiscutible e indisputable, del documento en cuestión.

Esto, me dirán, no tiene ningún chiste. Se han escrito miles de novelas como esa y la mayoría son malas.

En efecto, pero es que la que yo inventé y no escribí tenía algo que me parece original. Consiste en que los espías, en vez de ser agentes de la KGB, la CIA, el M16, la Sureté, etcétera, es decir, de los servicios de espionaje de las grandes potencias, eran espías subdesarrollados. Mexicanos, por ejemplo. Además, tenían la característica de que ni siquiera estaban empeñados en una lucha entre dos países. Eso sería demasiado ridículo. ¿Espías guatemaltecos tratando de conseguir los planos de la ametralladora Mendoza?

No, señor, se trata de una guerra secreta, pero a muerte, fría, pero llena de asesinatos entre, ¿saben ustedes qué? Dos secretarías de Estado, o bien entre dos organismos descentralizados.

Cada una de estas entidades tendría, según mi novela, metida entre la nómina y bajo alguna denominación falsa, como por ejemplo, "personal de limpieza", su propio sistema de espionaje. En cada uno de estos organismos habrá uno que se llame "Control", otro que sea el agente estrella, o bien el peor de los villanos… Pero todo esto no es más que adorno, y está plagiado de otras novelas. Lo que me interesa por el momento es el secreto.

¿Qué clase de secretos son los que se prestan a ser buscados desesperadamente por los servicios de espionaje de dos secretarías de Estado o de dos organismos descentralizados?

Una posibilidad, la que primero se nos viene a la mente es, por supuesto, malos manejos.

Uno de los funcionarios, con puesto de confianza en una de las secretarías, se lleva un buen día a su casa un cartapacio que contiene pruebas irrefutables de que la secretaría en que trabaja ha adquirido… Digamos, las máquinas de escribir más caras en la historia de la humanidad, o ha gastado millones en construir un astillero en un lugar que no tiene salida al mar, o ha comprado unas turbinas de magnífica calidad, que funcionan con combustible nuclear, y el personal las ha arruinado a base de querer echarlas a andar con petróleo morado, etcétera.

Aquí tenemos todos los elementos de un conflicto. El servicio de inteligencia de la secretaría de la que se ha extraído el documento necesita apoderarse de él para destruirlo, los agentes de la secretaría enemiga, por su parte, necesitan obtener el documento para filtrarlo a los periódicos y armar un escandalazo. Olvidaba decir que esto que estoy relatando no es más que un episodio de una lucha por un hueso muy gordo: cada secretaría quiere que se le encomiende a ella —y a ella nomás— la misión de reivindicar, por ejemplo, el Valle del Mezquital —cien mil millones de pesos.

Como es natural si el público se entera de que en una dependencia no hay nadie capaz de comprar máquinas de escribir a precios razonables, o cualquier dato de los contenidos en el documento secreto, la misión reivindicadora del Valle del Mezquital recaerá automáticamente en la dependencia rival. ¿Está claro?

Una vez establecida esta situación, lo demás que ocurre en la novela es mecánico. El funcionario que tiene el cartapacio muere asesinado, pero mientras los agentes de los dos servicios de inteligencia se diezman entre sí, el cartapacio resulta inencontrable —está, por ejemplo, metido en un buzón de correos— y aparecerá hasta el final; al caer, por casualidad, en manos de los buenos, que inmediatamente van a los periódicos, ponen a descubierto el peculado, la secretaría buena obtiene la concesión de reivindicar indios, los cien mil millones de pesos y colorín colorado... (31-12-71)

Hígados famosos
Para echar a perder el día... o la vida

El hígado, además de ser una parte del cuerpo humano indispensable para eliminar el alcohol que nos bebemos, es algo que se puede comer en rebanadas, encebollado, o bien en forma de pasta, metido en una tripa y llamado "salchichón de *idem*". Al hígado enfermo e hinchado de un animal al que se le ha dado de comer más de la cuenta a través de un embudo y a fuerzas, se le agregan trufas, se pone en lata y recibe, automáticamente nombre francés. En esta presentación, el hígado cuesta carísimo y puede comerse embarrado en pan, o como ingrediente de platillos tan sorprendentes e indigestos como el filete a la Wellington.

El hígado es también la parte del alma humana que recibe el peso moral de los que nos caen gordos —de ahí la expresión: "Fulano me cae en el hígado".

Por último y como curiosidad semántica, podemos agregar aquí que hígado es también la persona que nos cae gorda —es decir, que nos cae en el hígado.

—Moravia es buen escritor, pero es un hígado —dijo, durante una sobremesa, uno de nuestros literatos más ilustres, con lo que la acepción queda autorizada y pasa a formar parte de nuestro acervo insultativo.

Pero el hígado no es cualquier persona que nos antipatiza. Tiene que reunir ciertas condiciones que voy a explicar a continuación.

El hígado es quien con sólo verlo un momento y sin él hacernos ningún daño, puede echarnos a perder el día. Si tenemos que verlo todos los días, nos amarga la existencia.

El aspecto físico y el estado de ánimo son factores determinantes en la formación de un hígado. Hay menos hígados sonrosados que verdosos y más taciturnos que risueños. Cuando pela los dientes, el hígado tiende a provocar la misma pregunta que la hiena del cuento de Pepito:

—¿De qué se ríe?

Uno de los hígados más formidables que he conocido era —no que sea yo racista— filipino y dueño de una farmacia. Si llegaba uno a pedirle Betapirodinal, por ejemplo, él preguntaba:

—¿En tabletas o inyectable?

—Pues no sé, señor.

—¿Con ampusolina o simple?

—Pues tampoco sé.

—¿De cuántos centímetros cúbicos?

El cliente escudriñaba la prescripción por tercera vez, sin encontrar la respuesta. Entonces, el hígado adoptaba un aire triunfal y decía:

—Es que Betapirodinal sólo hay uno: en tabletas y sin ampusolina.

Afortunadamente quebró y tuvo que traspasar la farmacia, que quedaba muy cerca de mi casa.

Los hígados abundan en las dependencias oficiales, en donde, por su carácter —y por el carácter de dichas dependencias— tienden a desplazarse hacia las ventanillas, en donde atienden al público y le hacen la vida de cuadritos. Cuando llega uno a ventanilla atendida por el hígado, éste siempre está ausente. Tiene uno que esperar un ratito —durante el cual se forma una cola— antes de que el hígado aparezca en el umbral de la trastienda con cara de quien ha sido interrumpido en una labor mucho más importante que la de atender al público, y avanza hacia su lugar caminando despacio, limpiándose de los labios los restos de revoltijo o abrochándose la hebilla del cinturón. Al llegar a su puesto atiende al segundo o al tercero que está en la cola, nunca al primero. Revisa los documentos con resignación y va diciendo:

—Esta solicitud debió haber sido presentada antes del martes pasado... Aquí falta un timbre de cuatro centavos..., esta firma debería ir más a la derecha..., etcétera.

Si el solicitante es tenaz y logra demostrar que la solicitud está en regla, el hígado contesta:

—Sí, está en regla, nomás que ahora no estamos despachando solicitudes. Vuelva a principios del mes que entra.

También hay hígados mujeres —o hígadas— una de las cuales se lleva el primer lugar en mi clasificación particular. La conocí gracias a un retraso que tuve en el pago de las mensualidades de mi hipoteca. Recibí la consabida carta: "Pase al departamento de Cuentas Atrasadas y entreviste a la señorita Secante, de lo contrario..., etcétera".

El encomendar a la señorita Secante la tarea de estimular deudores morosos es la única idea genial que ha tenido el director general de la compañía hipotecaria a que me refiero. Es una mujer flaca color "aqua", que se lava la cara una vez por semana, debido a lo cual, si la entrevista tiene lugar un viernes, por ejemplo, puede uno distinguir alrededor de los labios de la señorita Secante —que siempre están en rictus—, siete trazos, superpuestos, pero diferentes, de lápiz labial. El pelo de la señorita Secante, color zanahoria y en caireles, tiene una especie de escarchado que nunca llegué a saber si era caspa o azúcar cristalizada.

Digo que fue idea genial encomendarle ese puesto a la señorita Secante, porque yo, cuando menos, con tal de no verla, estoy al corriente. (9-1-73)

La electricidad es nuestra
Navidad oscura

Últimamente y por las noches, me ocurre con frecuencia que la realidad se transforma súbitamente y veo todo en una penumbra crepuscular. Al principio creí que este fenómeno era producto de un estado anímico, "es que estoy deprimido", me dije, y "todo lo veo negro"; después lo atribuí a auras epilépticas y por último, a la edad. Ahora ya sé que ninguna de las tres suposiciones fue acertada. Lo que pasa en realidad es que estamos pasando por otra crisis de electricidad. Los indicios de esto son numerosos. Por ejemplo:

Unos amigos míos que fueron a ver *Los malditos*, me dijeron:

—No entendimos nada de la película, porque la mitad de los personajes tenían uniformes de SS, que son negros, y no se distinguían en la pantalla. Las cabezas parecían andar flotando en el aire, como querubines. Salimos del cine convencidos de que habíamos visto la vida y milagros de Santo Tomás de Aquino.

Otro día fui a una fiesta y al entrar en la sala, la encontré adornada con candelabros en los que se habían colocado todas las velas disponibles de la casa, incluyendo las que usaron los niños en la primera comunión y el cirio pascual que sirvió para ayudar a bien morir a la difunta abuela.

—Es que por este rumbo hay apagones —me explicó la dueña—, no se sabe qué día van a ocurrir, ni a qué horas, ni cuánto van a durar. Lo que sí te digo es que llegan en el momento más inoportuno, como por ejemplo, cuando me siento a ver la única telecomedia que me interesa, o si estoy leyendo una novela policiaca, cuando estoy a cinco renglones de donde se dice quién es el asesino...

No pudo continuar, porque en ese momento se apagó la luz y fue necesario buscar los cerillos.

Por último, cabe recordar las señas que me dieron para encontrar una calle.

—Se va usted a tientas y al llegar al cruce con una calle en la que todavía hay faroles encendidos, allí es.

La Compañía de Luz manda a sus clientes un cuadernillo con varias recetas de cómo ahorrar electricidad. Una de ellas, la más segura, consiste en apagar la luz. Por otra parte, varios organismos gubernamentales envían a los periódicos gacetillas pidiéndole al público abstenerse de encender un foco, excepto en casos de extrema urgencia. Los industriales ya le prometieron al señor Presidente poner todo lo que esté de su parte para disminuir el consumo, etcétera.

¡Y pensar que hace ocho años creíamos que íbamos a tener electricidad hasta para regalar!

En las revistas norteamericanas aparecían anuncios de una de las empresas subcontratistas en los que se decía, *mutatis mutandis*: "México se ilumina con interruptores en circuito de retrocarga marca Peabody. En seis años México aumentará su capacidad eléctrica en [...] millones de kilowatts, lo cual constituye un incremento en la producción de energía eléctrica que sería extraordinario, no digamos para nuestros subdesarrollados vecinos del sur del río Bravo, sino también en una escala norteamericana".

Cuando yo veía estos anuncios me llenaba de orgullo, pero debo confesar que los años en que tuvimos electricidad a manos llenas pasaron inadvertidos y ahora viene el despertar, y el reconocimiento de que todo tiempo pasado fue mejor y cómo, después de acordado, da dolor, y los apagones, la pantalla oscura, las fiestas de veladora, etcétera.

Pero lo que nos pasa con la luz eléctrica pasa también con otras cosas. El Gobierno decide hacer un esfuerzo espectacular y gracias a él, colocar al país a la cabeza de las naciones en determinado campo. Se hacen muchos sacrificios, mucha propaganda, se le dan varios sablazos al Banco Mundial, se nos anuncia que ha aumentado nuestra deuda exterior como gran triunfo, y al cabo de un cierto tiempo, se terminan las obras y se inauguran. A todo esto ya pasaron seis años. Hay cambio de régimen. Como es natural, el nuevo régimen no quiere meterse a gastar la pólvora en infiernitos ya quemados. Si la propaganda ya dijo que teníamos tal cosa de sobra, ¿para qué producir más? En primer lugar hay que buscar otros filones que sean vírgenes, y en segundo, no vayan a decir que lo único que se hizo en este periodo fue continuar la obra de don Fulano.

El público por su parte, sigue en el sube y baja: primero nos dicen que estamos en primer lugar y poco después, que estamos fuera de competencia por agotamiento. (14-12-71)

Estilo telegráfico
Comunicación interrumpida

Los hermanos Cerrojo, que estaban en Acapulco, eran los encargados de contratar alojamiento para los treinta y tantos *scouts* que íbamos a pasar ocho días de vacaciones. Sus pláticas con el dueño del hotel M se rompieron abruptamente, y los Cerrojo nos avisaron por telégrafo del acontecimiento.

El telegrama decía:

"Viejo tarara niégase alojarnos por menos de ocho pesos, saludos.

Agustín y Pepe Cerrojo."

Leí este mensaje con una admiración trepidante que me dura hasta la fecha. Allí estaba, ante mí, el medio de comunicación perfecto. Conciso, claro como el agua y permitía decir groserías de un extremo al otro de la República sin ofender los ojos del telegrafista, valiéndose de una clave —tarara— tan sencilla, que no era necesario ni siquiera tenerla prevista.

Por lo impersonal y rápido, el telégrafo fue en sus tiempos el medio de comunicación ideal para mandar malas noticias y pedir favores molestos.

"Hundióse escuadra anoche coma saludos punto", dice el telegrama con que participaron al almirante Polliakoff en San Petersburgo, la suerte de la flota rusa en el estrecho de Tushima.

Nomás para que se vean las ventajas que tiene el telégrafo sobre el teléfono para transmitir esta clase de mensajes, imaginemos al mismo observador comunicándose telefónicamente con el almirante a través de Asia:

—¿Bueno?, ¿qué está el almirante…?, etc. —y cuando el almirante se pone en la bocina—: oye, prepárate para oír una mala noticia… Sí, es muy mala… No, es algo peor… Pues fíjate que anoche…

Mil veces preferible mandar un telegrama. Si el almirante se cae al piso al leerlo, cuando menos le evita al otro la pena de tener que preguntar: "¿Bueno?, ¿me oyes…? ¿Bueno?, ¿allí estás…? ¿Bueno?"

Tampoco hay nada como el telégrafo para pedir favores molestos.

"Úrgenme cuatrocientos pesos. Mándalos esta vía. Ya te contaré. Saludos."

Un telegrama así tiene toda la elocuencia de la brevedad. Al que lo lee, a menos de que sea un mal pensado —casi un degenerado—, no se le ocurre pensar que los cuatrocientos pesos no sean realmente urgentísimos. Lo mejor que puede hacer es mandarlos y punto. No tiene por qué meterse en averiguaciones superfluas:

—Pero, muchacho, ¿qué te pasó? Si llevabas más que suficiente. ¿Te robaron? ¿Perdiste dinero? ¿Lo jugaste? ¿Lo gastaste en mujeres…?

El telégrafo también está que ni mandado hacer para recordar cosas desagradables.

"Permítome recordarle que su letra venció día treinta próximo pasado punto saludos punto."

"Ruégole liquide adeudo mayor brevedad posible punto caso contrario verémonos penosa necesidad proceder judicialmente punto saludos punto."

"Sírvase presentarse en nuestras oficinas para dejar aclarado por qué dícese usted apoderado nuestro punto saludos punto."

Las palabras "ruégole", "suplicóle" y "sírvase", que pertenecen por completo al lenguaje telegráfico, tienen una perentoriedad —otra palabra digna del telégrafo— que rara vez se logra en la vida real.

Desgraciadamente todo lo anterior es elogio dirigido a un medio de comunicación que ha llegado al ocaso. Nadie que necesite cuatrocientos pesos puede darse el lujo de enviar un telegrama y esperar pacientemente a que lo reciba el destinatario. Actualmente, el telégrafo sirve nomás para dar pésames y felicitaciones: "Felicítolo motivo onomástico." Ayer recibí el último que me mandaron el día de mi santo, que fue el 23 de abril. (14-5-74)

No se quiebre la cabeza
Dígamelo en una carta

Hay un libro que cada vez que leo, me hace pensar que la vida es ancha, está llena de mentiras y que todas se pueden decir por carta. Se intitula *Moderno Secretario Mexicano*, "contiene", dice, "modelos de cartas amorosas, familiares, de etiqueta, de pésame; felicitaciones […] esquelas […] cartas para eclesiásticos y funcionarios públicos; solicitudes a las secretarías de Estado, etcétera". Fue publicado por primera vez en 1908, y por última —que tenga yo noticia— en 1952. Carta de una sobrina a un tío deseando conocerlo: "Mi querido tío: Cumplo hoy trece años, éste será el último que asista a la escuela primaria y aún no he tenido el gusto de conocer a usted más que en retrato…" De un discípulo a su maestro, pidiéndole consejos: "Querido maestro… Se trata de que se sirva corregir los ensayos que en paquete separado le remito por correo, haciéndome ver los defectos más notables de que adolecen".

De un hijo a su padre, pidiéndole permiso para un viaje: "Mi querido padre: …creo que no te opondrás al viaje proyectado; la mejor aprobación que puedes darme es situar por telégrafo algo de dinero…" Reconvención de un padre a su hijo: "Querido hijo: Comprendo que tienes veinte años y que vives en una ciudad llena de tentaciones; yo también tuve tu edad y viví mucho tiempo en México; pero los placeres tienen un límite y nada es tan pernicioso para tu salud y para tu posición social como el abuso de ellos…"

Contestación del hijo: "…por desgracia (lo que dices) es verdad, pero ese género de vida lo llevé solamente dos meses y eso debido a que intimé con un joven inglés recientemente llegado de Londres y acostumbrado a llevar vida de príncipe. (De un mes acá ya me corregí) y ahora sólo pienso en regresar a ésa (Durango) y formarme un hogar, cerca de ti, si es posible".

Carta a un amigo, pidiéndole dinero: "Tengo que pagar el día 28 del corriente una letra de dos mil pesos, y no creo poder hacerlo, porque la estación de lluvias hace también que bajen mis ventas al menudeo…"

A un recién casado que pierde a su esposa: "Tiene la muerte muy crueles sorpresas; al ver a Lupe tan joven y en tan buena salud, nadie hubiera creído que tan poco tiempo había de acompañarlo a usted en esta peregrinación por la vida".

A un hijo piadoso que pierde a la madre: "Hace apenas cinco meses que tuve el honor de verla en compañía de usted a su paso por ésta… Y como entonces la vi en perfecto estado de salud me he resistido a creer la fatal noticia".

A un solterón que pierde una amiga íntima: "Era imposible suponer que estuviera mi comadre tan cerca del sepulcro cuando la última vez que almorcé con ustedes la vi tan llena de vida".

Correspondencia amorosa. Carta-declaración de Manuel a Lola: "Nunca olvidaré la tertulia del domingo último, pues me permitió la felicidad de conocer a usted…"

Por lo general, advierte el Moderno Secretario, una señorita que se respeta no contesta la primera carta. Pero si no la devuelve, ya es buen indicio. El pretendiente puede escribir una segunda carta, que dice: "Hace quince días escribí a usted una carta declarándole mi pasión", etcétera.

Esta carta, la contesta la pretensa: "...le ruego que no me crea ligera ni casquivana si contesto su segunda carta; no debería hacerlo...", etcétera, y le pide que no le tome el pelo.

"Señorita: Si una felicidad inmensa llenó mi alma al recibir su carta, una pena muy grande también me invadió al suponer que se haya usted imaginado que fuera mi intención jugar con sus sentimientos..." (le avisa que piensa visitar a los padres de ella).

Ella contesta: "Tiemblo de timidez al pensar en la visita..."

Después de la presentación con los padres, él escribe: "Ayer fue el día más feliz de mi vida... Quisiera que volaran los meses y estar ya unido para siempre a ti; entretanto, querría tener tus cabellos para besarlos como reliquia todas las noches antes de dormirme".

Junto con los cabellos, ella dice: "Me ruboriza enviarte mis cabellos; no sé qué placer pueda causarte tenerlos, pero allá van".

Carta al director de Correos quejándose del extravío de una pieza postal. "Señor ingeniero... H. H.: Con fecha 20 del pasado, me envió mi novia...", etcétera. (17-5-79)

Vida de cartero
Oficio sin romance

Todavía no he conocido al niño que al preguntarle "¿Qué vas a ser cuando crezcas?", conteste:

—Caltelo.

Y esto, a pesar de que, según la leyenda, los carteros traen la bolsa de cuero llena de buenas noticias, de felicitaciones, de cartas de Nepal con estampillas exóticas, de proposiciones amorosas, etcétera. Pero hay que aceptar la realidad: que ese oficio ya perdió su romance, si es que alguna vez lo tuvo.

Por otra parte, con los periódicos llenos de anuncios que dicen: "¿Tiene usted entre veinticinco y treinta años, excelente presentación, modales distinguidos, inventiva, ganas de mejorar, y estudios secundarios terminados? Puede usted llegar a ganar hasta $14 000.00 mensuales (base $1 500.00). Preséntese con la señorita Pisuegra".

En lo anterior está la explicación de lo que le pasa a mi cartero. Reúne todas las condiciones necesarias para ganar los catorce mil pesos que ofrece el anuncio y ha perdido la noción de lo que pudo ser el romance de la cartería. En consecuencia, se pasa la vida tratando de cambiar de oficio. La última vez que lo vi, estaba tratando de convertirse en mecánico. Tenía un overol puesto, la cara manchada de aceite, y estaba probando unas bujías. Eran horas de reparto.

No se puede decir que haya sido nunca un gran cartero, pero, cuando menos no era tan malo como otro que conocí en una población del interior, que me entregó un día, en mi casa (vivía yo en la calle del Obispo Sebastián Mudéjar del Campo número 14), una carta dirigida a doña Gertrudis Sánchez, calle del Borrego número 5.

El cartero mío es mejor. Sabe leer, y distinguir entre las cinco familias que compartimos la misma dirección, aunque no la misma casa —hay que advertir que en Coyoacán las direcciones se repiten cada dos cuadras, como ocurre con los acontecimientos cíclicos. Además de esto, es muy simpático. Las criadas lo describen como "el cartero guapo".

Pues bien, todos los lunes y los jueves, y rara vez los sábados, entre ocho y nueve de la mañana oigo el silbato de mi cartero que se va acercando por toda la calle de Francisco Sosa, hasta que debajo de mi puerta, aparece un montón de correspondencia. Avisos de terminación de la suscripción de una revista que hace meses que no recibo, invitaciones a recitales de algún poetastro, a alguna exposición que no interesa o a una inauguración que ocurrió seis días antes; dos o tres periódicos semanales retrasados, una carta de un amigo que pasó por México tres días antes a quien le hubiera gustado verme, etcétera.

Cuando recibí las tarjetas de Navidad en marzo, salí a la calle la buscar al cartero y le dije:

—¿Óigame, qué pasa?

—Es que ha aumentado mucho la correspondencia. Antes aquí no había ninguna casa y mire ahora todas las que hay. Y seguimos siendo el mismo número de carteros.

Por un momento le di la razón. Esto se debió a que últimamente se ha creado un complejo colectivo que nos hace pensar que todos los males provienen de la explosión demográfica. Pero cuando el cartero se iba alejando en la bicicleta, me di cuenta de que su razonamiento estaba lleno de agujeros. En primer lugar, una cosa es que la población aumente y otra muy diferente, es que el número de repartos semanales disminuya de cinco a dos. En segundo lugar, si bien es cierto que el número de usuarios ha aumentado notablemente, no es menos cierto que el servicio de Correos no es gratuito. Es decir, que sus ingresos también deben haber aumentado considerablemente, sin que se note ningún mejoramiento paralelo en el servicio.

Pero a todo se llega uno a acostumbrar. A leer periódicos con dos semanas de retraso, a empezar todas las cartas con la fórmula idiota de: "no vas a creérmelo, pero acabo de recibir tu atenta de hace tres semanas...", etcétera. Lo malo es que hay veces que estoy esperando un cheque, y me paso la mañana con la oreja lista para oír el silbato del cartero; en vano. Me pongo de mal humor, salgo a la calle, ¿y a quién me encuentro? A mi cartero, hoy mecánico, haciendo talacha. O bien, al mismo, sentado en una banca del parque, con su novia.

Pero hace poco ocurrió algo que me permitió descubrir un nuevo ángulo de este problema. Descubrí que mi cartero es un calavera, pero no es el único culpable. No sé si mi cartero consiguió otro empleo, o si se "fue a su pueblo", o si "se distanció" del jefe de reparto. El caso es que ¡oh, maravilla! Fue sustituido durante unos días por otro. Era un hombre modelo que pasaba todos los días con su silbato, muy temprano. Nomás que nunca me entregó nada. Traía la bolsa de cuero vacía. (25-5-71)

Ex voto
Milagros de Nuestra Señora del Correo

La imagen representa un paisaje con figuras. A la derecha del cuadro está una isla verde, a la izquierda, una meseta elevada y árida, donde hay una ciudad llena de smog. En el centro hay una mancha azul que representa el mar, y en la parte superior del cuadro, entre nubes color de rosa y sostenida por angelitos vestidos de cartero, en bicicletas, está Nuestra Señora del Correo.

En la isla verde está una mujer de pelo castaño con una caja de cartón en la mano, parada frente a una ventanilla que dice "correo". En la ciudad llena de smog de la izquierda aparece una figura masculina, de rodillas en un reclinatorio, con la mirada hacia lo alto, encomendándose evidentemente a Nuestra Señora del Correo.

La leyenda al pie de la imagen dice: "En junio de 1975, habiendo tenido que separarme de mi mujer por motivos de una enfermedad muy grave en la familia, y regresado a México antes de tiempo de un viaje que estábamos haciendo los dos por Europa, ella se encontró ante un dilema, que consistía en que cuando hiciera el viaje, ocho días después, iba a tener que traer, además de su equipaje, todo lo que yo había dejado en las prisas. Juntos, estos equipajes pesaban sesenta y cuatro kilos, es decir, cuarenta y dos de exceso. ¿Qué hacer?

"Dios la iluminó y le dijo, en sueños:

—"Manda todo lo más viejo y que menos te sirva por correo."

Al despertar, mi mujer puso en una caja de cartón la capa tejida que compró en una barata, mi suéter de capitán de submarino, mi chamarra de soldado, una docena de camisas manchadas, el traje sastre que a ella no le gusta y otros efectos más. Amarró la caja y la llevó al correo, en donde el empleado le informó que a México no se puede mandar registrados bultos con ropa, lo que quiere decir que puede que lleguen y puede también darse el caso de que no lleguen. Pero de todas maneras mi mujer mandó el bulto, porque no tenía otro remedio.

Cuando mi mujer llegó a México yo le pregunté:

—¿Dónde está mi suéter de capitán de submarino?

Ella me contestó:

—Lo mandé por correo.

Entonces yo caí de rodillas y me encomendé fervorosamente a Nuestra Señora del Correo.

"Pasaron una, dos, tres, cuatro, cinco, seis, siete semanas" y yo me pregunté:

—¿Dónde estará mi suéter de capitán de submarino?

Y mi mujer se preguntó:

—¿Dónde estará mi capa tejida que compré en una barata?

"Pasaron una, dos, tres, cuatro, cinco, seis, siete semanas", y luego otras tantas, y el aviso no llegaba. Decidí consultar el caso con un empleado de correos que parece experto. Me dijo:

—Si el bulto estuviera en Pantaco, usted ya hubiera recibido un aviso y si usted hubiera recibido un aviso sería señal de que el bulto ya estaba en Pantaco.

Pasaron otras veintiún semanas cuando Nuestra Señora del Correo me iluminó:

—Ve a Pantaco —me dijo.

Obedecí. Fui a Pantaco y en Pantaco entré en una oficina en donde había un foco, una silla, una mesa, una banca y un empleado leyendo una novela.

—Vengo a buscar un bulto —le dije y le describí el bulto tal como yo me lo imaginaba: con mi nombre en el centro y el de mi mujer en la esquina superior izquierda.

Él me pidió otros datos, en qué fecha lo mandaron, de dónde, y yo se los di y él no apuntó nada. Salió de la oficina y regresó al rato con cuatro libros en donde hubiera cabido la Suma Teológica, en manuscrito, con letra grande, que es donde están apuntados todos los bultos que han llegado al país por barco en los últimos años. Empezó a pasar las hojas a ciento veinte por minuto. De repente se detenía y se quedaba mirando una entrada, como si no pudiera creerla y luego seguía pasando hojas a ciento veinte por minuto. Cuando terminaba de revisar un libro, lo echaba debajo de la mesa. En el tercer tomo encontró mi bulto, por eso hago este ex voto, que dedico al milagro que me hizo Nuestra Señora del Correo. Tuve que pagar cinco meses de almacenaje. (17-5-76)

¿Con quién hablo?
Aventuras telefónicas

Desde hace seis meses soy el orgulloso poseedor de un teléfono. Sin embargo, no vaya a pensarse que considero que esta circunstancia es una bendición completa, porque tiene sus bemoles.

En primer lugar hay que advertir que en los treinta años que pasé sin teléfono el arte de hablar por el mismo, es decir, lo que podría llamarse modales telefónicos, se ha deteriorado de una manera espeluznante. Estamos en plena anarquía.

En mi niñez había una fórmula para empezar una conversación, aceptada y puesta en práctica por todos los usuarios, tanto del sistema Ericsson, como del Mexicana, que consistía en tres pasos fundamentales: 1) ¿Bueno? 2) ¿Con quién hablo? 3) La casa del señor Fulano de tal. Dados estos tres pasos, el diálogo que venía a continuación era *ad libitum*. Todo dentro de una gran cortesía. Podía uno decir, por ejemplo:

—Tenga usted la bondad de decirle al joven Zutano que se ponga al aparato.

Es mala construcción, pero se entiende y nadie queda ni ofendido ni confuso.

Ahora todo ha cambiado. Llegaron muchos extranjeros e importaron nuevas fórmulas, las amas de casa cambian de criada con tanta frecuencia que no les da tiempo de enseñarles a contestar, la elevación de los niveles de vida ha puesto el teléfono al alcance de las clases populares, las cuales, a pesar de haber progresado en lo económico no han mejorado en su instrucción, por lo que, en vez de marcar el 525-48-06, marcan el 543-22-37, etcétera. Pero lo esencial es que la gente tiene menos tiempo disponible, peor humor y más desconfianza.

¿Qué cosa más cortante, por ejemplo, que la fórmula ésta de descolgar el teléfono y ordenar: "¿Diga?" ¿Cómo "diga"? ¿Diga qué cosa, si no sé a dónde estoy hablando? Y si pregunto a dónde estoy hablando me contestan 548-38-32, lo cual es una estupidez, porque ése es precisamente el número que estoy marcando. Lo que quiero saber es si el número que marqué corresponde al del teléfono del lugar a donde quiero hablar. Tengo la impresión de que el que contesta "diga", en vez de "bueno", tiene la intención de desconcertar al interlocutor y el que dice su número de teléfono en vez de su nombre tiene la intención de ocultar su identidad. Pero esto no es nada. Ya que me dijeron que diga y me dieron el número que marqué, me preguntan:

—¿Con quién desea usted hablar?

—¿Cómo que con quién deseo hablar? Éste es un interrogatorio de comisaría. Depende de a dónde estoy hablando. Si estoy hablando a un lugar a donde no quiero hablar, no quiero hablar con nadie. Por otra parte, si el receptor está tratando de ocultar su identidad, como lo demuestra el hecho de que me dé el número de teléfono en vez de decirme su nombre, ¿por qué me pregunta con quién quiero hablar? ¿Por qué cree que yo le voy a hacer una confidencia?

Otro obstáculo para la comunicación telefónica es el niño sociable, quien apenas suena el teléfono corre a contestar.

—Háblale a tu papá, niño.

—¿Quién eres? —pregunta el niño.

Hay quien aconseja que lo mejor en estos casos es contestar: "¡Soy Dios!" y colgar inmediatamente, antes de que nos caiga un rayo.

Pero además de la multitud de tarados que andan queriendo hablar por teléfono sin saber de números, de los teléfonos reacios que se niegan a interpretar las señales que les da el disco, de los que contestan el teléfono queriendo conservar el incógnito, de las sirvientas que no saben cómo se llama la patrona y de los niños sociables, está la Compañía de Teléfonos, que tiene la costumbre de cambiar, de vez en cuando, los números de ciertos teléfonos.

El que me dieron a mí, al instalarme el aparato, es el que antiguamente correspondía al teléfono de una familia de catorce personas que además tiene en la casa un taller en donde trabajan seis operarios. La señorita Esquivel, su hermano y el maestro Jurado también recibían llamadas en ese teléfono. Lo mismo ocurría con una señora llamada Conchita la del 5 y con otra tal Leonor que vive a la vuelta. Por si fuera poco, una señora que puso en venta un terreno en la colonia Juan Escutia tuvo la ocurrencia de escribir el número de mi teléfono en la barda del solar.

Como durante la primera semana de tener teléfono recibí ciento cuarenta y cinco llamadas equivocadas, averigüé el nuevo número del de la familia de catorce personas, y cada vez que alguien llama a mi casa queriendo en realidad hablar con alguno de los veinticinco afectados yo contesto:

—Les cambiaron el número de teléfono, llame al...

Lo malo es que el que está del otro lado de la línea apunta este número en un papelito y después lo pierde. Así que ahora soy el señor que da el nuevo número de teléfono. Cada vez que alguien quiere hablar con alguno de esos veinticinco, me llama a mí primero. (15-5-70)

Por teléfono
Comunicación defectuosa

Los teléfonos, desde los de manija hasta los más modernos que no sabe uno cómo agarrar tienen varias funciones. Los más raros sirven de *bibelot*, otros son tema de conversación —"este aparato", nos dice el dueño de la casa, "fue de la emperatriz Carlota", por ejemplo— los más pesados de entre ellos pueden servir de arma contundente en los pleitos matrimoniales, pero sobre todo, los teléfonos son aparatos que sirven para meterse de sopetón en la vida privada de alguien que está muy lejos.

Esta intromisión siempre se inicia de una manera perentoria. Con el sonido del timbre. (Suena el teléfono), dicen las acotaciones en las obras de teatro. (El dueño de la casa, por más tranquila que tenga la conciencia, pega un brinco.)

—Bueno —contesta.

—¿Con quién hablo? —pregunta el que está del otro lado de la línea.

Y ya. La vida del que acaba de pegar un brinco está invadida.

Por ser tan versátil y al mismo tiempo tan limitado, el teléfono es un aparato que de por sí se presta a engaño.

Oye uno la voz de la persona con la que quiere uno hablar —o de otra persona que tiene la voz idéntica— pero no puede uno verla. Algunos hacen una composición imaginaria y completamente arbitraria de lo que está ocurriendo del otro lado de la línea.

—Está despeinada y en bata —pienso yo, a veces, al notar no sé qué inflexión en la voz de mi interlocutora.

Otras veces pienso:

—Tiene gripe, o lo agarré durmiendo la mona.

—¿Te desperté? —pregunto en la bocina.

—No —me contesta—, sino que estaba yo muy abstraído.

Otras veces la imaginación no funciona y la voz que oye uno no se identifica con nada más que con el aparato negro que tiene uno pegado a la oreja, que en resumidas cuentas es lo que está hablando. Pero la tendencia general es la contraria: a agregarle a la voz que está uno oyendo, una cara, una expresión, una ropa, inclusive una habitación. La mujer que dice la hora, por ejemplo, tiene para mí el pelo blanco muy bien arreglado y pintado de color violeta, usa lentes de vista cansada con aros negros rectangulares, tiene un vestido tejido muy sencillo color de rosa, está en una habitación que no alcanzo a distinguir; nomás sé que el teléfono está sobre el escritorio y que en la pared hay varios relojes.

—Son las nueve y veintidós.

—Muchas gracias.

—Son las nueve y veintidós.

También puede uno imaginarse cosas peores. La mujer del señor al que le está uno hablando para proponerle un negocio, haciéndole a éste señas, con los dedos, moviéndolos como tijeras, como queriéndole decir, "corta a ese imbécil"; o bien la misma señora, apareciendo de detrás de un biombo, completamente desnuda, con una tetera de plata en la mano…

Pero la falta de imagen visual, que puede ser tan divertida, puede también dar lugar a diálogos como éste (de larga distancia internacional):

—¿Ya no me quieres? —pregunta una voz femenina.

—Sí te quiero, pero aquí en México son las cuatro de la mañana.

—Ah, ¿qué no sumas las siete horas?

—No. Las restas.

—Pero cuando le hablamos a mi mamá sumamos las siete horas.

—Sí, pero tú estabas en México.

Todo esto a doscientos veinte pesos los tres minutos.

Otro diálogo (local):

—¿Qué pasó contigo?

—¿Cómo que qué pasó conmigo?

—Sí. ¿Por qué no me has hablado?

—¿Cómo que no te he hablado?

—¿Soy tu burla, o qué?

—¿Cómo que eres mi burla?

Y así sucesivamente. (10-5-74)

Homenaje a la provincia
Los museos como aventura

Hace unos días encontré en la calle a un antiguo compañero de escuela quien después de los saludos convencionales y al llegar a la pregunta obligada de "¿Qué te has hecho?", me informó que estaba a punto de ir a radicarse en una ciudad fronteriza en la que el Gobierno ha invertido y seguirá invirtiendo una millonada en un intento de convertirla en un paraíso turístico: un aeropuerto, dos carreteras, un hipódromo, dos mercados de artesanías y, para mejorar la imagen que tienen de nosotros en el otro lado, una sucursal del Museo de Antropología, en donde se irán exhibiendo poco a poco las piezas que están actualmente en la bodega de la matriz.

Al oír esto, dicho con entusiasmo, comprendí con tristeza que nos estamos volviendo cada vez más aburridos. Estamos aplicando a la cultura procedimientos de cadena de supermercados. Por otra parte, es evidente que hemos llegado a un punto en que sólo los turistas y los niños de las escuelas —éstos a fuerzas— visitan museos.

Esta situación se debe, en gran parte, a la idea pedante, solemne y equivocada, pero muy en boga en círculos oficiales, de que los museos son puritita cultura. Ahora bien, la cultura tiene el defecto grandísimo de que todo el mundo la ambiciona en abstracto, pero pocos son los que están dispuestos a molestarse por adquirirla. La idea sola de entrar, en un recinto consagrado, a ver estupendamente bien exhibidas cuatro piezas de Chupatlán con el acompañamiento obligado de dos o tres murales de algún pintor chambista de la escuela mexicana, es bastante para poner a bostezar a la mayoría de los mexicanos.

Esta reacción automática se debe en muchos casos a traumas. Al oír la palabra "museo", en la mente de muchos mexicanos se forma la imagen de la directora de la escuela en donde estudiaron la primaria, dando explicaciones como ésta, que oí el otro día:

—Niños, guarden silencio. No quiero oír abejitas zumbando. Pongan mucha atención: Como entramos en el museo por donde no debimos, hemos llegado ahora al lugar por donde deberíamos haber entrado. Esta sala, niños, se llama la sala de la Conquista..., etcétera.

Por eso bostezamos.

Pues bien, la cultura es la gran cosa, pero hay que reconocer que la gente entra en los museos o a fuerzas o por curiosidad. Por otra parte, hay que admitir que en nuestro país, a pesar de estar repleto de maravillas, como afirman los extranjeros que nos visitan, cada vez que tienen que pronunciar un discurso, hay más museos que objetos dignos de ser exhibidos.

Pero esto no debe desanimarnos. No tienen ninguna importancia. Una de las experiencias más misteriosas y por consiguiente más satisfactorias que he tenido en este aspecto, ocurrió el día en que mi mujer y yo pagamos por visitar el claustro de un convento del siglo XVI. Subimos por la escalera de proporciones nobles y en el momento de poner el pie en el último escalón oímos, retumbando entre las bóvedas, los ladridos de un perro que nunca vimos, pero que imaginamos enorme y furioso. Nos quedamos un rato indecisos, pero como los ladridos continuaban, optamos por bajar la escalera que acabábamos de ascender, pasar junto al que acababa de vendernos los boletos y salir al atrio en donde nos tomamos una cerveza. Pagamos cuatro pesos por no ver nada, pero recuerdo el episodio del perro con mayor satisfacción que si hubiéramos podido estudiar con toda calma los cuatro pedazos de retablo apolillado que adornan la parte superior de ese claustro.

¿No es más interesante ver la tina donde se bañaba la Emperatriz Carlota y la cama donde dormía que los retratos de todos los virreyes que hubo en la Nueva España? En efecto. Es más interesante, aunque sea menos informativo.

Cuando era yo niño, era casi obligación llegar a Puebla y visitar el convento de Santa Clara, en donde vivieron ocultas, en tiempos de persecución, varias docenas de monjas; que acababa de ser descubierto por un aviador ateo. Lo de adentro era admirable por ser una casa de tres patios que logró pasar inadvertida varios años, pero lo expuesto sólo podía interesarle a un experto en ornamentos. Lo que valía la pena, en cambio, era la entrada: por un estanquillo y a través de una alacena giratoria. En Puebla también está la Casa del Alfeñique, que es un museo que vale la pena ser visitado nomás por el susto que da encontrar, al pasar de un cuarto al siguiente, al general Obregón sentado en un sofacito.

Pero de museos amables, en Guadalajara están los dos mejores que he visto. En uno de ellos se encuentran los huesos del mamut de Santa Clara (¿o Santa Rosa?), Jal. Este museo, que está en un cuarto, contiene además del celebrado mamut, varias quijadas de mastodonte y los huesos de la pata de un camellito minúsculo que en vida debió tener las dimensiones aproximadas de un cocker spaniel.

El otro es el museo regional de Jalisco, en el que entre varias cosas notables puede verse un coche de caballos que fue donado al museo por una de las grandes familias de la localidad, junto con una leyenda de cerca de mil palabras que contiene no sólo la historia del coche, sino la de otro que le era gemelo, la de la familia que lo mandó hacer y la de la tela de los forros con que estaba tapizado por dentro. (6-6-72)

Los cruzados de la causa
Cultura para los pobres

El Gobierno como patrocinador de las artes siempre me ha parecido una entidad ridícula. Los frutos de la injerencia oficial que me ha tocado ver son raquíticos —"ese señor que ves allí sentado, lamiendo sobres, es nada menos que N el crítico más respetado en tiempos de Ávila Camacho. Si no fuera por esta chambita ya se hubiera muerto de hambre"—, elefantinos —"métale más personajes y todos los cambios de escena que crea convenientes. Al cabo ya el señor Presidente le dijo a Celestino que nos van a dar dos millones", frase dicha por Salvador Novo a un servidor en 1960—, o sencillamente descarriados —si juntara todo el papel que he tirado a la basura en forma de invitaciones que me manda Bellas Artes para acontecimientos que no me interesan, alcanzaría para hacer una edición de tiro limitado de mis obras completas—. Bueno, pues este concepto ya se acabó y he tenido que modificarlo a últimas fechas.

A principios de diciembre suena el teléfono y la voz de una secretaria me anuncia:

—Va a hablar con usted el señor... —para los efectos de este artículo voy a llamarlo Rigodón.

Mientras me comunicaban con él, lo recordé: muy amable, bien educado. En quince años lo había visto dos veces, una detrás de un escritorio diciéndome que no está listo mi cheque; otra, frente a un plato de langostinos. Su voz interrumpió el pensamiento:

—Hermano —me dijo— vente corriendo a mi oficina, que tengo que platicar contigo.

Me dio su dirección usando el *nos magestaticus*: "ahora estamos en...", el departamento de actividades culturales de una Secretaría de Estado.

Fui al día siguiente creyendo que querría montar alguna de mis obras de teatro. Él me recibió en su despacho bien puesto.

Nos abrazamos, nos sentamos y durante cuarenta y cinco minutos me contó la historia de su carrera.

Está llena de esplendores y descalabros: "Estábamos en el extranjero [...] nos llamaron para ser secretario particular [...] se nos ocurrió poner la bandera rojinegra [...] tuvimos que renunciar. El señor N se había fijado en nosotros [...] me dijo: "Véngase, Rigodón, para que los haga sufrir como me hacía sufrir a mí". Estuvimos allí seis años. Se me ocurrieron varias ideas —mencionó varias empresas semiculturales de mucho éxito, que todo el mundo cree que nacieron en otros cerebros—. El señor Presidente dijo: "Hombre, qué buena idea", etcétera.

Después de tantos combates por la cultura, Rigodón está acorralado en su despacho suntuoso, con su presupuesto, su chaleco bien cortado y su cara rozagante, dispuesto a dar la última batalla.

—Podría retirarme, pero creo que todavía puedo hacer una labor muy bonita.

Se trata de muchas cosas: de tomar los frutos más sublimes del intelecto humano y ponerlos al alcance de los habitantes de los barrios más pobres de la ciudad —por ejemplo, llevar una orquesta y tocar la *Novena* en el Pedregal de Santa Inés, y después explicarles a los que salgan a ver qué está pasando, quién fue Beethoven—, de formar una nueva clase de actores, imbuidos de una gran conciencia social —"no les pagaremos, pero les daremos oportunidad de foguearse ante un público desconocido"— de ir a buscar este público desconocido en los lugares y en los momentos más inesperados —"hemos mandado hacer unas graderías que se montan rápidamente con el objeto siguiente: buscamos una calle apropiada, en una colonia industrial en donde todas las puertas sean fábricas. A las cuatro de la tarde cerramos la calle y montamos las gradas. A las cinco salen los obreros del trabajo, encuentran la calle cerrada, no pueden irse a sus casas y tienen que quedarse a ver la función de teatro"— educar al público así apresado por medio de obras que inculquen en el trabajador una nueva dignidad y conciencia de clase —"obras que digan: tú vales, tú te asociaste, tú formaste el sindicato, tú te enfrentaste al patrón, fuiste tú quien derrotó a las compañías imperialistas, gracias a ti se hizo la expropiación petrolera…"—, por último, combatir el elitismo, el comercialismo y la pornografía que reina en la cartelera.

Me contó la historia de una de las obras que forman parte de este programa:

—…fue escrita a la carrera y tuvimos que estrenarla con sólo dos ensayos, porque llegó a México el presidente de —aquí entra el nombre de un país que está haciendo expropiación petrolera— y quisimos que la viera para que supiera cómo había estado aquí la cosa. Salió bien de milagro. A todos los que la vieron les gustó muchísimo.

Ahora el Gobierno tiene el monopolio de las obras "subversivas". (12-1-76)

Pague o muera
La noche de los tiburones

La noche de los tiburones duró más de un año. Los tiburones eran doña Amalia Rejego de Cándamo y Begonia y el doctor Drácula. Eran tiempos en que bastaba echar una ojeada a la historia de mis finanzas para saber que yo era protomártir. Abría un agujero para tapar otro. Estaba yo pidiendo prestado dinero al uno y medio, para pagar un dinero prestado —y vencido— al uno.

Vinieron a ver la casa que yo ofrecía en garantía. Les pareció monísima y yo un caso perdido. Yo usaba alpargatas en aquella época; el doctor era de mancuernillas y doña Amalia de velito y sombrero.

Supe lo que me esperaba cuando el notario leyó la escritura: si me atrasaba un día en el pago de intereses, tenía que pagar moratorios sobre el capital —es decir, si el día último debía mil cincuenta, el día primero amanecía debiendo mil cincuenta, más setecientos, más mil cincuenta; total: dos mil ochocientos—, si me atrasaba dos meses, embargo, una vez puesto el embargo, los intereses subían al dos y medio, retroactivos, más gastos de juicio, etc. Si no me gustaba lo que me estaban leyendo, nomás era cosa de no firmar, sacar la cartera y pagarle al notario los tres mil pesos que le debía por echar a perder una hoja del protocolo.

Era como uno de esos juegos en que tira uno canicas con una jaladera de resorte: se encienden focos y aparecen en una pantalla números exorbitantes, que son los tantos que va uno haciendo, nomás que en vez de tantos aquí eran señales de que estaba quedándome en la miseria.

En año y pico de deber setenta mil pasé a deber ciento cuarenta mil. Me les escapé a los tiburones al cuarto para las doce, cuando ya se sentían dueños de mi casa. Esto ocurrió gracias a mis amigos.

Después de este mar infestado, llegué a la playa. Era una institución hipotecaria que no voy a nombrar. Nomás voy a decir que tiene oficinas en Reforma. El día en que firmé la nueva escritura se presentaron doña Amalia y el doctor Drácula a que les dieran su cheque.

—Dicen que en estas hipotecarias son muy sinvergüenzas —dijo doña Amalia, que era completamente imbécil.

Hasta me dio risa.

Durante diez años estuve encantado. Pagaba mis mensualidades con la puntualidad que puede esperarse de quien no tiene entradas fijas. Cuando un mes no pagaba, al siguiente pagaba dos, más los moratorios, que rara vez pasaban de treinta pesos. Cuando se me juntaban tres meses, me mandaban una carta: "Preséntese con la señorita Canutto". La señorita Canutto era la empleada más fea de toda la institución, y la más chocante. Estaba que ni mandada hacer para aterrorizar morosos. Tenía el pelo rizado a fuerzas y una cara de portamonedas doble, con las ojeras pintadas de verde.

—Yo le suplico que me espere —le decía yo.

—Tiene usted hasta el día quince de plazo.

Acabé por ponerme al corriente con tal de no tener que verla.

El servicio en esta institución nunca ha sido gran cosa. Una vez se me ocurrió pagar seis meses adelantados y se produjo tal caos que mis recibos nunca volvieron a estar en orden. Cuando pregunta uno algo por teléfono, la bocina pasa por veinte manos antes de llegar a la de alguien que sepa la respuesta, etc. Con todo, tan satisfecho estaba yo con la institución que cuando ensanchamos la casa, volví a sacar otra hipoteca con ellos.

Todo siguió como siempre hasta el viernes pasado. Llegué a pagar, me formé en la cola y noté ciertas irregularidades que debieron darme mala espina. A la cabeza estaba una señora con pantalones verdes y una prenda, entre bata de maternidad y guayabera, con hongos estampados, del tamaño de una coliflor, que no entendía las cuentas que le hacía el empleado que estaba detrás del mostrador. Otra mujer de negro se acercaba al empleado y le decía "pero esto nunca había sido así". A otros tres que estaban formados les preguntaron: "¿Qué no habían visto la circular?" —estaba en el mostrador—. Ellos la leyeron y se fueron sin pagar.

Cuando pedí mi cuenta me dieron un mordisco que me dejó temblando: resulta que esta institución tan honorable, está aplicando los mismos métodos que los tiburones de antaño. Paga uno el día último, o bien el día primero amanece debiendo la mensualidad, más el uno por ciento ¡sobre el capital! El vencido y el no vencido. Es decir, que en vez de los treinta y tantos que pagaba yo antes, tuve que pagar mil cincuenta y siete.

Que así está en el contrato, dice la circular. De acuerdo, no hay contrato que no esté lleno de iniquidades. Pero en los trece años que tengo de pagar hipoteca no se había aplicado este párrafo. Y ahora que lo aplican no dan más aviso que esta circular fechada en diciembre —el día 15 de diciembre no estaba sobre el mostrador— que avisa que a partir del primero de febrero, etc. ¿No ameritaba esto un aviso por correo certificado? Porque el correo está mal, pero no tanto.

¿Será el principio de otra noche de los tiburones? ¿Será que doña Amalia Rejego de Cándamo y Begonia y el doctor Drácula compraron la institución?

El momento me parece de lo más inoportuno: el mismo día que el Presidente Echeverría andaba en Yugoslavia defendiendo a los pobres, aquí en su tierra las instituciones semioficiales nos daban tarascadas a los semipobres. (19-2-74)

Asaltos a bancos
Protección de los pesos

Hace pocos días estaba yo formado en una de las colas que hago para sacar el dinero que el banco me hace el favor de guardarme, cuando el muchacho que estaba adelante, que es hijo de amigos míos, me preguntó:

—Oye, ¿y tú qué piensas de los asaltos de bancos? Es buena onda, ¿no?

Antes de contestar miré a mi alrededor para ver quién nos estaba escuchando, porque mi interlocutor tiene un vozarrón y yo, francamente, no puedo imaginarme muerte más ridícula que la del que cae balaceado por policías bancarios nomás por decir, "sí, es buena onda".

Cuando me aseguré de que no había peligro de ser mal interpretado, le dije al muchacho lo que pienso al respecto, que es lo siguiente:

No hay ninguna razón para decir que sea bueno en sí robar bancos. Si se trata de llevarse los pesos, es buen procedimiento; si de lo que se trata es de perjudicar a los banqueros, hay que admitir que es como quitarle un pelo a un gato; si, en cambio, el fin que se persigue es exasperar al público, hay que admitir que la cosa es un éxito. Por lo siguiente, los bancos son, por definición, instituciones que manejan dinero ajeno, así que el dinero que se llevan los asaltantes es del público; por otra parte, el dinero que cuesta aumentar la vigilancia, que es lo que está pasando, lo paga también el público, parte a través del banco y parte a través del Gobierno.

A continuación hablaré del aumento de vigilancia.

Gracias a los adelantos modernos esta operación se ha convertido en algo muy variado y muy interesante. Por ejemplo, se colocan dos camaritas estratégicamente, para captar una impresión panorámica, en cada oficina bancaria, que funcionan de nueve a una, cinco veces por semana, y los sábados hasta las doce y media. Si juntamos lo que se graba en todas las sucursales así equipadas, durante un par de meses, tenemos la película más larga jamás filmada, y la más aburrida. Probablemente también la menos vista, porque cuando no hay asalto, lo más seguro es que el rollo pase de la cámara al bote de la basura.

Cuando hay asalto, en cambio, se revela la película captada la semana anterior y me la imagino proyectada durante cuarenta y dos horas consecutivas, en un saloncito con butacas muy cómodas en las que duermen los expertos. Por fin se distingue una figura diminuta: Una mujer con anteojos negros y velo, que ha sacado una carabina de la minifalda. ¡Es la culpable!

¿Qué hacer después? ¿Pedir que se dicte orden de aprehensión contra todas las mujeres que lleven anteojos negros y velo? ¿O contra las que porten carabina en la minifalda?

En vez de cámaras cinematográficas, otro banco que yo conozco, se ha inspirado en Julio Verne para defender sus intereses. En una sucursal hay un adminículo de metal que tiene forma de escafandra y que hubiera puesto al capitán Nemo a dar brincos de gusto.

Debo confesar que no sé para qué sirve. Al principio creí que era anuncio publicitario, pero ahora —francamente no sé por qué— he decidido que se trata de una medida de seguridad.

Nunca la he visto en acción, pero puedo imaginarme varias posibilidades. La primera parte es: la cajera asaltada recibe, en vez de volante o cheque, un papel que dice: "la tengo encañonada con una M16. Déme un millón de pesos". La cajera no se inmuta y empieza a contar el millón, pero al mismo tiempo, oprime, con el zapato, un botón secreto, que transmite una señal a la escafandra. Lo que ocurre después entra dentro de varias posibilidades: una es que la escafandra, que es automática, al recibir la señal cierra las puertas del banco y emite, al mismo tiempo, una cantidad tremenda de gas letárgico, de manera que personal, clientes y asaltantes queden profundamente dormidos hasta que llegue la policía —que ha recibido aviso de la escafandra— después vienen las averiguaciones. Para abrir boca, todos los clientes al bote.

También es posible que la escafandra sea un robot de *western* y al recibir la señal, saque dos pistolas del cinto y tenga un duelo con los asaltantes. También puede ser que adentro de la escafandra esté constantemente un policía aburridísimo, el cual, en caso de que la señal logre despertarlo, barrerá con una ráfaga de ametralladora, y sin salir del cubículo blindado, a todo bicho viviente que esté en la sucursal. Entre los cadáveres será fácil identificar a los asaltantes, por ser los únicos que llevan bigotes, narices y cejas postizas y además, M16.

Pero lo que a mí me da más miedo, no son ni las escafandras, ni los asaltantes, sino los policías recién reclutados, que están en las esquinas los días de quincena, "echando relajo", forcejeando unos con otros y jugando a "que te arrebato la carabina". (26-11-71)

Los números redondos
Sírvase usted pagar

Hace unos meses llamó a la puerta de mi casa un joven que acababa de bajarse de un Mustang. ¿Cuál no sería mi sorpresa cuando me informó que era empleado del Catastro y que venía a hacer un nuevo avalúo de mi casa?

Mientras él inspeccionaba la propiedad, yo lo seguía lanzando lamentaciones:

—La colonia parece decente, pero está llena de malvivientes. Esta casa se ve amplia, pero es en realidad muy chiquita. La construcción se ve firme, pero la verdad es que se está cayendo... —para terminar con la petición de rigor en estos casos—: Yo le suplico, maestro, que no vaya a poner en su informe que esta casa vale una millonada.

Él me habló con franqueza:

—El valor catastral, como todo lo demás, va para arriba. Nuestra costumbre es aumentar el valor con respecto al avalúo anterior, en una cantidad moderada, que no sea tan baja que provoque la sospecha del jefe del departamento, ni tan elevada que provoque la indignación del dueño, ¿está claro?

Dicho esto, se fue en su Mustang.

Al cabo de unos días llegó por correo el resultado del avalúo, que había sido realmente moderado y al que no había manera de ponerle pero. La tasa, en cambio, era espeluznante: el ochenta por ciento del valor del inmueble estaba sujeto a un impuesto ¡de nada menos que el 12.6 por ciento anual!

—De ahora en adelante —comentó un amigo que había recibido una notificación semejante— vamos a tener que pagarle renta al Gobierno, por vivir en nuestras propias casas.

La nueva disposición me daba un machetazo de trece mil pesos anuales.

Todos los propietarios del rumbo andaban con cara larga. Una familia, inclusive, empezó a empacar la marimba, para irse a la sierra a unirse con las guerrillas, o a formarlas, en caso de no encontrarlas ya hechas.

Una noche, caminando por una calle oscura, en la angustia de los trece mil pesos que iba a tener que sacar de no se sabía dónde, decidí que era imposible que los impuestos hubieran subido a tal grado sin provocar gran escándalo. Decidí leer la notificación fatal con todo cuidado. Fue una de las experiencias más tranquilizadoras que he tenido. La lectura minuciosa me permitió descubrir que la "o" que estaba después del signo de "%", no era nomás una errata de mecanografía, como parecía a primera vista, sino que la tasa aplicada era no del 12.6 por ciento, sino ¡al millar! Sentí como si me hubieran regalado trece mil pesos. Lo cual es evidentemente una falsedad, visto por los cuatro costados.

Pero esta anécdota, que no tiene valor más que como divertimento, la he contado nomás para hacer digerible un dato escueto que me interesa poner de manifiesto. Es el siguiente:

El valor catastral de una casa, que es un número completamente arbitrario —puesto que lo elige el valuador casi al azar— nunca está dado en números redondos, sino que es una cantidad fraccionaria, como por ejemplo: $134 634.82.

Esta clase de números tienen la virtud de producir en el que los lee la impresión de que el valuador ha tenido, para obtenerlos, que contar los ladrillos. Si, en cambio, el valuador dice:

—Esta casa vale ciento treinta y cinco mil pesos.

El jefe del Departamento, lo sospecha de holgazán y el propietario de la casa de abusivo.

La cifra "ciento treinta y cuatro mil seiscientos treinta y cuatro pesos con ochenta y dos centavos" tiene valor de encantamiento. Un encantamiento costoso, hay que admitirlo, porque cada vez que hay que multiplicarla por algo o dividirla entre algo se pierde el tiempo. Pero lo que se pierde en tiempo, se gana en sensación de exactitud.

•

Para calcular el impuesto anual que paga una finca se hace la siguiente operación: Se toma el valor catastral, se le saca el ochenta por ciento y a ese resultado se le saca el 12.6 al millar. Si nos fijamos bien, estas operaciones dan por resultado el 1.008 por ciento del valor catastral.

Sería muy sencillo eliminar el .008 y decir que el impuesto anual equivale al uno por ciento del valor catastral, con lo que se evitarían muchas horas de trabajo en la oficina de liquidaciones del Departamento Central. Pero la fracción y la complicación es lo que da un aspecto legal y de justicia inenarrable a la operación.

Lo mismo ocurre con las declaraciones del impuesto sobre la renta. Si, por ejemplo, el total de nuestras rentas cobradas durante el año excede a los $285 714.27 y es uno soltero, o está casado por separación de bienes, está uno en condiciones de llenar el cuadro número cuatro de la forma. De lo contrario, más vale abstenerse. (8-6-71)

Aventuras de la policía
Arriba las manos

En materia de popularidad la mayoría de las policías del mundo están de capa caída. Yo creo que hace mucho que nadie dice, ni en serio ni en ningún idioma, aquella frase antigua de:

—Hombre, si es usted inocente, no tiene nada que temer de la policía.

Ahora, los que hemos tenido suerte decimos:

—Hasta la fecha he tenido la fortuna —aquí conviene tocar madera— de no haber caído en manos de la policía.

No que no se sienta uno honorable, pero todos conocemos gente igual de honorable, o más, que se las ha visto negras en la Procuraduría.

—¿Sabe usted por qué la mayoría de los mexicanos trata, y generalmente logra, evadir impuestos? —me dijo un experto en la materia—, porque están en contra de la policía.

La policía, dice el razonamiento, es la manifestación más notoria de la autoridad; si el causante considera que funciona de manera indebida, se desquita no pagando.

Yo, francamente, confianza en la policía nunca la he tenido.

La primera vez que vi a un policía en actuación profesional iba yo caminando por la calle de Havre entre avenida Chapultepec y Marsella. Eran como las nueve de la noche. Lo primero fue un silbatazo, después, un hombre desarrapado corriendo; en tercer lugar, un policía gordo y chaparro —no sé si era reumático o si le pesaban los zapatos, pero evidentemente estaba quedándose atrás—. Sin dejar de pitar, ni detenerse, el policía abrió la funda, sacó la pistola y disparó al tiempo que cruzaba la calle de Havre. No sé si quiso disparar al aire, pero el fogonazo salió para arriba. La detonación fue muy fuerte, me sorprendió y me hizo dar un brinquito. Además del fogonazo y del tronido se vio salir del cañón de la pistola un chisporrotón. Después de todo esto, el policía salió de mi campo visual corriendo hacia la derecha.

Entonces me di cuenta de que la calle estaba llena de gente. Cuando el policía iba a la mitad de la cuadra, entre Havre y Nápoles, disparó un segundo tiro. Para esto, el perseguido se había perdido entre las sombras. Unos muchachos que estaban parados en la esquina de Havre, gritaron:

—¡Arriba el caco!

El siguiente episodio es breve. Estoy en Insurgentes. Está el alto. Hay un policía junto al semáforo. Una anciana está cruzando la calle en dirección a La Sagrada Familia. Un imbécil, manejando un auto a toda velocidad, se pasa el alto, atropella a la anciana y huye sin detenerse. Cuando llego junto a la atropellada, el policía —que no ha apuntado la placa del que huyó— le está diciendo:

—¿Pos para qué se cruza, señora?

Un día, unos amigos y yo colaboramos con la policía en la captura de un delincuente: íbamos por la calle de Lieja en un coche cuando vimos, en la entrada de una lonchería, a varios curiosos alrededor de un hombre que evidentemente había recibido un botellazo y tenía la cara ensangrentada. Casi simultáneamente oímos el silbatazo, vimos a un policía corriendo a media cuadra, y más lejos, apenas distinguible en la oscuridad, porque era de noche, un bulto que supusimos ser el delincuente.

Con uno de esos impulsos idiotas de los dieciocho años, el que iba manejando metió el acelerador y antes de que nos diéramos cuenta de lo que hacíamos, ya el coche estaba interceptando al fugitivo. Era una especie de ropavejero y traía un costal a cuestas. Él venía corriendo por Lieja, nosotros dimos vuelta en la Diana y él casi se estrelló con el coche.

—¡Déjenme ir, por su santa madre! —nos dijo.

En ese momento ya todos estábamos de su parte, pero era demasiado tarde. El policía estaba ya demasiado cerca.

Lo que pasó después nos hizo arrepentirnos de nuestra acción. Cuando el policía vio al fugitivo atrapado, y sintiéndose probablemente apoyado por nosotros, dio una garrotiza completamente superflua al ladrón. Después quería que lo lleváramos a la delegación. Nos negamos. Lo llevamos con el preso y el costal a la lonchería donde estaba el descalabrado.

Cuando nos quedamos solos, sintiéndonos culpables, descubrimos que del costal se habían salido varias cosas que estaban en el piso del coche. Eran muñecos de celuloide. Nos sentimos peor que antes.

La vergüenza nos impidió durante un tiempo la comprensión de que estábamos frente a un enigma tan oscuro que en veintisiete años no he podido resolverlo: ¿qué conexión puede haber entre unos muñecos de celuloide, un botellazo y una lonchería? (13-3-79)

Historia de una cartilla militar
El recomendado del general Tormenta

En busca de algo que me sirva para ilustrar este estudio que estoy haciendo sobre el tema "recomendados", doy vueltas en mi cuarto y encuentro, debajo de un sofá, abandonados, los cojines que hizo el tapicero recomendado, los planos que hizo el topógrafo recomendado, y un artefacto que yo hubiera querido que sirviera para fijar una ventana en tres posiciones diferentes, que hizo con muy buena voluntad el herrero recomendado.

Pero aquí conviene hacer una pausa y recapacitar. Por este camino vamos a llegar irremediablemente a la conclusión de que los recomendados forman parte de una clase social perfectamente definida o, peor todavía, pertenecen a un suborden del género humano, compuesto de individuos que tienen rasgos fácilmente reconocibles.

Esto sería un error garrafal. Meditemos un momento, seamos sinceros y reconozcamos que, unos más que otros, pero todos al fin y al cabo, hemos sido recomendados. Al que cuando va a Europa no le han dado una carta para que en caso de que le agarre muy fuerte el hambre le caiga a una tía olvidada que vive en París, lleva en la cartera, para que vean que no es un don Nadie, una tarjeta mugrosa y con las esquinas dobladas, que le dio el secretario de Agricultura del régimen pasado.

Hasta yo he sido recomendado. Voy a permitirme contar aquí cómo ocurrió esto.

Era yo más joven y más inocente. Una de mis posesiones más preciadas era una cartilla del Servicio Militar Nacional, que decía que yo había cumplido con mis obligaciones patrióticas. Era una época en la que era necesario que cada reservista se presentara cada año en la delegación que le correspondiera para resellar su cartilla. Yo me presenté un año, al siguiente no y al tercero, me perdieron mi cartilla. Sí, señor. Mi cartilla del Servicio Militar Nacional me la perdieron en la delegación. Bueno, pues me dio mucha tristeza y me prometí firmemente un día hacer el trámite para sacar otra cartilla nueva.

Pasaron los años. Un buen día, me dan una beca para ir a estudiar en el extranjero en condiciones fantásticas y yo no tengo cartilla y por consiguiente, no tengo pasaporte y no puedo salir del país. Resultado, que me presenté en la Secretaría de la Defensa a pedir un duplicado. Me mandaron al archivo, que estaba entonces a cargo de un general apellidado Tormenta, que me preguntó:

—¿De qué clase es usted?

—Mil novecientos veintiocho, mi general.

Volviéndose a tres soldados que estaban holgazaneando, ordenó:

—Que busquen el nombre de este soldado en el archivo de la clase 1928.

Y allí van los tres soldados sobre los archiveros. Estuvieron buscando tres horas y media. Sacaron los cajones de los armarios y las tarjetas de los cajones, leyeron todas las tarjetas, de la A a la Z y no encontraron mi nombre.

Cuando ya el piso de la oficina estaba cubierto de papeles, el general Tormenta me preguntó:

—¿En qué corporación hizo usted su servicio?

Le expliqué que yo no había estado en ninguna corporación, que mi servicio había consistido en ir a marchar los domingos detrás del Monumento a la Madre. Al oír esto, el general Tormenta se puso color vino. Me comunicó echando espumarajos, que los expedientes de los que no habíamos salido agraciados con un año en cuarteles se habían quemado desde hacía mucho tiempo.

—Si quiere usted duplicado —rugió—, preséntese en la Guarnición de la Plaza y dígale al capitán Centella que digo yo que le apliquen el 45.

Salí de la Defensa con la boca amarga, tomé un pesero que me dejó en Palacio, llegué a la Guarnición de la Plaza, me acerqué a un teniente que estaba en un escritorio y le dije las palabras mágicas:

—Vengo de parte del general Tormenta y necesito hablar con el capitán Centella.

El teniente se puso en pie de un brinco y salió de la oficina apresuradamente. Al rato se oyeron voces de:

—Que pase el recomendado del general Tormenta.

Pasé al despacho del capitán Centella antes que las cinco personas que estaban sentadas haciendo antesala. Expliqué al titular mi situación como sigue:

—Dice el general Tormenta que a ver qué es lo que puede usted hacer por mí.

Me atendieron con mucha amabilidad, y me dieron el duplicado en diez minutos. Sin embargo, a pesar de que yo no había mencionado el artículo 45, ése fue el que me aplicaron. Consiste en poner en la cartilla un letrero que dice: "Este soldado fue negligente en el cumplimiento de su deber".

Como puede verse, eso de ser recomendado tiene ventajas, pero también tiene limitaciones. (12-12-72)

Caos fingido
Personal sádico de tierra

Una vez regresábamos mi mujer y yo a México después de pasar una temporada en un pueblo de California, en donde la vida había sido aburrida, pero ordenada. Cruzamos la frontera en Nogales y allí tuvimos un trauma cultural. Cuando llegamos a la estación encontramos un cuadro que parecía perfecto. En el andén el tren estaba formado, para llegar al andén había que pasar por la aduana, la aduana estaba abierta, el personal en su puesto, faltaba una hora para que saliera el tren y éramos los únicos pasajeros. ¿Muy fácil parecía? Pues la aduana estaría abierta y el personal en su puesto pero no nos atendieron hasta que se juntaron treinta y cinco familias cargadas de bultos en los que la ropa sucia trataba de disimular los televisores.

Cuando por fin pasamos la aduana y llegamos al andén, descubrimos que el tren estaba formado, pero cerrado. La empresa, sin avisarle a nadie, había cambiado el horario, y el tren iba a salir, a partir de aquel día, en vez de a las cinco y media —digamos— a las siete y media.

Cuando por fin el tren arrancó, estábamos convencidos de que la máquina se iba a descomponer de un momento a otro. Afortunadamente no fue así, y nos llevó hasta Guadalajara sin contratiempo.

Esta habilidad para producir en la víctima la sensación de caos es una característica que tienen —y de la que disfrutan— cierta clase de mexicanos. Por un lado me irrita y por otro me parece admirable. Se presenta de manera notable en el personal de tierra de varias líneas aéreas nacionales.

—Quiero tres boletos a Mérida para el vuelo de las 3:30 —le dije a un señor que estaba detrás de un mostrador, que decía "reservaciones, boletos".

Empezó a picar las teclas de la computadora.

—¿Para el vuelo de las 3:30? —me preguntó.

—Sí, para el vuelo de las 3:30.

Él sacó las formas, hizo los boletos, nos dijo cuánto era, le pagamos, metió los boletos en una carterita, nos los entregó, guardamos los boletos y nos fuimos al bar a tomar una copa. Fue en el bar donde nos dimos cuenta de que el hombre había apuntado muy pocas cosas en los boletos: la hora, la fecha de salida y el número de vuelo estaban "abiertos".

En el mostrador de la línea la gente se arremolinaba. Detrás del mostrador había tres empleados. Dos de ellos estaban absortos en la contemplación de unos documentos que evidentemente los dejaban perplejos. Como si no hubieran tenido ni oídos ni ojos para los setenta y tantos que nos acercábamos a ellos, a empujones —no hubo manera de formar cola porque cuando los pasajeros se formaban, el dependiente atendía al tercero en la fila—, gritándoles "Óigame".

El tercer empleado sí habló. Dijo:

—Al ratito.

El problema era muy sencillo: el avión no sólo va a Mérida, sino también a La Habana. Entonces, si a última hora llega mucha gente que va a La Habana, los que van a Mérida se quedan para el siguiente vuelo. Pero en vez de advertirnos esta cosa tan sencilla, los empleados prefirieron crear un pequeño caos. Cuando se sube uno en el avión queda asombrado de que el personal de cabina, que es competente, sea de la misma compañía que los empleados del mostrador.

En Villahermosa, de regreso, otro caos. Llega uno a Villahermosa a las siete y media y quiere irse a Palenque inmediatamente, pero no sin antes comprar los boletos para el vuelo a México del día siguiente. Parece relativamente sencillo, ¿verdad? No lo es. En el aeropuerto no se venden boletos más que media hora antes de que salga el avión. La oficina del centro cierra a las siete. No se aceptan reservaciones por teléfono.

Nos fuimos sin boletos a Palenque y al día siguiente regresamos a Villahermosa y fuimos al aeropuerto. El avión estaba completo. Nos apuntaron con los números diez, once y doce en la lista de espera.

El empleado del mostrador era muy listo, gran jugador de póquer: cualquiera que lo viera hubiera jurado que no sabía ni cuántas personas habían salido en el avión de Mérida, ni cuántas habían dejado de confirmar el vuelo en Villahermosa. Mantuvo el suspenso hasta el final. Lo único que delata que tenía más conocimiento del que pretendía, es que cerró la lista de espera al llegar al número 28. Todos los que estábamos apuntados alcanzamos boleto y no sobró ningún lugar. (12-3-76)

¿La última curva?
En defensa del tren

Los ferrocarriles nacionales tienen varios enemigos: el Gobierno, la administración, el sindicato y el público.

Si los ferrocarriles estuvieran todavía en manos de una compañía inglesa, los días transcurridos desde el último accidente hubieran sido la ocasión ideal para que el Gobierno anunciara:

—No nos queda más remedio que nacionalizarlos.

Como desgraciadamente, este recurso ya no queda, las únicas alternativas posibles son o "rehabilitarlos" otra vez, o borrarlos del mapa.

Digo que el Gobierno —todos los gobiernos, desde que los ferrocarriles fueron nacionalizados— es enemigo de los ferrocarriles, porque en ellos nunca ha visto un medio de transporte digno, útil, necesario y de gran futuro, sino una reliquia engorrosa de las primeras luchas de México por convertirse en un país económicamente autónomo. Son gloriosos, pero no sirven para nada. Es como si un país hubiera heredado, como gloria nacional, a Sarah Bernhardt de ochenta años, con una sola pierna y empeñada en hacer el papel de Hamlet.

Por eso el Gobierno rehabilita los ferrocarriles a cada rato. Invierte dinero en ellos no con esperanza de componerlos, sino más bien de que no se mueran. En consecuencia, lo que se ha obtenido a través de tantas rehabilitaciones es un sistema ferroviario que hubiera bastado para satisfacer las necesidades de México en 1930.

Desde la nacionalización de los ferrocarriles, la doctrina gubernamental en materia de transporte ha sido constante y puede resumirse en la siguiente frase: "nosotros ponemos la carretera, ustedes el coche y después cada quien se rasca con sus uñas".

Las administraciones de Ferrocarriles han tenido a su cargo una tarea imposible y bastante desagradable: la de conservar la vida de un moribundo, pero sin llegar al extremo de que se recupere por completo. Algunas administraciones se han excedido en el cumplimiento de su deber, como aquella que adquirió las locomotoras más caras del mundo. El personal de Ferrocarriles, por su parte, tiene características inconfundibles y bastante admirables. No sé si hay todavía quien se acuerde de que los ferrocarriles son una conquista del proletariado, pero estoy seguro de que muchos empleados tienen la firme convicción de que el vagón de primera ha sido enganchado al tren con el objeto de que haya un asiento cómodo en el cual se siente el auditor a hacer cuentas y a perforar papelitos. Cuando uno de los garroteros encuentra a un pasajero en el pasillo, lo mira como a quien está de más y va de gorra.

En comparación con estas enemistades, la del público hacia los ferrocarriles es perfectamente justificada. Aparte de los accidentes grandes, que ocurren con relativa frecuencia —siete máquinas chocan en un patio de maniobras, varios furgones estallan, un tren descarrila y se mueren doscientos, etc.— están los pequeños trastornos, que no salen en los periódicos pero que oímos narrados por viajeros infortunados. Cosas como éstas:

—Íbamos a la mitad del desierto de Sonora cuando se descompuso la máquina y se rompió el clima artificial. Como no se podían abrir las ventanillas tuvimos que irnos a la plataforma a boquear como pescados.

—Me subí en el tren en Irapuato, a las diez de la noche. Me acosté en la litera y me dormí muy tranquilo. Cuando desperté, me di cuenta de que ya había amanecido. Levanté la cortina para ver dónde estábamos. Estábamos en Irapuato.

—Durante muchos años quise hacer en tren el viaje a Guadalajara, a donde voy con frecuencia por negocios, en avión. En teoría es muy cómodo. Tomas el tren, cenas, platicas un rato, te acuestas, duermes como en tu casa y a las nueve de la mañana estás llegando a Guadalajara, listo para despachar tus asuntos. Pues bien, una noche, me decidí y me fui en tren. Se descarriló antes de llegar a San Juan del Río. Nada serio, pero a las nueve de la mañana estábamos todavía en el mismo lugar. Entré en el carro comedor a desayunar. Estaba partiendo los hot cakes cuando trajeron una grúa que sin avisarnos empezó a levantar el vagón. Se me cayó encima el café y la miel. Llegué a Guadalajara en taxi.

En ningún sistema de transporte ocurren contratiempos con tanta frecuencia. Por eso la gente dice:

—Si vas en tren, sal un día antes.

Todo lo anterior podría hacer pensar que lo que realmente pasa es que el tren, como medio de transporte, es algo que pasó a la historia y que ha sido sustituido con ventaja por el coche y el avión. Pues nada de eso. En esta época de contaminación del ambiente y de aglomeración en las carreteras, el tren es el transporte del futuro. Las pruebas de lo anterior son varias y muy claras: el sistema de trenes rápidos que acaba de inaugurarse en San Francisco, una de las regiones de mayor densidad automotriz que hay en el mundo; otra prueba es la exposición de "Transporte Total" que se hizo en el aeropuerto Dulles de Washington, en la que se puso en evidencia que fabricantes de coches y de aviones —GM y Grumann— están ahora fabricando trenes urbanos e interurbanos; otra más, que los mismos ingenieros aeronáuticos que diseñaron el VC10 —un avión inglés— son los que diseñaron un nuevo tipo de suspensión y de rueda, que permite alcanzar velocidades de hasta 180 km por hora sobre rieles normales. Esta patente ya está siendo empleada por la empresa norteamericana encargada de fabricar los nuevos trenes que harán el servicio Nueva York-Washington, etcétera.

Todo esto demuestra que los trenes no son un cadáver. Si los de aquí están moribundos, es por descuido. Ahora que están clamando por tecnología mexicana, es el momento de olvidar las reliquias y hacer algo en este respecto. (10-10-72)

Apología del tren
¿Volverán los caballos de fierro?

A mí el tren me dejó marcado más profundamente que ningún otro medio de transporte. La sensación de misterio y de aventura que me produjo el primer viaje en tren no tiene paralelo en mis experiencias en autobuses, aviones o barcos. Del tren todo me fascinó, desde el boleto, escrito con letra ilegible, hasta el oficio de los garroteros —hombres que van de un lado a otro con lámparas encendidas en pleno día— pasando por las tarjetitas de significado oculto, uso desconocido y utilidad dudosa, que deja el auditor en un ganchito que hay exprofeso encima de cada asiento.

La primera noticia del pullman la tuve de boca de mi primo Paco Rubio:

—Aprietas un botón y aparece un negro —me dijo.

Cuando me tocó el turno de viajar en pullman no había negros, ni me atreví a tocar el timbre. En cambio, quedé deslumbrado por el rito de en la mañana. Hice cola para lavarme entre señores en camiseta. Tenía uno que estar muy atento para no meter la pata. Cada uno se rasuraba, se lavaba y después enjuagaba el lavabo y lo secaba minuciosamente con una servilleta de papel, hasta no dejar rastro del uso —esta costumbre ha desaparecido: actualmente, el que no deja un pelo, deja el jabón embarrado—. Quedé convertido al trenismo.

En el viaje que hice en Europa en 1947 el tren fue no sólo el medio de transporte, sino la fuente de recuerdos indelebles. Sobre todo en Italia. Alguien, sospecho que los franceses, se había llevado la mayor parte del material rodante —por concepto de reparaciones de guerra—. Un vagón de segunda decía: *"Vale per prima"*, y uno de tercera, *"vale per siconda"*. Los que viajábamos en tercera, que éramos todos los pasajeros, nos acomodábamos en los furgones de carga que estaban cerca de la máquina —las máquinas quemaban carbón y lo dejaban a uno negro—. Entre Génova y Roma tardamos dieciséis horas y vimos a nuestros compañeros de viaje desatar los bultos que llevaban en la mano y comer pescado frito, tres veces, hasta que no quedaron más que las espinas. En Venecia llegamos a la estación y nos dimos cuenta que los demás pasajeros habían llegado más temprano. El tren estaba tan lleno que había lugar para nosotros, pero no para nuestras mochilas, que tuvimos que colgar debajo del furgón, entre las ruedas. Alguien se cayó del tren saliendo de Padua —*Ha avvuto un accidente*, nos explicaron— y cuando el tren se paró hora y media a medio llano y a la medianoche, alguien que estaba en el techo de uno de los furgones cantó *Oh, sole mio*. No repetiría ese viaje por gusto, pero me alegro de haberlo hecho.

En las estaciones veíamos los vagones de la Compagnie Internationale des Wagons-Lits, con compartimentos de caoba en los que unos plutócratas en camisón se acomodaban para dormir. Tanto me impresionaron estos vagones, que veintitantos años después me empeñé en viajar en uno de ellos. Fue una gran decepción, porque son incomodísimos.

Durante muchos años ser partidario del tren en América fue como empeñarse en viajar a lomo de dinosaurio.

Después de una temporada en Santa Cruz, California, mi mujer y yo decidimos regresar a México en tren. Cuando fui á la estación, me di cuenta, con cierta inquietud, que los boletos que me vendieron eran los primeros que se expedían desde 1952. Como que el tren de pasajeros no pasaba por Santa Cruz. Nuestro gran viaje en tren empezó en un camión Greyhound. En Salinas abordamos el tren de Los Ángeles. Los que iban allí sentados parecían sacados del museo de cera.

Afortunadamente para los partidarios del tren, la crisis petrolera está destinada a revivir los ferrocarriles. Por lo pronto, en Inglaterra, gran parte del dinero que iba a ser empleado en construir supercarreteras se va a invertir en ferrocarriles. Tarde o temprano llegará el turno a nuestros trenes. ¿Será posible que algún día la empresa llegue a convencerse que la organización que administra es un servicio necesario y no un cadáver? ¿Llegarán los ferrocarrileros algún día a comprender que los trenes tienen otra función que la de alimentar a los miembros del sindicato? Misterio. (18-12-78)

V

LA LUCHA POR APRENDER

¿Más escuelas?
Confabulación diabólica

Cada año todos los países de la América Latina gastan en educación entre una y dos quintas partes de su presupuesto oficial. Además de eso, sus respectivos gobiernos están muy satisfechos y se lo andan contando a todo el mundo, como ejemplo patente de su desinterés en la carrera armamentista.

Asistir a una escuela no es una obligación, es un derecho. Cada año la gente hace colas larguísimas y se da de golpes con tal de inscribir a sus hijos en una escuela. Cada año se construyen nuevas escuelas, y cada año también, hay más niños que se quedan sin escuela. La gente que nunca ha ido a una escuela, vive convencida de que esa es la única razón de su fracaso. La que ha ido a la escuela, en cambio, cree que fracasó porque no aprovechó la enseñanza. El caso es que la escuela es un elemento fundamental en las frustraciones de toda la gente.

Esto, en lo que se refiere a la educación elemental; en lo que se refiere a la superior, la cosa es todavía más extraña: cada año se inventan nuevas carreras o apéndices a las ya implantadas en forma de maestrías, doctorados, especialidades, etcétera.

En este campo, como en casi todas las aberraciones, los Estados Unidos van a la cabeza. En ese país ya se descubrió que todo se puede enseñar y que todo se puede aprender… ¡En una escuela! Se imparten clases de "vida creativa". Se dan cursos de "relaciones personales", de "apreciación de obras de arte", de "euritmia", que es el arte de moverse armónicamente, etc. El resultado de todo esto es que la edad escolar va desde los cuatro hasta los setenta y cinco años, y, si se descuida uno, pasa uno de la escuela a la tumba.

Para mí, todo esto es inexplicable. ¿Por qué quiere la gente ir a la escuela? ¿Por qué cree que va a aprender algo en esos antros?

Mi experiencia personal me indica que las cosas son muy diferentes. Por ejemplo, me pasé dieciocho años sentado en una papelera, y sin embargo, el noventa por ciento de los conocimientos que aplico constantemente los he adquirido fuera de la escuela. Me ha servido mucho haber aprendido a leer y escribir, pero eso me lo enseñaron en los primeros seis meses que pasé en la escuela.

Sumar, restar, multiplicar y dividir son operaciones que hago con mucha cautela y gran dificultad. Cualquier dependiente de miscelánea me gana. En cambio, no sé distinguir una planta dicotiledónea, y si lo supiera, no me serviría de nada. Recuerdo que a Tenochtitlán se entraba por cuatro calzadas, pero no cuáles eran, ni sabría decir dónde estaban. ¿De qué me sirve saber cuál es el tarso, cuál el metatarso y cuáles los dedos?

En la Escuela de Ingeniería me pasé un año entero estudiando afanosamente geometría descriptiva, que es una materia a la que todavía no se ha encontrado aplicación práctica.

Pero no se me malinterprete, no quiero decir que los conocimientos no sirvan de nada, lo que quiero decir es que la escuela es el lugar más inapropiado para adquirirlos.

Creo que las condiciones fundamentales del aprendizaje son la voluntad de aprender del sujeto y la posibilidad real de aplicar el conocimiento. No puede uno sentarse todos los días seis horas en una silla incómoda sólo porque en la casa se arma un borlote si reprueba uno el año, para al cabo de doce o quince empezar a aprender lo que realmente hace falta. Es un derroche de tiempo y de dinero que nadie tiene por qué permitirse.

Pero creo que lo que pasa es que el sistema escolar es una confabulación diabólica, de la que los alumnos son las principales víctimas, y los contribuyentes las segundas.

Los padres de familia tienen necesidad urgente de deshacerse de sus hijos un determinado número de horas cada día, mientras éstos tienen edades que varían entre los cuatro y los quince años. Los maestros, por su parte, que tienen que ganarse la vida, se ven obligados a hacer algo en esa enorme cantidad de horas. Se hacen cosas tremendas.

Se explica, por ejemplo, el *Quijote*. De tal manera que, después de la explicación pocos son los valientes que se atreven a leerlo. Se da un curso de Historia Universal, en el que se conceden quince minutos y un párrafo, a la Guerra de los Treinta Años. Yo pasé por un curso de literatura española en la que no abrimos más libros que el texto, que eran los datos biográficos y bibliográficos de ciento cincuenta autores. La ficha que aprendíamos un día se nos olvidaba al siguiente.

Un tema tan apasionante como es la historia de México en el periodo que va entre la consumación de la Independencia y el principio del porfiriato, fue convertido en un soponcio que duró un año, por un maestro cuyo nombre no voy a mencionar, pero que es figura política, que llegaba con un cuarto de hora de retraso, se sentaba, bostezaba y empezaba a hablar con el sonsonete que le era característico, y nos reclamaba:

—¡Claro, comen como boas y como náufragos y luego se están durmiendo!

No sólo hizo pedazos la materia, sino parte de mi vida.

Pero a los doce años de estudio, no se puede soltar el arpa. Hay que terminar la carrera. Por eso está el mundo rebosante de profesionistas inútiles. Son los que creyeron que con ir a la escuela bastaba. (9-12-69)

Un examen somero
Textos gratuitos

Hace algunas semanas, y con motivo de una pequeña polémica sobre un asunto en el que me cuesta trabajo tomar partido (el calendario escolar), hice una referencia a los libros de texto que se usan actualmente en las escuelas. A los dos días de publicado el artículo que contenía dicha referencia recibí en mi casa dos bultos y una atenta carta de la directora general de Divulgación de la Secretaría de Educación Pública, que decía:

"Envío a usted, como obsequio de la Secretaría, una colección del Libro de Texto Gratuito, y otra del método *Aprender Haciendo*. Ojalá que en alguno de sus magníficos artículos pueda dar su valiosa opinión sobre estos textos."

A mí todo esto me da mucho agradecimiento, los libros, la carta, los conceptos bondadosos expresados en ella, el interés en conocer mi opinión, etcétera. Pero en vez de saltar sobre los libros, ponerme a leerlos, tomar notas, sacar conclusiones y escribir artículos sobre éstas, me he puesto a cavilar.

Supongamos que yo, que no he estudiado Pedagogía ni he dado clase en primaria examino los textos, los encuentro defectuosos y lo digo en un artículo. ¿Qué pasa? Si a los historiadores les dijeron "turistas" porque no estaban de acuerdo con los textos, ¿qué me van a decir de mí? O, mejor dicho, ¿qué no me van a decir?

Ahora supongamos que después de seis meses de examinar textos me encuentro con una serie de errores garrafales en ellos y los denuncio, ¿qué esperanzas hay de que se modifiquen esos textos? ¿Y cuánto dinero cuesta modificarlos? Este es el problema de producir libros en esta escala. Más nos vale que sean infalibles, porque tienden a ser inmutables.

Pero esto no es más que una divagación tan gratuita como los textos, porque yo, francamente, no tengo tiempo para entrar en un estudio detenido de éstos y mal haría en meterme en tales honduras en un asunto que no es de mi especialidad.

Lo que sí puedo hacer en mi calidad de observador desinteresado y profano, y puesto que me están pidiendo mi opinión, es decir, las impresiones que he recibido a partir de un examen superficial de los textos en cuestión.

Nadie puede decir que los textos estén mal impresos. La letra es clara y las ilustraciones no sólo son abundantes, sino de buena calidad. Sin embargo, físicamente tienen un defecto que me parece de importancia capital.

Al examinar mis experiencias personales en este respecto creo recordar claramente, y sin temor a equivocarme, que el interés en el estudio y la idea de progreso escolar estaba íntimamente ligada a la apariencia exterior de los textos. Al final de un año se dejaban a un lado, con gran satisfacción, los libros viejos; y al principio del siguiente se abrían, con gran interés, los nuevos, que eran diferentes: en el formato, la pasta, etcétera. Recorrer la primaria era pasar de estudiar en libros para niños a estudiar en libros para adultos.

A los de mi generación nos hubiera parecido espantosamente aburrido pasarnos seis años frente a textos que hubieran tenido la misma portada. Portada que es, en mi opinión, feísima. Una mujer vestida de blanco, con una bandera en la mano y cara de aburrida, no se da cuenta de lo que ocurre a su espalda, en donde una serpiente de plástico está siendo devorada por un águila monstruosa.

Me dirán que el interés de los niños en formatos diferentes es un prejuicio del pasado. Probablemente y más les vale, porque ahora todos los libros son iguales. Que sale más barato hacer todo parejo. Desde luego. Que así es la pintura mexicana. También de acuerdo, desgraciadamente.

En cuanto a lo de adentro, debo decir que noto, con no poca sorpresa, que se siguen los mismos procedimientos que se seguían en mi época, que consisten en dar al alumno un panorama general y plano del mundo, tan lleno de datos que se olvida inmediatamente. Por ejemplo:

"...Los principales jefes de la Revolución Francesa fueron: Mirabeau, Danton, Marat y Robespierre."

No se sabe en qué estaban de acuerdo y en qué en desacuerdo. Ni se sabe cómo murieron, ni quién mató a quién. Eso que se los enseñen en la secundaria. Mientras tanto, apréndanse los nombres, den la clase, y olvídenlos inmediatamente.

Siguiendo este examen superficial, encuentro en otra parte del libro de Historia de sexto año lo siguiente: "Todos sentimos ahora como nuestros los descubrimientos físicos y matemáticos del alemán-estadunidense Einstein, la pintura del español Picasso o del mexicano Orozco, la poesía del indio Tagore, la música del ruso Stravinski, y así todo lo demás".

Pero "sentir como nuestro" algo que evidentemente no es nuestro y que además, lo más probable es que no conozcamos, ni entendamos, es una emoción simplemente subjetiva y, hasta cierto punto, poco recomendable.

¿Por qué entra como dato en un libro de texto?

Claro que el maestro sirve para aclarar dudas.

—¿Cuál es Picasso, maestro?

—Ése que pinta monas con tres ojos. (20-3-70)

La situación escolar
Memorial de un alumno

La situación escolar está peor cada día. En eso, según parece, casi todos estamos de acuerdo. Para algunos, el problema consiste en que la demanda de educación ha crecido de una manera que es imposible de satisfacer; para otros, lo que ha pasado es que los estudiantes han perdido la fe en sus maestros y se han vuelto revoltosos; para otros más, la crisis ha sido causada porque la gente ha llegado a convencerse de que el que no tiene un título colgado de la pared está corriendo el riesgo de acabar en empleado de Servicio de Limpia; esto hace que las escuelas y las universidades no sean más que campos de concentración en los que los jóvenes pasan entre catorce y dieciocho años de su vida con la esperanza de lograr al final, un papel que los defienda de los embates de la fortuna y los ponga en condiciones de competir.

Tanta preocupación ha causado el problema, que ya están apareciendo soluciones. Una de ellas, la más drástica, es la china. Allí llegaron a la conclusión de que como no había empleos ni suficientes ni adecuados para los profesionistas que estaban produciendo las universidades, lo mejor era cerrarlas por un tiempo. Ahora ya las volvieron a abrir, y parece que la capacidad de admisión de alumnos de nuevo ingreso en toda China es la décima parte de la que tiene la Universidad de México. Otra solución que ha sido propuesta consiste en abolir por completo las escuelas y dedicar los fondos que antes se invertían en este concepto en formar bibliotecas y salones de conferencias a los que puedan asistir los que realmente estén interesados en aprender cosas, sin obtener por ello ningún título.

Una de las peculiaridades que tiene este problema es que mucha gente lo considera novedoso. Como si algo hubiera pasado en el mundo en los últimos diez años que hubiera echado a perder las universidades, los maestros y los alumnos.

En realidad yo creo que la situación ha sido la misma desde el momento en que se descubrió que aplicando las leyes de Newton se puede calcular una viga, ahorrarle con eso mil pesos a un cliente y cobrarle doscientos por el servicio. Lo que hace la gente en las escuelas no es buscar conocimientos, sino procurar no morirse de hambre.

Y hacen bien, porque los conocimientos que adquiere uno en la escuela son mínimos. La verdad de esta afirmación la puede comprobar cualquiera, haciendo memoria. Trasladémonos con el pensamiento a un año cualquiera de nuestro aprendizaje y veremos que los recuerdos que se nos vienen encima son, aparte de deprimentes, muy divertidos.

Por ejemplo, el primero de secundaria. Uno de los rasgos fundamentales de este grado para mí, fue la aparición en mi vida del maestro Raspita (de Aritmética), conocido por los alumnos de tercer año como la Cachimba. A la colaboración entre Raspita y yo se debe que yo nunca haya podido aprender a sacar raíz cuadrada o raíz cúbica de un número. Esta deficiencia, que yo consideraba una desgracia, me persiguió hasta la Escuela de Ingeniería, en donde descubrí con satisfacción, que el setenta por ciento de *los maestros* compartía mi incapacidad y la remediaba usando la regla de cálculo, que para eso es.

Aparte de no enseñarme a sacar raíces, Raspita dejó en mi memoria, muy bien grabadas, dos palabras que nunca había oído antes de conocerlo y que no he tenido necesidad de usar después: "momio" y "guarismo", por número.

En primero de secundaria también, me daba clase un señor chaparro, que tenía un traje negro, portafolios y los pelos en forma de aureola. La influencia que este hombre ejerció en mi vida es tan leve que no recuerdo ni siquiera qué materia enseñaba. Se apellidaba Moreno.

Otro maestro famoso era el de Cosmografía. Era blasfemo. Nos escandalizó el día en que anunció que la Biblia estaba equivocada, porque en la Tierra no había agua suficiente para producir el Diluvio. Pero aparte de blasfemo era astrónomo y ahora comprendo que sabía expresarse, porque me inculcó la idea de que la Tierra no es más que un cuerpo minúsculo perdido en la nada, que forma parte de un sistema que se va ensanchando, como partículas expulsadas centrífugamente por causa de una explosión. Era más de lo que yo estaba capacitado para aprender. Pasé varios años convencido de que la vida no vale nada.

El profesor de Botánica nos producía un terror completamente irracional, porque era muy buena persona. No logró, en su exposición, conectar lo que estaba enseñando con la realidad. Prueba de esto es que nunca en mi vida he tomado algo entre mis manos y dicho:

—Esto es dicotiledóneo. (30-3-71)

La lucha por aprender
Lo mucho que no supimos

Cuando trato de recordar el proceso de mi aprendizaje escolar, uno de los puntos más misteriosos es por qué aquellos personajes que se subían en el estrado habían elegido la carrera de profesores. ¿Habrán estado muertos de hambre? ¿Encontrarían algún placer en pasar parte del día frente a cincuenta muchachos aburridos, en el mejor de los casos, o amotinados, en el peor?

Uno de los profesores que recuerdo con mayor precisión era "la Coqueta". Daba clase de Historia Universal. Era un tirano. Se sentaba en el borde del escritorio y apuntaba con el dedo al alumno que había elegido para víctima.

—Háblame de la Guerra de los Treinta Años —el otro empezaba a tartamudear—. Espera. Ruiz, nota mala. Sigue... Espera. Aguilar, fuera del salón. Sigue... Falso. Sigue... Falso. Sigue... Tiene cero. Siguiente.

Cuando se enfadaba decía: "¡Ay, qué fastidio!"

A pesar de que estudié su materia con gran cuidado y saqué diez al final del año, todo lo que recordaba de la Guerra de los Treinta Años al recibir la boleta es que había durado treinta años. En cambio, recordaba con gran claridad lo que el libro de texto decía sobre México, porque esto no lo vimos en clase, sino que lo leí en mis ratos de ocio. Hasta la fecha, treinta años después, todavía puedo repetirlo. Era un párrafo en letra pequeña que, en media página, abarcaba desde la Colonia hasta el Porfiriato. Decía así: "La mezcla de español e indígena produjo en México una raza nueva que se ha distinguido por sus virtudes guerreras y por el aborrecimiento que le inspira todo lo europeo. En 1810 el cura Miguel Hidalgo inició una guerra para expulsar a los españoles, intento que se vio coronado por el éxito en 1821..." y así seguía hasta Pancho Villa.

Una de las materias que, por alguna razón misteriosa, nos interesaban más en los años de secundaria y preparatoria, era la Química. Teníamos un libro muy gordo con dibujos y esquemas, que tenía textos como el siguiente: "Propiedades: es un líquido viscoso de olor repulsivo que puesto sobre la piel produce escoriaciones. Es muy venenoso. Manera de obtenerlo..."

Las prácticas de laboratorio eran siempre un desastre. El maestro, que era un señor sin barbilla, tenía una mesa de experimentos más elevada que las nuestras. Allí iba mezclando sustancias en una serie de probetas, hasta obtener en cada una de ellas un producto de un color característico y sorprendente. A continuación, nosotros repetíamos las mismas operaciones que acababa de efectuar el maestro y al final obteníamos en todas las probetas algo parecido al lodo.

Otra materia notable era la Física. Al llegar al capítulo referente a la electricidad, el maestro cerró la boca, y se pasó seis meses dibujando en el pizarrón diagramas de aparatos embobinados cuyo uso nadie llegó a comprender. Nos concretábamos a copiar los diagramas en nuestros cuadernos. Mientras hacíamos esto, en la mente de cada uno de nosotros había la siguiente idea: "En este momento no entiendo lo que estoy haciendo, pero un día, con calma, me voy a sentar frente a este cuaderno y todo va a quedar clarísimo". En mi caso, cuando menos, esto nunca llegó a ocurrir.

Otras materias, como por ejemplo, las etimologías, que no tenían ningún interés y que evidentemente no tenían tampoco ni importancia ni aplicación práctica, se dificultaban porque el maestro que las enseñaba era un ogro.

—Ustedes son unos masticadores de carroña —nos decía el profesor Baldas.

Tenía unas narizotas y el convencimiento de que había vivido heroicamente.

—Tres veces me formaron cuadro. Tres veces he estado frente al pelotón de fusilamiento.

Desgraciadamente no llegó a ser ejecutado y vivió para hacerme pasar setenta de las horas más soporíferas de mi vida. Nunca supimos cuál era la causa de que tres veces hubiera estado a punto de ser fusilado, ni tampoco llegamos a saber qué intervención inesperada o qué cambio de fortuna le salvó la vida tres veces. Estas dos materias hubieran sido más interesantes que la que él enseñaba.

Otras horas detestables eran las que pasábamos con el Moscardón, que en paz descanse. No sé por qué daba clase, porque nos detestaba tanto como nosotros a él. Llegaba siempre retrasado, a las tres y cuarto de la tarde, ponía el portafolios sobre la mesa, cruzaba las manos sobre él y bostezaba antes de decir:

—Comen como boas y como náufragos y luego vienen a dormirse en clase.

Logró lo increíble: hacer aburrido un curso de "México Independiente".

Por último, quiero recordar un maestro de Inglés que ahora es importante diplomático. Nos enseñó una sola palabra. Tanto trabajo le costó enseñárnosla, que lo bautizamos con ella: "El Porsiú", le decíamos. Por más que he buscado en los diccionarios o interrogado a ingleses sobre cuál es el significado y la aplicación de esa palabra, no he podido descubrirlo. Pero puedo jurar que él la decía. "Never porsiú."
(16-4-71)

Déficit educativo
No hagan aulas

Al actual ritmo de construcción de escuelas, se necesitarán diez años para compensar el déficit de 42 000 aulas que hay en el país, declaró la semana pasada el licenciado Carlos Campuzano Oñate, subgerente del Comité Administrador del Programa Federal de Construcción de Escuelas.

Todo parece indicar que en los diez años que llevará compensar el déficit actual se habrá creado otro déficit todavía mayor. Es decir, que todos los esfuerzos que se hacen en este sentido no sólo no son suficientes para resolver el problema, sino que ni siquiera impiden que se vuelva más grave.

Esto, junto con el sopor por el que atraviesan las inversiones y la encefalitis, fueron los tres desastres nacionales de que nos tocó enterarnos la semana pasada.

Con respecto al problema de la educación en México conviene decir lo siguiente: la falta de aulas no es más que una de tantas cabezas de la hidra, y la que aparece con más frecuencia. O, mejor dicho, la única que aparece. En efecto, con cierta regularidad nos enteramos de que se han construido tantas más cuantas aulas, que se van a construir tantas más cuantas otras, o bien, que hay tantos más cuantos niños sin aulas. Es menos frecuente que se den a conocer estadísticas referentes a los otros aspectos del problema educativo: el déficit en el número de maestros, el grado de preparación de los mismos, las faltas de asistencia de maestros y alumnos, la utilidad de los textos, el aprovechamiento en clase, la exactitud de las calificaciones, etcétera.

La razón de que esto suceda es, creo yo, que vivimos en un medio esencialmente monumentalista. La educación es la escuela... el edificio de la escuela. Aprender es ir todos los días a ese edificio, que tiene en la entrada un letrero que dice, por ejemplo, "Josefa Ortiz de Domínguez", y sentarse en una banca a esperar a que dé la hora de la salida. Para los gobernantes, en cambio, "dar educación al pueblo", consiste en recorrer construcciones recién terminadas, cortar listones y descubrir leyendas que digan: "este plantel fue construido siendo Presidente de la República..." etcétera.

Esta tendencia a ver la educación como edificio o a creer que los edificios mismos son el fin que se persiguió al construirlos, quedó para mí claramente ejemplificada un día que vi salir de una escuela que queda cerca de mi casa a la directora acompañada de tres profesoras y un maestro. Mientras el conserje echaba el candado, la directora se volvió a darle una última orden y entonces vio, tras la reja, no sólo al conserje, sino el patio de deportes, con el piso encharcado, porque había llovido, enmarcado todo esto por los dos cuerpos del edificio, con sus corredores; todo muy limpio y recién pintado; al fondo se veían unos jacales miserables y a lo lejos, los volcanes.

La directora, que llevaba una peluca importada de Corea, se volvió a sus acompañantes y les dijo, sonriendo:

—¡Ay, miren nomás qué retechula es nuestra escuela!

Se refería al edificio, porque lo que pasa dentro es funesto. Los lunes por la mañana, la directora reúne a sus alumnos en el patio y después de hacerle honores a la bandera y de cantar el himno nacional, les explica, por medio de un sistema de altavoces, cuáles son las virtudes a que debe propender toda mujer mexicana y qué clase de zapatos deben usar los hombres. Después lee las listas de los reprobados, de los que no han pagado el regalo de su propia madre, de los que no se presentaron a tiempo para hacer calistenia, etcétera. Después de esto entran los grupos "a clase".

Entrar a clase quiere decir entrar en el aula, no necesariamente a tomar clase, porque hay veces —yo lo he visto desde un balcón vecino— que el maestro llega tarde, o no llega, o llega nomás a corregir los trabajos. En otros casos el maestro es puntual y explica su materia, pero los alumnos no le hacen caso porque están ocupados en hacerles *jeux d'esprit* a las criadas de la casa vecina.

Y después de ver esto me entero, gracias a lo revelado por el CAPFCE, que de una población en edad escolar de veintidós millones de individuos, sólo diez van a la escuela. Es decir, que a pesar de que una parte considerable —casi desproporcionada— del presupuesto oficial está aplicada a la educación, hay diez millones de mexicanos que están recibiendo una educación deficiente, mientras que el resto, no está recibiendo educación de ninguna especie.

La solución que ha sido propuesta consiste en pedir a las clases de mayores recursos que ayuden a resolver este problema "por un elemental sentido de justicia".

Yo, francamente, creo que no va a ser suficiente. Creo que por este camino lo más que se puede lograr es que el país se llene de edificios, por lo general horribles, en cuyo interior no sucede casi nada de provecho. Tengo la impresión de que el problema es de tal índole que no tiene solución dentro de los medios tradicionales, aunque éstos se multipliquen. (19-7-71)

Misterios de la vida
La sexualidad platicada

El primer libro pornográfico que leí en mi vida se llamaba *Pedro Simple*, del Capitán Marriat. Era pornográfico, según yo —que tenía diez años—, porque en la página 86 decía "parto" y "destetaban". Cuando terminé de leerlo lo puse en un lugar secreto para que no fuera a caer en manos de mi madre y se enterara así de lo que estaba yo leyendo.

Dos años más tarde, cuando ingresé a los *scouts*, me pidieron que llevara libros para formar la biblioteca de la patrulla. Entre los que llevé estaba mi predilecto, *El perro diabólico*, también del Capitán Marriat. No llevé *Pedro Simple*, porque era pornográfico y porque consideré que estaba tratando con niños decentes, a quienes no quería escandalizar.

Mi equivocación fue doble. *Pedro Simple* no era pornográfico y el primer *scout* de la patrulla Jaguares, un niño esquelético, jorobado y con bozo, apellidado Chambord, sacó *El perro diabólico* de la biblioteca, y ésa fue su última actividad *scout*. No volví a verlos ni a él ni al libro. El otro, el pornográfico, se lo presté a mi madre diez o quince años más tarde, un día en que ella no tenía nada que leer. Le interesó mucho y no se enteró de que lo que estaba leyendo era pornográfico.

Cuento esto para que se vea qué diferentes eran las cosas en mi niñez. Ahora las familias mexicanas, los padres, los hijos, la abuelita y las criadas están siendo cordialmente invitados para presenciar, todos juntos, un parto; milagro de la Naturaleza y espectáculo para grandes y chicos.

Si a espectáculos vamos prefiero ver la erupción del Vesubio o la Carga de la Brigada Ligera. En cuanto al valor instructivo del parto, es muy limitado; después de todo para eso les pagan a los parteros, ¿o no?

El primer parto que vi —y si me toca ver otro será por un accidente desafortunado— lo tuvo un animal que pescamos, parecido a la mantarraya pero más chico, que en la angustia de la muerte dio a luz los hijos que tenía adentro.

Estos pobres, que estaban todavía a medio nacer, salieron, en vez de al agua fresca del mar, al patio de una casa acapulqueña y murieron *ipso facto*, no sin antes echarnos a perder el desayuno a todos los que presenciamos este espectáculo grandioso.

Lo que los norteamericanos llaman "the facts of life", es decir, el misterio de la vida, de dónde venimos y cómo nacemos, me fue explicado de manera prístina el primer día que fui a clases de tercero de primaria en el "Instituto Centroamérica" por mis compañeros, que acababan de enterarse. No recuerdo haber tenido dudas. El descubrimiento me pareció sensacional, ligeramente siniestro, pero bastante interesante y mucho más lógico que la teoría de escribir cartas con encargos a Dios o a París o a la cigüeña —este último mito es completamente ridículo en un país en donde no hay cigüeñas.

Después vino una época bastante divertida, en la que me entretenía poniendo en aprietos a mis mayores. Preguntando a mi madre, por ejemplo:

—¿Por qué las señoras que encargan niños a París se ponen tan gordas?

—Pues quién sabe. Será porque comen mucho.

Después vino otra etapa —que corresponde a la lectura de *Pedro Simple*— en que por alguna razón que ahora me parece oscurísima, traté de ocultar estos conocimientos, o la circunstancia, como decía mi primo Fede, que "había sido pervertido".

Después de esto y creo que a raíz de las películas de Andy Hardy, en las que irremediablemente había una escena en la que Andy y su padre, el juez, se encerraban en el despacho de este último y tenían una conversación "de hombre a hombre", mi madre dio por decir de vez en cuando:

—Si tu padre viviera, él te explicaría varias cosas que tienes que saber y que yo no te puedo explicar, porque soy mujer.

Ha de haber tenido miedo de que yo llegara al lecho nupcial creyendo que los niños se encargaban por correo.

Durante varios años temí que mi madre hiciera un buen día de tripas corazón, y me explicara los misterios de la vida. Afortunadamente esto nunca ocurrió. Digo afortunadamente porque yo no hubiera sabido qué cara poner en circunstancia tan solemne y ambos nos hubiéramos sentido completamente imbéciles. Lo que en realidad ocurrió fue que, cuando yo tenía quince años, mi madre me dijo:

—Bueno, tú ya sabes todo lo que tienes que saber, ¿no?

—Sí, mamá.

—Entonces, ya no tengo nada que explicarte, ¿verdad?

—No, mamá.

—Así es mejor.

Y allí quedó la cosa. Ahora que lo pienso, creo que este procedimiento es más sencillo que andar presenciando partos en bola. (25-8-72)

El retorno eterno
Alma mater

Últimamente he estado leyendo las notas periodísticas de las tomas de posesión de los nuevos funcionarios universitarios. Son muy interesantes, aunque, en general, adolecen de cierta monotonía. A tal grado, que casi se podría haber escrito una nota patrón, con espacios en blanco que se llenarían a última hora. El patrón iría más o menos así:

"El licenciado (nombre y dos apellidos) tomó ayer posesión del cargo de (por ejemplo coordinador de Recursos Intelectuales no Comunicables), en sustitución del licenciado (otro nombre), que ahora pasará a ocupar el cargo de (por ejemplo, secretario adjunto del Consejo de Revisión de Materias Optativas). El licenciado (el nombre del recién llegado) se mostró satisfecho con el nombramiento, calificó la misión que se le ha encomendado de 'muy interesante', opinó que la labor de su antecesor le parecía muy meritoria y declaró que pondría todo su empeño y todos los medios que estuvieran a su alcance, para lograr que el departamento que ahora tiene a su cargo cumpla de una manera adecuada con sus funciones. 'Hay que avanzar', dijo el funcionario, 'porque el que no avanza, retrocede, y es humillante retroceder'. El licenciado (otra vez el nombre del recién llegado) había ocupado hasta ahora el puesto de (por ejemplo, jefe del Departamento de Paraninfos)".

Esto es lo que ve la luz pública, porque podemos imaginarnos que, en estos momentos, la Universidad está llena de gente que está diciendo:

—El principal problema al que tenemos que enfrentarnos, es la desorganización.

Lo que me interesa apuntar por el momento es que, en muchos casos, el funcionario que acaba de ser nombrado viene de un puesto y el que acaba de ser sustituido se va a otro puesto. Hay excepciones. Hay muchos funcionarios recién llegados que no formaron parte de la administración pasada y muchos sustituidos que quedarán sin ningún cargo. Pero si nos ponemos a hacer memoria, recordaremos que muchos de los que no estuvieron en la administración pasada, estuvieron en la antepasada, y si tenemos paciencia veremos que muchos de los que parece que desaparecen, volverán a aparecer en la próxima administración. El número de los realmente eliminados del mundo universitario, es mínimo. En cambio, el número de personas que llegan a trabajar por primera vez en la Universidad es ligeramente mayor, porque, como todos sabemos, su administración está en una etapa expansiva.

Lo anterior quiere decir que en la parte superior de la organización universitaria hay una serie de personas que se mueven en órbitas helicoidales, ocupando diferentes puestos, siempre de lado y siempre hacia arriba, hasta llegar a lo que se podría llamar su "techo"; en ese momento, la órbita se vuelve circular, y el personaje en cuestión sigue ocupando puestos del mismo nivel, sin avanzar ni retroceder, pero sin desaparecer. Otros personajes siguen órbitas ondulantes, como las toninas. Se sientan durante cuatro años en un despacho, luego, desaparecen y al cabo de otros cuatro años, vuelven a brotar en otro edificio de CU. Pero hay gente que los recuerda y dice:

—Este fue el que salió acusado de fraude, en tiempo de…

Pero ésta no es más que la plana mayor. Bajo esta capa, que como hemos visto está dotada de un movimiento parecido al perpetuo, hay otra capa inmóvil, que según las versiones de algunos tratadistas es la que realmente gobierna la Universidad. Está formada por los empleados universitarios. Ellos son los encargados de custodiar los expedientes (y en algunos casos, de perderlos), de revisar las nóminas, de grabar los cheques y otros mil trabajos humildes, pero importantísimos.

A esta clase de empleados pertenecen las señoritas de la Rectoría. Las que están en las ventanillas y nos dicen:

—Estos son todos los documentos que usted necesita para presentar su examen profesional. Ya todo está en regla. Ahora vuelva dentro de quince días.

A esta clase también, pertenecen los jefes de estas señoritas. Los que cada año cambian el procedimiento de inscripción, pero en secreto, con el objeto de que los alumnos puedan hacer tres colas en vez de una.

A esta clase también, pertenecía un personaje que tenía una oficina en Radio Universidad. Era conocido con el nombre de "El Pagador". Su obligación consistía en sentarse en un escritorio, y decir:

—Todavía no están los cheques.

Abajo del movimiento perpetuo y de la inmovilidad, están los profesores y los estudiantes. Esta es la capa móvil de la Universidad. O mejor dicho, sería móvil, si no estuviera sujeta a observar ciertos ritos atávicos. El otro día encontré a una maestra de preparatoria que me dijo:

—Hoy no hubo clase, porque los estudiantes adelantaron las vacaciones de mayo.

Esto me trajo recuerdos que pertenecen a un pasado insondable. (22-5-70)

Recuerdos del alma mater
La edad de oro

Cuando hablo con personas más jóvenes que yo que pasaron por las mismas escuelas, llegamos irremisiblemente a la conclusión de que la época en que yo estudié es, comparada con la actual, la edad de oro de la enseñanza.

En efecto, muchos de mis profesores se han distinguido en la vida real. Uno de ellos es secretario de Estado, otro, subsecretario; otro fue durante muchos años, jefe de un partido político; otro murió, y su nombre fue a dar, en letras de oro, en la entrada de un recinto público, etcétera.

Otros de ellos, sin haber llegado a alguna cumbre burocrática o pública, han dejado huella en la educación mexicana, son autores de libros de texto, inventaron nuevos sistemas de formular la regla de tres, y uno de ellos adquirió fama por haberse aprendido de memoria las tablas de logaritmos, del uno al cien. Este último pasó tres años en un manicomio, siguiendo un tratamiento especial que le dieron para que volviera a olvidarlas.

Lo que quiero decir es que, vista desde lejos, la educación que recibí es de primera. Vista en detalle, en cambio, presenta serias deficiencias.

Voy a poner ejemplos. En la Escuela de Ingeniería teníamos un maestro al que llamaré Pittorelli para los efectos de este artículo, porque no quiero ofenderlo si es que todavía vive.

Pittorelli, que como su nombre indica era italiano, pasó cuarenta años de su vida dando clase en la Universidad Nacional de México en su idioma, convencido de que estaba hablando en español. Esta circunstancia hizo que la materia que enseñaba, que en realidad era muy sencilla y no tenía mayor importancia en la carrera de ingeniería, se convirtiera en algo dificilísimo, incomprensible para la mayoría —puesto que pocos alumnos entendían italiano— y la piedra de toque para pasar a segundo año sin materias pendientes.

Otro maestro notable, que llamaré aquí Carcaño, daba una clase magnífica. Incomparablemente mejor a la que daban los otros dos maestros que enseñaban la misma materia, uno de los cuales era muy brillante pero nunca iba a clase y el otro era muy buena persona, pero por alguna razón recibía el mote de "Lola".

Pues bien, Carcaño, después de un año de exponer su asunto con claridad, de darnos tarea para hacer en casa cada ocho días y dejarnos, en general, convencidos de que estábamos estupendamente preparados, se presentó en el examen, puso tres problemas que todos creíamos poder resolver y de noventa y siete que éramos, reprobó a noventa y cuatro. No fue ninguna sorpresa, porque así pasaba cada año. Al día siguiente, los noventa y cuatro reprobados nos presentamos en Justo Sierra a pagar el examen a título de suficiencia. Yo fui examinado por "Lola" y saqué diez.

Otro maestro, que tenía gran experiencia y la cabeza llena de conocimientos inapreciables, tenía el defecto de ser sordo como una tapia. Hablaba en un susurro ininteligible a más de un metro de distancia. Como es natural, lo que ocurría era que los alumnos interesados en aprender la materia que enseñaba, que de cien eran seis, se sentaban alrededor de su escritorio, a beberle las palabras. Los demás aprovechábamos ese rato para ir a desayunar en Sanborns. Entrábamos al final de la clase a pasar lista. Esto lo hacíamos confortados con la experiencia de muchas generaciones, que sabían que ese maestro se distinguía, además de por la sordera, por la costumbre de recoger las hojas del examen, salir a la calle llevándolas bajo el brazo y arrojarlas en un bote de basura que estaba en la esquina de Tacuba y el callejón de la Condesa. Nunca reprobó a nadie.

Otro maestro que no olvidaré, enseñaba una materia que era eminentemente práctica. Era, como quien dice, la manera de aplicar los conocimientos teóricos que recibíamos en las demás clases. Tenía este maestro el defecto de hacer continuamente referencias a su experiencia de constructor.

A él se debía la cimentación del edificio que se fue de lado en la esquina N, a él también, los cálculos estructurales del edificio de la compañía L, que ahora está en sus nuevas oficinas de la calle B. Sus estudios de mecánica de suelos eran famosos. A él se deben los de un teatro que es ahora casi subterráneo y los de un edificio de despachos que se quedó en su nivel inicial, lo que hace que para llegar a la puerta principal, que antes estaba a nivel de la calle, sea necesario subir catorce escalones.

Pero la historia de su trabajo era lo de menos. Daba desconfianza y ya. Lo malo eran sus experiencias. En unas pruebas de subsuelo que había hecho muchos años antes, había llegado a la conclusión de que a cuatro metros de profundidad, el subsuelo de México tiene noventa y ocho por ciento de agua.

Una de las grandes discusiones que teníamos sus alumnos era sobre si el maestro había obtenido esos resultados gracias a un error de cálculo, o bien si la muestra que había usado en sus experimentos había sido sacada de un caño de agua potable. (9-4-71)

Noticias del alma mater
¿Al borde del caos?

Una de las noticias recurrentes que aparecen en nuestros periódicos —con la misma frecuencia que la rehabilitación de los ferrocarriles y el cese de los funcionarios inmorales— es la toma de la Rectoría.

Esta noticia siempre va acompañada de las declaraciones de algún universitario excelso que afirma que el grupo de estudiantes que está en poder del edificio no es representativo y que estos jóvenes harían mejor yéndose a estudiar, también aparecen otras declaraciones de las autoridades universitarias en el sentido de que en el asunto hay intereses ajenos a la UNAM y por último, dos o tres editoriales cuyos autores ven con alarma que nuestra máxima casa de estudios haya llegado al borde del caos.

Cuando en mi lectura de esta noticia recurrente llego a donde dice "el borde del caos", mi memoria me manda a la calle Justo Sierra, en el año 1945, en la cola que dice "alumnos de primer ingreso". ¿Si eso no era el caos, qué era? El trámite que teníamos que hacer para inscribirnos lo podía haber inventado un burócrata ligeramente idiota, pero loco.

Había que hacer una cola para conseguir algo que se llamaba "la forma verde". Al día siguiente presentarse a las siete de la mañana, en la esquina de la calle del Carmen, para sacar "la ficha". A las siete de la mañana llegaba uno para descubrir que se le habían adelantado doscientos. Después de la cola, la vacuna y de allí a la avenida Insurgentes a que le vieran a uno las calificaciones en los pulmones. Al día siguiente, a las siete de la mañana, vuelta a la esquina del Carmen, para saber el resultado de la vacuna. Tres equis. No había quién informara si estaba uno cayéndose de tuberculoso o si estaba dotado de defensas inexpugnables. Las tres equis y un esquema de las calificaciones iban en un tarjetón que decía que el interesado tenía que presentarse cada seis meses en el mismo lugar, a someterse a un examen semejante, para que la Universidad tuviera un mapa actualizado de los pulmones de todos los estudiantes.

Este tarjetón representaba para mí el primer engaño de que me hizo objeto la Universidad —¿o de que yo hice objeto a la Universidad?— porque nunca, en los ocho años que estuve inscrito, volví a presentarme en la esquina del Carmen y nadie me dijo nada.

Pero esto no era más que el "antituberculoso", después había que pasar el examen médico, que consistía en quitarse los pantalones frente a un médico y otros veintinueve estudiantes que estaban en la misma situación que uno.

Una de las víctimas del examen médico fue un compañero mío. Le encontraron algo anormal, pero, por supuesto, nunca le explicaron en qué consistía su anormalidad. En vez de eso, lo metieron en un cuarto, en donde una enfermera autoritaria lo hizo tragar un foquito con seis metros de cable. Le iluminó el intestino delgado, después recuperó el cable y el foquito, y le dijo que se fuera a su casa. Hasta la fecha, mi amigo no sabe por qué le hicieron lo que le hicieron, qué le hicieron ni qué fue lo que encontraron.

Esto era el ingreso. Una vez dentro, las cosas cambiaban. La pasaba uno muy bien. Yo llegué a estar muy a gusto en la escuela de Ingeniería. Claro que a veces no iba el maestro. A veces no se le entendía porque hablaba en italiano; a veces no se le oía, porque era sordo y hablaba en murmullos. A veces no era de fiar. A mí me dio Procedimientos de Construcción el responsable de la cimentación de Bellas Artes.

¿Pero qué tal cuando había huelga? Esos sí eran buenos relajos. Una mañana llegaron tres mil preparatorianos a apedrear la escuela. Nosotros cerramos las puertas, nos subimos a la azotea y desde allí les echamos en la cabeza una buena parte de la balaustrada del siglo XVIII. Claro que se fueron y no volvieron, pero nunca supimos por qué llegaron. Se trataba, por supuesto, de tumbar a algún rector, que, por supuesto también cayó.

Otro momento culminante de mi participación en la política estudiantil tiene por escenario el anfiteatro Simón Bolívar. Fue el día en que dijeron que Soto y Gama iba a ser rector. El lugar estaba atestado. Hablaron dieciocho oradores de todos colores, entre ellos un comunista de la pelea pasada, que acabó su intervención dando brincos sobre su propio sombrero tejano. Dieciocho hablaron y a dieciocho nos convencieron.

—Todos estos desórdenes —decían los que se creían enterados— se acabarán cuando la Universidad se cambie a CU. Entonces será una universidad moderna en la que se irá a estudiar, no a echar relajo.

Mi primer contacto con CU —yo daba entonces clase en Filosofía y Letras— consistió en descubrir que en Mascarones habíamos tenido más aulas. Yo tenía que dar clase abajo de la biblioteca de la escuela. Cuando levantaba la voz, los que estaban arriba tratando de leer, me callaban.

¿Y qué tal cuando terminaba uno la carrera y había que recibirse? Yo descubrí, en primer lugar, que la carrera que había yo seguido durante varios años había quedado eliminada de los planes de estudio. Para lograr mi regularización tuve que hacer un trámite en el que perdí más tiempo que el que me llevó escribir la tesis.

Pero lo más ridículo de mi caso es que una vez obtenido el título, me dio flojera recogerlo y hasta la fecha, quince años después, sigue —supongo— guardado en la Rectoría. Nunca lo he necesitado.

Por eso, ahora que se habla de "turbias maniobras", de "tenebrosas influencias", de "fuerzas siniestras y ajenas" —frases en el estilo del Monje Loco—, se me ocurre que lo que pasa realmente es que los estudiantes ya se dieron cuenta de que la Universidad es monstruosa pero no es seria. Además, es vulnerable, por eso algunos se apoderan de la Rectoría. (11-8-72)

Vida de los letrados
Joyas de la enseñanza

Esta serie de artículos que he escrito sobre la educación que recibí me ha dejado con el convencimiento de que atacar sistemas de enseñanza —cualquier sistema de enseñanza— es algo tan complicado y que requiere tanta pericia como patear un ciego.

Para seguir con mi historia voy a referirme a la última etapa de mi educación universitaria, que culminó en un examen profesional no más ni menos grotesco que todos los demás que he presenciado, y en un título que para no tener que colgar en mi cuarto ni guardar en un cajón, he preferido dejar en donde nació y en donde siempre ha estado, que es la torre de la Rectoría.

Hasta este momento, al relatar las experiencias que tuve durante mi aprendizaje he estado hablando de casos desafortunados, de maestros que por pereza, tontería o perversidad no pudieron enseñar su materia. Pero debe quedar bien claro que todos ellos estaban impartiendo materias que no solamente eran enseñables, sino que su conocimiento hubiera tenido un valor positivo en caso de que el maestro hubiera logrado comunicarlas.

Si aprende uno a sacar raíz cúbica de un número no necesariamente va a tener necesidad de usar este conocimiento. Lo más probable es que antes de que llegue el momento crítico de la vida de una persona en que sea indispensable saber cuál es la raíz cúbica de 387.2, se le olvida cómo se saca la raíz cúbica. Pero nada se ha perdido. El conocimiento que fue adquirido con tanto esfuerzo y luego se perdió en la noche de la memoria, no deja huella nociva. Lo malo son los conocimientos que en el momento de penetrar en la mente del educando la deforman con su sola presencia. A esta clase de conocimientos voy a referirme en el presente artículo.

Una vez, cuando yo estaba en la Facultad de Filosofía y Letras pasó por México, procedente de España y con destino a algún lugar de Sudamérica, un eminente teórico literario y famoso enseñador. El director de la Facultad lo invitó a dar un par de conferencias y él muy amablemente accedió. Ambas conferencias quedaban bajo el título de "Sistemas de Enseñanza de la Literatura". El día de la primera sesión, entramos a codazos en el salón de actos, convencidos de que estábamos a punto de escuchar algo iluminante.

El hombre, que era un paquidermo lleno de energías, nos explicó con ayuda de un diagrama que fue haciendo en el pizarrón, que con el objeto de facilitar al alumno el aprendizaje de la literatura convenía iniciar el curso con una distinción muy clara de los dos temperamentos contrarios: el clásico y el romántico.

Los rasgos del temperamento clásico son la serenidad, la objetividad, el apego a las reglas establecidas, la aceptación del orden imperante en el universo, etcétera. El romántico, por el contrario, se distingue por la pasión, la subjetividad, la rebeldía formal, social y religiosa. Ahora bien, cada uno de los escritores que ha habido en el mundo es, o bien un clásico o bien un romántico. Pero esto no nos serviría de nada en la enseñanza de la literatura, advirtió el conferenciante. Lo que sí es gran ventaja, en cambio, es que todos los movimientos literarios que han aparecido en la historia de la humanidad, entran dentro de una u otra clasificación.

Y no sólo eso, sino que, a partir del movimiento imperante en cada época, es posible descubrir cuál es el temperamento imperante en la misma. Esta clasificación pone al alumno ante un panorama histórico que tiene una sencillez notable y una claridad prístina.

Remontándonos al siglo quinto antes de Cristo llegamos a la conclusión de que esta era una época clásica, puesto que todas las tragedias griegas tienen unidad de tiempo, unidad de lugar y unidad de acción. Es decir, todos los autores están aceptando las reglas aristotélicas y por consiguiente son clásicos. Pasa el tiempo, los romanos copiaban a los griegos, son clásicos y por consiguiente —nótese— pertenecen a la misma época. Después viene un periodo larguísimo en el que a nadie se le ocurrió escribir nada que pueda llamarse literatura, que acaba en la Edad Media. Esta época es esencialmente romántica puesto que produce el gótico, que es un arte de analfabetos apasionados. Luego viene el renacimiento, que es redescubrimiento del pasado griego. Esta época, es por supuesto clásica. Luego viene el barroco, romántico y así sucesivamente.

Al explicar esto, el gran maestro español había puesto una línea horizontal en el pizarrón. De la línea para arriba quedaba lo clásico y de la línea para abajo, lo romántico. A la extrema izquierda quedaba el siglo V antes de Cristo y a la extrema derecha la época actual. Era admirable ver cómo a cada periodo clásico seguía un romántico, y viceversa, según el conferenciante.

Las ventajas de esta clase de enseñanza son evidentes: permiten al alumno juzgar una obra literaria y hablar de ella durante un cuarto de hora, sin necesidad de conocerla, con sólo averiguar la fecha en que fue escrita.

No asistí a la segunda conferencia. (13-4-71)

Examen profesional
Las experiencias comunes

Una de las pequeñas frustraciones de mi vida ha consistido en tratar de relatar las experiencias que tuve durante la época en que presenté mi examen profesional como si constituyeran un caso excepcional.

Por ejemplo, cuando terminé de hacer colas en la Rectoría y quedó demostrado que había yo cursado y aprobado todas las materias requeridas en mi carrera (incluyendo las de parvulitos), que no le debía ni un centavo a la Universidad, que había yo escrito y presentado una tesis que estaba de acuerdo con los cánones, y por último, y lo más difícil de demostrar, que yo era yo mismo y que la persona que se iba a sentar frente al jurado era la misma a la que correspondían todos los documentos anteriores, me di cuenta de que el tiempo que había perdido al hacer el trámite, es decir, las colas en la Rectoría, era exactamente tres veces mayor que el que había dedicado a escribir la tesis. A mí esto me pareció extraordinario y una anécdota digna de relatarse. Así que durante unos meses anduve contando:

—Fíjate que yo me tardé más en hacer el trámite que en escribir la tesis.

En vez de que alguien se admirara, el admirado fui yo, porque a todos los que se han recibido les ha pasado lo mismo o algo peor. A consecuencia de la frase que apunté allá arriba, me relataron el Caso del Expediente Perdido, el de las Materias No Revalidables, el del Hombre que Siguió la Carrera Inexistente, etcétera.

Pero ahora, quince años después del suceso, considero que mi examen profesional, no por muy común y corriente deja de ser interesante. Por esta razón voy a reincidir y voy a volver a relatar las circunstancias en que se desarrolló, según me acuerdo.

En primer lugar debo confesar que no recuerdo qué fue lo que me impulsó a recibirme, porque nunca esperé sacar ningún beneficio del título profesional. Este título, me da mucha vergüenza decirlo, es el de maestro en letras especializado en arte dramático.

Es muy probable que me haya yo recibido por compulsión. La cosa se estaba poniendo muy seria en aquella época, porque la carrera que yo había seguido con tanta asiduidad desapareció, de buenas a primeras y como por arte de magia, de los programas. Es probable que esta circunstancia haya producido en mí un estado de angustia que iba a ser el causante de todo lo demás.

El primer paso del trámite consistió en conseguir, del jefe del Departamento de Letras una carta dirigida a no sé quién, que decía que la carrera que yo había seguido, a pesar de ya no existir, sí había existido en la época en que yo había ingresado en la escuela y que, por consiguiente, estaba yo en mi derecho de presentar mi examen profesional y de recibirme de algo de lo que nadie se había recibido antes y de lo que nadie se iba a recibir después.

Escribir la tesis fue cosa sencilla, porque ya desde entonces era yo escritor. La tesis consistió en una obra de teatro que ya tenía yo escrita, que ahora encuentro ilegible y que entonces consideraba la culminación de mi obra literaria, a la que agregué un prólogo crítico, el que, por una errata de imprenta, apareció como epílogo.

Pero si escribir la tesis fue fácil, conseguir alguien que me la dirigiera fue, en cambio, dificilísimo, debido a que la mayoría de los profesores que me habían dado clase habían muerto, emigrado o me detestaban. Por fin, buscando en los corredores de la Facultad encontré a alguien, una mujer, que no me conocía, pero que tenía un corazón de oro y que aceptó dirigir mi tesis.

La obra de teatro no le gustaba. Por esta razón me dijo:
—Mire, Jorge, tiene que escribir un prólogo genial, a fin de que esto parezca tesis, porque de otra manera nos vamos a ver en aprietos.

Me senté frente a mi máquina y escribí algo que a ella, la pobrecita, le pareció genial. Consistía en un análisis de los diferentes elementos de una obra dramática. Establecía yo, entre otras cosas, la diferencia que hay entre los personajes, la anécdota y la trama. Esto, huelga decir, no sirve para nada, porque sólo un imbécil es capaz de confundir un personaje con una anécdota; en cambio, se necesita una inteligencia superior (cosa muy rara entre las personas que se dedican a estos ejercicios) para distinguir entre la anécdota y la trama. Pero me equivoco. Dije que esto que yo había hecho no servía para nada. Debí decir que no tiene aplicación práctica, pero sí sirve para algo: sirve para dar clases. Por eso a la directora de mi tesis le gustó tanto mi prólogo crítico.

Durante el examen ocurrieron cosas siniestras. La primera pregunta del primer jurado fue:
—Díganos, Jorge, ¿cree usted que estemos capacitados para juzgar su obra?

Yo con toda sinceridad contesté que no. En ese momento perdí el *Cum laude*. Pero yo tenía razón, porque sabía que ninguno de los miembros del jurado, excepto la profesora que había dirigido la tesis, había tenido tiempo para leerla porque por deficiencias administrativas había llegado a sus

manos media hora antes de que empezara el examen. Éste duró hora y media. Después, me dio flojera regresar a la Rectoría a recoger mi título. Allí debe estar todavía. Pero lo más notable es que en quince años nunca lo he necesitado.
(26-5-70)

Las preciosas ridículas
Últimas memorias estudiantiles

Quiso mi suerte que después de dieciséis años de estar en escuelas total o eminentemente masculinas, terminara yo mi carrera en una escuela para señoritas. Un treinta por ciento cuando menos de la población estudiantil de la facultad a que me refiero estaba formada por muchachas de buena familia que consideraban que el conocimiento de alguna lengua muerta o de un texto olvidado era factor indispensable en la consecución de sus planes, que consistían en ser conducidas hasta el altar por un ingenierote o por un abogadazo.

Las materias que se impartían eran muy variadas e iban desde las herméticas, que nadie llegó a aprender, como latín y griego, hasta las populacheras, como psicología del arte, con ilustraciones audiovisuales de Gustav Mahler y Piero de la Francesca.

Entre estos dos ejemplos extremos estaban las materias obligatorias, que eran aburridísimas. Cincuenta horas pasadas en un salón enorme y un poco oscuro, en compañía de noventa mujeres que bostezaban de vez en cuando, mientras una de ellas escribía en el pizarrón una frase de don Juanito Valera y analizaba cada una de sus partes, cometiendo al hacerlo, varios errores que eran corregidos cuidadosamente por el profesor, cuya voz, por alguna razón misteriosa, nunca logró emerger del murmullo de treinta o cuarenta conversaciones simultáneas.

En estos ratos aprendí muchas cosas que he olvidado, pero hay otras que recuerdo muy bien y que pueden considerarse joyas de la enseñanza. Voy a poner algunos ejemplos.

En la clase de Práctica Teatral, que para mí fue un *viacrucis*, el profesor, que fumaba pipa, le pidió en una ocasión a un joven actor que repitiera ante la clase el momento más intenso de su actividad teatral. El joven dijo que iba a representar para nosotros el papel de un anciano mayordomo (he olvidado la obra) en el momento en que le avisan que su hijo ausente ha muerto.

Después de hacer esta advertencia y de concentrarse un momento —cerrando los ojos, por supuesto—, hizo un gesto que podía haberse interpretado como el que hace un hombre cuando entra en el comedor y encuentra a su mujer agachada, recogiendo una cuchara que se cayó debajo de la mesa. A continuación, el profesor pidió a varios alumnos que analizaran las emociones que habían experimentado al presenciar aquel momento dramático.

Una alumna, de las más adelantadas, dijo:

—El rictus indicaba el dolor moral de que estaba siendo presa el personaje, la mirada que tenía, que era "hacia dentro", indicaba, en cambio, que el sentimiento era retrospectivo y que el anciano mayordomo estaba recordando momentos felices que había pasado en compañía del difunto.

Después de varios meses de hacer esta clase de ejercicios, el profesor encontró un mejor empleo en provincia y delegó sus funciones en su ayudante, la señora Carranclán, una mujer que estaba convencida de que había dos clases de idioma español: el culto y el vulgar. En español culto, por ejemplo, no se dice "silla", sino "siglia".

Don Pepito Bóveda, que era un alma de Dios, daba unas clases soporíferas, pero un buen día se remontó a las alturas y expuso su famosa teoría sobre "la incidencia cíclica de los grandes dramaturgos mexicanos". Según esta teoría sólo puede haber florecimiento dramático y aparición de autores cimeros, durante los primeros veinticinco años de cada siglo, o bien durante los veinticinco últimos, nunca durante los cincuenta de enmedio.

Para probar su teoría hacía referencia a González de Eslava, que aparece en el último cuarto del siglo XVI, a Ruiz de Alarcón, en el primero del XVII, a Sor Juana, en el último del XVII y... Aquí viene una laguna de un siglo, pero esto se explica fácilmente por la expulsión de los jesuitas y más tarde, por la muerte prematura de don Gustavo Arcocha.

Una de las razones por las que dejé de escribir teatro es porque, según don Pepito, no hay esperanzas de que alguien escriba nada bueno antes de 1975.

En la misma clase aprendimos que "el Balzac mexicano" murió fusilado a los veinticinco años, cuando apenas había escrito un par de cuentos. ¡Esta mala suerte que nos persigue en todos los órdenes!

Discípula de don Pepito era la Doctora Seráfica, que aplicó con gran éxito en la literatura mexicana el procedimiento inventado por Menéndez Pidal, de clasificar las obras por asunto, haciendo caso omiso del estilo y de la calidad. Según ella, a la literatura mexicana nomás le falta una novela sobre mineros para estar completa. (16-4-71)

Incógnita de principio de año
¿Quién mató (o va a matar) a la Universidad?

En la comida anual mafiosa, en los tres brindis de despedida del año y en las dos visitas de felicitación a que he asistido en esta temporada, la Universidad ha aparecido en la conversación como tema recurrente. Hablamos de ella los que estuvimos, los que no estuvieron, los que están y los que tienen hijos que estarán en ella. Nunca, que yo recuerde, estuvo la UNAM en la punta de la lengua de tanta gente.

Esto de aparecer con frecuencia en conversaciones de fin de año no es indicio saludable. Es más bien lanzar candidatura para calamidad. Pero aparte de que se hable mucho de la Universidad hay otra novedad: por primera vez aparece un grupo, que empieza a ser numeroso, de gente que considera el posible fin de la Universidad no como metáfora ni como alarma retórica, sino como alternativa real y probable. Entre los que piensan así hay unos que son alarmistas y ven cataclismos en cada esquina, y otros que están resentidos, pero hay otros que son gente serena, enterada y preocupada por la situación.

Esta manera de ver las cosas —de concebir la Universidad como pariente agonizante— tampoco se había presentado antes. A menos que nos remontemos a los tiempos de Gómez Farías.

Pero si lo que estamos viendo no es otra de tantas enfermedades pasajeras, sino la agonía de nuestra alma mater, conviene prepararse para el desenlace funesto con un examen de las circunstancias que han llevado la situación a estos extremos.

En primer lugar, por si la desgracia ocurre y la Universidad se muere, conviene preguntarnos: "¿de qué mal moriría?" Esta precaución es indispensable ahora, que gracias a las declaraciones de varios funcionarios y ex funcionarios universitarios, la muerte de la Universidad, si es que ocurre, ha tomado las características clásicas de novela de Agatha Christie: una anciana millonaria se muere y todos los personajes que la rodean —las fuerzas oscuras y ajenas—, salen beneficiados con la muerte; han expresado en algún momento deseos de que ocurriera y, por último, han tenido oportunidad de precipitarla. En otras palabras, si la Universidad se muere, muchos van a pensar que murió asesinada.

Valiéndonos de las declaraciones que han estado apareciendo últimamente en los periódicos, podemos formar, con relativa facilidad, una lista de presuntos culpables: primero, los núcleos retrógrados que están incrustados en el Gobierno; segundo, las empresas particulares, que ven con horror que de cada cuatro egresados de la Universidad, tres (!) están por la abolición de la propiedad privada; tercero, grupos extremistas de filiación derechista y organización gangsteril; cuarto, la embajada norteamericana, que quiere convertir a México en un páramo de la inteligencia, para después vendernos, a precio de oro, más tecnología arcaica; quinto, la embajada rusa, que ve en los disturbios universitarios el principio de la verdadera revolución social; sexto, el PC, que por primera vez en su historia mexicana tiene controlado un sindicato capaz de llevar a cabo una huelga funesta... Y así sucesivamente. La lista es casi interminable y tiene además, la característica de que la culpabilidad de un sospechoso no demuestra la inocencia de los demás.

Pero dejando a un lado, por el momento, las posibles causas externas del deceso, conviene ahora que estudiemos a grandes rasgos las características de la víctima.

Aparte de estar rodeada de enemigos, la Universidad es una institución que nunca ha tenido fama, ni de ser saludable ni de estar bien organizada. Como centro de conocimientos ha sido "dentro de lo existente, lo mejor", pero nunca "lo mejor".

Es un organismo demasiado grande, que ha crecido con demasiada rapidez, que está alojado en recintos calculados para la mitad de alumnos, que recibe clases de un profesor suficiente para una tercera o cuarta parte de los mismos. Además, la estructura de los estudios, aunque se han hecho esfuerzos por modernizarla, sigue siendo la adecuada para México en 1955.

A estos problemas conviene agregar que los estudiantes pagan la décima parte de lo que deberían pagar, mientras que los profesores ganan —en muchos casos— la cuarta parte de lo que deberían ganar. El Gobierno cubre los déficit, pero a regañadientes y como si estuviera haciendo un gran favor. Las inversiones en objetivos universitarios son ridículas. La investigación es insuficiente. Es decir: la Universidad es un organismo pobre.

A todo esto es necesario agregar el descenso constante en el nivel de conocimiento entre los estudiantes de primer ingreso y el desquiciamiento natural producido por cuatro años de cambios de calendario y de huelgas.

Ahora bien. Después de este análisis: es lícito afirmar que las causas de la muerte de la Universidad (si es que sobreviene) son exclusivamente externas. Yo creo que no. Yo creo que este es un caso de muerte natural como no ha habido otro. Las porras, las huelgas, las ganas de acabar con la Universidad de ciertos sectores, son más bien manifestaciones y consecuencias del mal, no causas de la enfermedad.

Pero los que piensan que la Universidad, tal y como la conocemos está en peligro de desaparecer, piensan también que esto no es una catástrofe, y tienen razón. Al contrario, puede ser, si no nos dormimos, el principio de otra universidad, o de varias, que tengan una constitución saludable y que estén de acuerdo a las necesidades reales del país. (2-1-73)

VI

LAS MADRES Y OTRAS MUJERES

Homenaje a las bellas
Las mujeres como aberración

Una mujer que desde 1934 ha tenido fama de ser una de las más bellas de nuestra sociedad, fue la otra noche a una fiesta y conmocionó al reportero de sociales en turno, al grado de impulsarlo a escribir: "Fulana de tal, guapísima, vestida con una capa que es imitación de la que usó San Isidro de Sevilla al ser entronizado".

No sé qué me parece más admirable, si que una mujer con sesenta años a cuestas tenga ánimos para ponerse en fachas o que en recompensa de su modestia alguien le diga "guapísima", en vez de "bien conservada", "indestructible", o bien "gracias a la última operación ya puede cerrar otra vez el ojo izquierdo". Nada de esto: "guapísima".

Naipaul, que es un escritor de origen hindú pero nacido en Trinidad, cuenta en uno de sus libros que estando en Guayana cruzó la frontera y fue a pasar unos días en un pueblo brasileño. Una noche, de puro aburrimiento, decidió ir a la zona roja. Preguntó dónde era, le dijeron y se puso en marcha.

No encontró lo que buscaba y regresó al hotel. Más tarde, al reclamarle al que le había dado la información comprendió que las mujeres que a él le habían parecido no sólo feísimas, sino perfectamente respetables, que estaban sentadas frente a las puertas de la calle que acababa de recorrer varias veces, eran consideradas por los clientes brasileños provocativas y sensuales.

Existe una idea comúnmente aceptada de que las mujeres pierden el tiempo arreglándose y gastan dinero en trapos para seducir a los hombres, a fin de conseguir buenos maridos y para retener a los ya conseguidos.

Yo, por más que hago, y por mejor voluntad que pongo, no puedo creer esto. Creo que los hombres no tenemos nada que ver, que las mujeres se arreglan y se transforman porque así nacieron y que uno las acepta como vengan, so pena de quedarse chiflando en la loma.

¿En qué cabeza de marido, salvo un imbécil, puede entrar esta idea?

—Quiero que te vistas de gaucho.

¿A qué novio se le ocurre recomendar?

—Cuando vayamos al cine, te pones los pantalones de paliacate, peluca y botas de minero.

¿O recomendar triángulos verdes en los párpados? ¿O un atuendo a la usanza uzbeka? A nadie.

Pero no es posible que seamos completamente inocentes. Alguna culpa debemos tener en las aberraciones de la moda. Aunque sea por complicidad.

En efecto, es mucho más sencillo decir: "te ves linda", a entrar en honduras y decir: "ya sé que así se usa, pero tú te ves como un perico". Los resultados de observaciones como ésta son catastróficos para el que las hace, en cambio, es muy improbable que tengan ningún efecto en quien las provoca. Por eso más vale no hacerlas.

Por otra parte, el origen de algunas modas es un misterio indescifrable. Hace algunos años una mujer, que usa zapatos de plástico amarillos y que por consiguiente no es autoridad en calzado, me dijo: "dicen por allí que se andan usando botas".

Le expliqué que en países fríos siempre se han usado botas para no congelarse ni irse de boca en la nieve. ¿Quién me iba a decir que lo que estaba oyendo eran palabras proféticas y que a la vuelta de un par de años, a pesar del clima, íbamos a estar invadidos por mujeres con botas?

No sólo que íbamos a estar invadidos por ellas, sino que acabaríamos diciéndoles que se ven muy guapas con botas. (20-10-71)

El día de la invasión
La mujer liberada

A los quince días de mi regreso, todavía no me acostumbro a ciertos aspectos mexicanos. Por ejemplo, ¿quién iba a decir hace unos meses que éste iba a ser el país más feminista? Si no regreso, no me entero de que 1975 es el Año Internacional de la Mujer. Aquí no se habla de otra cosa.

Las que vinieron salen fotografiadas en los periódicos, y las que no vinieron también: Indira Gandhi, por ejemplo, aparece cada tercer día en la página 3, acompañada de alguien que fue a rogarle que no haga caso de lo que dicen los jueces, y no abandone el poder. En el fondo, estas fotos son la coda de un libreto fracasado. Lo bueno hubiera sido que la señora Gandhi viniera a México y que a la mitad de un discurso le anunciaran que ya el congreso la había destituido. Eso sí hubiera sido un ejemplo admirable de la perversidad masculina.

Los hombres que han participado en la Tribuna han sido muy prudentes. Nadie los puede acusar de ser "cerdos sexistas" —*you sexist pig!*, fue lo que le dijo una feminista a un señor que chocó con ella en un coctel—. Ver estos ejemplos: el secretario general de la ONU suspendió su discurso y esperó pacientemente a que se calmaran y dejaran de alborotar las setecientas mujeres que tenían invitación pero que no cupieron en el recinto de la alberca; el presidente Echeverría dijo: "la bandera de la mujer en manos de conservadores, no" —o palabras equivalentes— y el Papa Paulo VI dijo que sí, en efecto, las mujeres estaban muy sojuzgadas en muchas partes del mundo. ¿Será Paulo VI uno de los conservadores a los que se refería Echeverría?

Alentado por mi escepticismo con respecto a la liberación femenina, un taxista me dijo:

—¿Oyó usted la barrabasada que dijo una de estas mujeres hoy?: que dizque el "de" en el apellido es infamante. Que porque denota propiedad: una señora es "de Fulano". ¡Hágame el favor! ¡Cuando todos sabemos que el "de" en el apellido es lo único que hace honrada a una mujer! Es señal de que ya escogió su vida, formó un hogar y es madre de una familia, en el seno de la cual puede dar rienda suelta a las características propias del modo de ser femenino. Porque eso sí, por más que queramos no lo podremos cambiar: el hombre es aventado y la mujer es sublime.

Al llegar a este punto me transporté con el pensamiento a mi choque con la criada —un episodio de mi vida que había ocurrido dos días antes a mi conversación con el taxista—. Es de noche, una calle oscura, un portón grande. Es la casa de unos amigos a quienes quiero ver. Llamo a la puerta varias veces, cuando estoy a punto de desistir, se oye a lo lejos un sonido tan mexicano que me agarra de nuevo y me deja maravillado: la voz de una criada preguntando "¿quieeén?"

Debí haberle contestado "yo", pero no lo hice. En vez de eso, expliqué lo que quería: ver a los dueños de la casa. Otra vez, desde el interior de la casa —que para esto ya se había convertido en un castillo afuera del cual yo estaba esperando a que me abrieran el puente levadizo— se oye la voz de la criada preguntando:

—¿De parte de quieeén?
—De Jorge.

—¿Jorge queeé?
—Ibargüengoitia.
—No estaaán.

Aquí yo dije varias palabrotas con el siguiente efecto: ¿Si no están los dueños por qué no me lo dice antes en vez de estar haciéndome perder el tiempo? A lo cual, la criada respondió:

—¿Que queeé?

He aquí un ejemplo de mujer sublime que yo hubiera estrangulado si la hubiera tenido a mano.

Las mujeres lo invaden todo en estos días: los auditorios, los museos y las páginas de los periódicos. O mejor dicho, tratan de invadirlo todo. Setecientas cuando menos no pudieron entrar a oír el discurso de Waldheim, otras, pintoras, fueron invitadas a una exposición que fue suspendida "hasta nuevo aviso". La del Polyforum, en cambio se llevó a cabo, y llegó a las páginas de un diario en una relación que termina así: "Las 48 artistas [...] demuestran con su trabajo que en el camino del arte está una de las bellas formas de realización personal, que en nada estorban a la femineidad".

Se me ocurre una idea: para el próximo Año Internacional de la Mujer, que se haga un concurso de pintura que tenga como tema el estorbo de (o a) la femineidad. (24-6-75)

Recuerdos del 10 de mayo
Madres hay muchas

Durante su larga vida mi madre tuvo que mudarse siete veces de casa. Cada vez ella fue la encargada de organizar la mudanza y cada vez el movimiento fue de una casa grande a otra más pequeña.

La recurrencia del fenómeno dejó en ella y en sus hábitos una huella imborrable. Desarrolló, por ejemplo una tendencia, que casi se puede llamar manía, a tirar cosas en la basura o a quemarlas. Ella fue quien destruyó la correspondencia completa de sus dos abuelos, su padre y su marido, en una lumbrera que duró tres días y que dejó seriamente dañados el piso de un corredor y las ramas de un fresno, ella rompió con sus manos acciones de minas por valor de doscientos mil pesos fuertes —estaban vencidas—, ella vendió en treinta pesos una colección bastante completa y bien encuadernada del *Correo de Ultramar*. A veces entraba yo en su cuarto y la encontraba sentada en una silla, con el cesto enfrente, rompiendo papeles, porque nunca tiró una hoja completa en la basura, sino en dieciséis o sesenta y cuatro pedacitos. Aunque nunca llegó a considerar vicio su inclinación destructiva, en varias ocasiones me confesó:

—No tienes idea de la satisfacción que me da romper papeles y tirarlos en la basura.

Como es natural, cuando murió, los cajones de su cómoda estaban casi vacíos.

Pero no completamente vacíos. Mi madre conservó hasta su muerte los dibujos que yo hacía cuando era chico para regalarle cada 10 de mayo.

No eran dibujos hechos especialmente para el día de las madres, ni sobre un tema alusivo a la fecha —gracias a Dios—, ni especialmente bien hechos. Yo dibujaba con frecuencia y al llegar el 10 de mayo, escogía entre mi producción reciente un dibujo que me pareciera mejor que los demás, le escribía en la esquina inferior derecha "a mi mamá", ponía la fecha, le agregaba un cuarto de chocolates de Lady Baltimore y estaba yo del otro lado.

Entre la colección que conservó mi madre está un dibujo hecho copiando un grabado que aparece en el libro *La Guerra de Italia*, con el siguiente pie: "Tipo de zuavo del campo de Rivarolo con equipo de campaña". El zuavo tiene unas barbas que le llegan al pecho, barriga, faja, alfanje y el equipo de campaña incluye un tanque con diez litros de agua que va sobre la mochila y llega más alto que el fez.

Otra muestra de amor filial —que corresponde al 10 de mayo de 1940— representa una batalla napoleónica —en colores— en la que todos los participantes aparecen de perfil, incluyendo los cadáveres que hay en el piso.

Pero estos regalos corresponden a una época en la que yo ya le había encontrado el modo al 10 de mayo. Los primeros años fueron más dolorosos para mi madre y para mí. Por ejemplo, un año tuve que bailar el jarabe tapatío. Me recuerdo —todavía con un estremecimiento— a mí mismo en un cuarto verde, frente a unos espejos, probándome pantalones de charro ante la mirada escéptica de mi madre. La agencia de ropa alquilada ha de haber estado en las calles de Uruguay o de El Salvador. Mi madre tuvo siempre la idea de que cualquier ropa me quedaba chica y de que había pocas cosas tan ridículas en el mundo como un hombre vestido de charro. Acabé con unos pantalones muy raros, con una especie de botones de cobre a los lados, que producían un leve campanilleo al andar.

El 10 de mayo siguiente fue más satisfactorio, debido a que durante ese año crecí más que los demás niños y acabé representando el papel de lobo en *Los Tres Cochinitos*. Tengo la impresión de que me dejé arrastrar por la actuación, hice cosas que no estaban en el libreto y los tres cochinitos, por más que se empeñaron, no lograron vencerme. Al terminar la representación, ni mi propia madre me felicitó.

En un 10 de mayo siniestro una maestra emprendedora se empeñó en que sus alumnos mostraran su amor filial haciendo *objets d'art* con papel cartoncillo y engrudo. La experiencia que adquirí en esos días fue valiosa: sirvió para convencerme de que no había yo nacido para ejercer ninguna de las artes manuales.

Pasó el tiempo. De un niño redondo, como la familia de mi madre, me convertí en un joven alargado, como la de mi padre. Un 10 de mayo llevé a mi madre a comer en el Centro Vasco y después fuimos al cine Alameda. Había un tumulto de "cabecitas blancas".

—Es la última vez que salimos en 10 de mayo —dijo ella. (10-5-76)

10 de mayo
El día más grande del año

Afortunadamente no me tocó ver gran parte de los preparativos: los niños con caras angelicales llegando a pedirle al papá dinero para comprarle un regalo a la madre, las maestras de escuela explicándoles a los alumnos la grandeza de la maternidad y el porqué el diez de mayo es uno de los días más solemnes del año; los preparativos en los salones de clase, los niños sentados frente al engrudo y las tijeras, los padres retirando dinero de la cuenta de ahorros, los maestros dando órdenes y diciéndoles a los niños dónde se deben parar el día de la ceremonia; en las trastiendas de los supermercados envolviendo en celofán, canastas con un melón y dos mangos, otros, escribiendo el precio (once cincuenta) y otros más, envolviendo la canasta envuelta en celofán, en papel de china con moños, etc., las horas extras, el embarque de juegos de recámaras estilo Luis XVI, las madres, limpiándose las lágrimas, conmovidas por el discurso de la directora, las madres comprando alcachofas para festejarse ellas mismas con un atracón, la llegada de los hijos ausentes después de un viaje de quince horas, etcétera. De todo esto me salvé.

Ya me imagino a algún lector pensando: "no sé por qué dice eso; ¡tan bonito que es festejar uno a su madre!"

El caso es que la primera manifestación de la fiesta la presencié el día ocho. Era una mujer, una madre, embarazada otra vez y de muy mal color, parada en la calle, cerca de la salida de una escuela, mirando perpleja el regalo que tenía entre las manos. Era una especie de ábaco chino, pero tengo la sospecha de que el que lo construyó creía que estaba haciendo un centro de mesa.

El mismo día, más tarde, una madre orgullosa me enseñó el regalo que le había dado su hijo. Era una pala de madera, de las que se usan para amasar mantequilla, sobre cuya parte plana había sido colocado un espejo. Si no hubiera sido por el color dorado de la pieza y por el ribete de plástico imitando encaje que tenía el espejo, se podría haber colocado aquel objeto en un museo y presentarlo como una de las baratijas traídas por los españoles para estafar indios. O bien, podría haberse presentado como un objeto híbrido, es decir, como algo que los indios estafados fabricaban uniendo un instrumento indígena (la pala de madera) a un instrumento español (el espejo) con el objeto de estafar chichimecas.

—Este regalo me costó quince pesos —me dijo la que me enseñó el objeto.

Otra madre me mostró una colección de objetos pirograbados que le había regalado su hijo cada 10 de mayo durante los seis años de la primaria.

—Debe tener una habilidad manual extraordinaria —comenté.

Pero ella me corrigió.

—No. Tenía maestras con pirógrafo.

Y sueldos demasiado bajos, cabría agregar.

Mi suerte y la de mi madre fueron muy diferentes. Mis maestras estaban empeñadas en que fuera yo, realmente, quien hiciera los regalos de mi madre. Me daban papel cartoncillo, engrudo, etc. Todo lo que hice salió de mis manos, pasó por las de mi madre e inmediatamente fue a dar a la basura, con gran satisfacción de ambos.

Para la noche del sábado ya la cosa estaba muy caliente. Habían llegado los hijos ausentes, se habían puesto en mangas de camisa, servido una copa y encendido el tocadiscos. Las madres han de haber comentado:

—Por ser Día de las Madres, pónganme una musiquita que me guste.

Muchos hijos se han de haber frustrado. Pero en las casas de dos tocadiscos, la madre se fue al comedor, seguida por un coro de solteronas, a oír discos de Cuco Sánchez. Mientras tanto, en la sala, el resto de la familia bailó al compás de los Rolling Stones.

A las once de la noche, hicieron su aparición, en los camellones de las grandes avenidas, cuatro mil toneladas de flores conservadas en aspirina.

A las cuatro de la mañana del día 10 me despertó un coro de cincuenta borrachos que le cantaron a una madre y le avisaron a todo el vecindario que ya los pajaritos cantaban y la luna se había metido. Cosas, ambas, perfectamente falsas. Luego se oyeron los disparos. Cinco balazos. Hasta este momento no sé qué fue lo que pasó. No sé si alguno de los borrachos trató de asesinar a su padre, si alguno de los vecinos trató de asesinar a los borrachos (espero que lo haya logrado) o si fue simplemente que la madre disparó tratando de ahuyentar a los amigotes de su hijo. Vino después un silencio y por último coches que se pusieron en marcha. (12-5-70)

Ensayo de nota luctuosa
No manden flores

El miércoles pasado, 29 de agosto de 1973, a las siete de la noche, murió Luz Antillón, que fue mi madre.

Cuando yo estaba en la agencia, escogiendo la caja, oí su voz que me decía:

—¡La más barata, la más barata!

Creo que si hubiera visto la que compré, hubiera dicho:

—Muy bien. ¿Pero cuánto te habrá costado? ¡A poco cuatrocientos pesos!

Los precios que tenía en la cabeza eran de 1937.

Nunca fue afecta a entierros, pero creo que el suyo no le hubiera parecido mal. El cortejo no fue a vuelta de rueda, la carroza llegó junto a la tumba y, lo más importante, nadie detuvo el descenso del féretro para decir "unas palabras de despedida".

Los empleados de la agencia, que la cargaron y la bajaron a la tumba, le hubieran causado muy buena impresión.

—Muy limpios, muy bien rasurados, dos de ellos bastante guapos. ¡Pobres muchachos, qué oficio tan horrible el de andar cargando muertos! —probablemente para resaltar los adelantos modernos, hubiera recurrido a una comparación con los cargadores borrachos de Guanajuato.

Su muerte fue natural. Es decir, murió cuando ya no quedaba otra alternativa. Vivió ochenta y tres años muy bien, uno regular, otro enferma y dos meses gravísima. Cuando llegó la muerte, era un epílogo necesario que ella y los que la rodeábamos estábamos esperando con ansias.

Murió como vivió, dando órdenes. Algunas de ellas completamente equivocadas, que estuvieron a punto de costarnos la vida o una hernia a los que la atendimos en su enfermedad. Por ejemplo, me dijo:

—Quiero morirme en esta cama —la que había usado cuarenta años— no vayas a discurrir cambiármela por una de hospital.

Cumplirle este deseo causó muchas dificultades, pero ella murió en la cama que escogió.

No murió como pajarito, porque la vida se extinguió en su organismo con muchos trabajos, ni la muerte la agarró por sorpresa: hace diez meses que quiso que la santolearan, y más de un mes que le dijo a su hermana que iba a morirse al día siguiente y dónde estaban los papeles del panteón, que tenía guardados en una mica.

Pero una cosa es tener conciencia y otra tener ganas. Las que ella tuvo de morirse le entraron en los últimos días, cuando comprendió que la cosa ya no tenía ningún chiste.

Antes de eso, tenía esperanzas: ya desahuciada, le preguntaba uno "¿cómo estás?" y ella contestaba sin falla:

—Mucho mejor.

Además de esperanzas, tenía cosas que le daban gusto —casi todas prohibidas—. Durante un año estuvo a dieta rigurosa. Cuando yo fui a los Estados Unidos, se quedó a cargo de mi mujer, inglesa, y de su doctora, austriaca, quienes mandaron hacer análisis para ver si mi madre estaba en condiciones de comerse un huevo de vez en cuando y un caldito de pollo los domingos. No se imaginaban que la enferma, mexicana, que siguió dominando a la servidumbre hasta el final, estaba comiéndose en tres semanas, un ejército de quesadillas de huitlacoche, tlacoyos, gordas de maíz quebrado, tamales de chile verde y rojo, etc. El mal que le hizo esta violación de las órdenes médicas fue mínimo. Su enfermedad había tomado ya cauces fatales y comer o no comer era lo mismo. Ya no absorbía.

—Me estoy quedando como un charal —fue su última opinión de sí misma.

Una de sus últimas empresas fue leer los siete tomos de *En busca del tiempo perdido*, que yo nunca creí que iba a poder terminar. Solía decir:

—¡Pobre de Swann! ¡Cómo lo ha hecho sufrir esa mujer! Un día, entré en la sala y ella bajó el libro y me dijo:

—¡Ya se murió Albertine!

Otra empresa fue tejer una serie de chales con unos estambres que mi mujer le regalaba. Suspendió el trabajo en el último, azul marino, el día en que un derrame cerebral le inutilizó la mano derecha. Uno de estos chales, gris claro, se fue con ella en el féretro. (4-9-73)

ÍNDICE

Llevaba un sol adentro 5

Jorge Ibargüengoitia dice de sí mismo 9

I
LECCIONES DE HISTORIA PATRIA

Las lecciones de la historia patria. *Monsieur Ripois y la Malinche*, 15; Organización de festejos. *El lado bueno de los próceres*, 18; Programa de festejos. *Aniversarios cívicos*, 21; Canción de gesta. *Así fueron nuestros antepasados*, 24; Si no fuéramos quienes somos. *Reflexiones sobre la Colonia*, 27; Nuevas lecciones de historia. *Revitalización de los héroes*, 30; Reflexiones profanas. *La consumación: principio, no fin*, 33; Sangre de héroes. *El grito, irreconocible*, 36; Natalicio del Benemérito. *Difamaciones, viejas y nuevas*, 39; Memorias de las buenas guerras. *Avance y retroceda*, 42; Regreso al castillo. *La historia como canción de cuna*, 45; Sesenta años de gloria. *Si Villa hubiera ganado...*, 49; Sesenta años de gloria. *Descripción de un combate*, 52.

II
TEORÍA Y PRÁCTICA DE LA MEXICANIDAD

Lista de composturas. *Examen de conciencia patriótica*, 59; Vamos respetándonos. *El derecho ajeno*, 62; Pobres pero solemnes. *Lesa majestad*, 66; Experiencias comunales. *Los mexicanos en bola*, 69; Palabras de aliento. *Nuestra tecnología existe y triunfará*, 72; ¿Quién es? *Arte de abrir y cerrar la puerta*, 76; Hospitalidad mexicana. *La casa de usted*, 79; Presentación a la mexicana. *¿Quién es el que se acaba de ir?*, 82; Ondas hertzianas. *Radioescuchas notables*, 85; El claxon y el hombre. *¿Hablando se entiende la gente?*, 89; El Arauca vibrador. *Psicoanálisis del que abusa con el claxon*, 93; Conversaciones rituales. *Platiquen algo interesante*, 96; Conversación plana. *El mejor amigo del hombre*, 99; Otra fiesta que se agua. *¿Quién pide la próxima olimpiada?*, 102; Tecnología mexicana. *Evolución del taco y de la torta compuesta*, 105; Insultos modernos. *Reflexiones sobre un arte en decadencia*, 108; Malos hábitos. *Levantarse temprano*, 111; Malas noticias. *No se alarme, pero...*, 114; La fiesta imaginada. *Adiós, año viejo*, 117.

III
LA FAMILIONA REVOLUCIONARIA

Desde las gradas. *El partido que presenciamos*, 123; ¡Arriba la democracia! (I). *¿Quién está capacitado?*, 126; ¡Arriba la democracia! (II). *El que está en el poder, puede*, 130; ¡Arriba la democracia! (III). *Criterios para exceptuar*, 133; Los que se van. *Desgracias ajenas*, 136; Reflexiones electorales. *El próximo domingo*, 139; El dilema de un votante. *Por una curul*, 142; Con motivo del cambio. *Problemas de estilo*, 145; Los inquilinos nuevos. *Hallazgos siniestros*, 148; Ayer y hoy. *Años de privaciones*, 151; Cambios en el gabinete. *¿Quién es*

Sánchez Pérez?, 154; Otra cosa que la nostra. *La familiona revolucionaria*, 157; Estallido de violencia. *Los vericuetos del diálogo*, 160; El PRI para distraídos. *Yo me disciplino, tú te disciplinas…*, 163; Guía del aspirante. *¿Qué decir, cómo y cuándo?*, 166; Auscúlteme usted. *Lo que el difunto nos dejó*, 169; Teatro PRI. *Última reflexión sobre la cumbancha*, 172; Respuestas históricas. *Cinco segundos bastan*, 175; Ilusiones perdidas. *Bailen todos*, 178; Problemas urbanos. *Vámonos a Temoachán*, 181; Con el sudor de la frente. *Cómo hacer dinero*, 184.

IV

CON SIETE COPIAS

Vida de burócratas. *Héroes del montón*, 189; Historia de un informe. *El inventor de trámites*, 192; No soy nadie, pero estorbo. *Escenas de la vida burocrática*, 196; Héroes del futuro. *Espías burócratas*, 199; Hígados famosos. *Para echar a perder el día… o la vida*, 202; La electricidad es nuestra. *Navidad oscura*, 206; Estilo telegráfico. *Comunicación interrumpida*, 209; No se quiebre la cabeza. *Dígamelo en una carta*, 212; Vida de cartero. *Oficio sin romance*, 215; Ex voto. *Milagros de Nuestra Señora del Correo*, 218; ¿Con quién hablo? *Aventuras telefónicas*, 221; Por teléfono. *Comunicación defectuosa*, 224; Homenaje a la provincia. *Los museos como aventura*, 227; Los cruzados de la causa. *Cultura para los pobres*, 231; Pague o muera. *La noche de los tiburones*, 234; Asaltos a bancos. *Protección de los pesos*, 238; Los números redondos. *Sírvase usted pagar*, 241; Aventuras de la policía. *Arriba las manos*, 244; Historia de una cartilla militar. *El recomendado del general Tormenta*, 247; Caos fingido. *Personal sádico de tierra*, 250; ¿La última curva? *En defensa del tren*, 253; Apología del tren. *¿Volverán los caballos de fierro?*, 257.

V
LA LUCHA POR APRENDER

¿Más escuelas? *Confabulación diabólica*, 263; Un examen somero. *Textos gratuitos*, 267; La situación escolar. *Memorial de un alumno*, 270; La lucha por aprender. *Lo mucho que no supimos*, 273; Déficit educativo. *No hagan aulas*, 276; Misterios de la vida. *La sexualidad platicada*, 279; El retorno eterno. *Alma mater*, 282; Recuerdos del alma mater. *La edad de oro*, 285; Noticias del alma mater. *¿Al borde del caos?*, 288; Vida de los letrados. *Joyas de la enseñanza*, 292; Examen profesional. *Las experiencias comunes*, 295; Las preciosas ridículas. *Últimas memorias estudiantiles*, 299; Incógnita de principio de año. *¿Quién mató (o va a matar) a la Universidad?*, 302.

VI
LAS MADRES Y OTRAS MUJERES

Homenaje a las bellas. *Las mujeres como aberración*, 309; El día de la invasión. *La mujer liberada*, 312; Recuerdos del 10 de mayo. *Madres hay muchas*, 315; 10 de mayo. *El día más grande del año*, 318; Ensayo de nota luctuosa. *No manden flores*, 321.